# 娘子不二嫁

3

完

風 文創 704

淺笑 著

# 目錄

# 第六十一章

小劉氏跟在婆婆後面，心裡一會兒忐忑不安，一會兒又抱著希望，就在這種矛盾的心情下到了老三家。

婆婆讓她等會兒，說是去叫人。

莫夫人知道了，笑道：「讓妳二媳婦來這屋吧。」給女人看病可不能在堂屋。

等小劉氏來了後，莫夫人先讓錢七看。她讓錢七看的醫書裡有相關病症的詳細介紹。

錢七乖乖上前問診。中醫講究望聞問切來診斷病症，目前診脈她還不會，只能透過看和詢問，再加上自己的推斷。

她問過症狀後，凝眉思考醫書上寫的。

按照中醫的理論，不孕有五點，分別是腎虛、肝鬱、痰濕、濕熱、血瘀……嗯，腎虛這塊可以排除，畢竟他們能有大丫，孫寶銀這方面應該沒問題，只要這幾年沒受傷；而看小劉氏的身體，一是不胖，二是脾氣屬於隨和類型，所以痰濕和肝鬱排除。

最後是濕熱和血瘀……錢七思考一會兒，看著師父做判斷。「二嫂的病根應該是血瘀。沖任停瘀，瘀阻於內，兩精不能交合，以致不孕。」

選血瘀還是因為小劉氏是生產時傷了身子，所以才這麼判斷的。

但說完後她都覺得自己的診斷太不嚴謹，靠排除法得出的結論，感覺是在耍小聰明。

莫夫人聞言一笑，點頭認同道：「說得很對。」

她很欣慰錢七能判斷出病因，至於後面的錢七還未學，所以她開始親自為小劉氏診脈，確定病症後再寫了藥方。

寫完後，她看著小劉氏道：「每日煎服喝兩次，連喝一個月即可。每隔兩日來這裡，我為妳施針。」

小劉氏壓住心中喜悅，連連對莫夫人道謝，謝過又忐忑地對莫夫人道：「一個月後我就能懷孩子了？」

這話一出把莫夫人都逗笑了。「一個月後，妳體內血瘀已清除，不耽擱妳懷孩子了。」

錢七聞言也是一笑。

這大夫可不管生孩子，只管看病。

劉氏聽了心裡高興，對於老二媳婦的傻話只當沒聽到，接過藥方子問道：「大妹子，這藥貴不？」想著老二家現在沒啥錢，她和老頭子先貼補下，先把病治好了再說。這老二有了後，她和老頭子可是了了一大心願。

小劉氏聞言，羞愧得低下頭，不安地扯著衣角。

莫夫人聞言一笑。「藥方裡我沒有加名貴藥材，這藥一個月吃下來差不多一兩銀子吧！」

其實小劉氏的病，裡面加一些好藥材會好些，但知道村人看病不易，所以她只開了常用藥。到時施針彌補藥物上的不足，效果也是一樣。

劉氏聽了就放心了，又謝了莫夫人一通，才跟小劉氏告辭，張羅抓藥去。

錢七看小劉氏有希望了，藉機跟師父說了自己六嫂的事。

莫夫人聽了，道：「妳去把妳六嫂叫來一併看了。」

等錢七把六嫂帶來，竟然是跟小劉氏一個症狀，都是血瘀導致不孕。莫夫人一樣開了藥方，讓她隔兩天來施一次針。

錢七六嫂對莫夫人的感激自不必多說，但後來錢七面對小劉氏和娘家的六嫂時，心裡總有一份歉意。

在她們二人來施針治療期間，師父不但給她講解如何施針，還讓她給兩位嫂子施針，弄得她初施針時太緊張，所以她們被多扎了好多下，每次看嫂子們千恩萬謝的樣子，心裡都忍不住彆扭。

如今，錢七只要有空就跟著師父學習，能明顯感覺到自己進步很快。

這天，孫保財收到柳塵玉的信函，讓他去參加陸路通貨運行開業禮，寫到他作為東家一定要到場云云。

看完信，孫保財失笑。他本打算這幾天要去縣城一趟，去看看開業禮也行，正好也有事找柳塵玉。

這般想著，眼看家裡沒啥事，不如去田村長家一趟，跟他商量下看看今兒個能不能先給他殺頭豬？

他跟田村長約定的是三日後，但明天就是陸路通貨運行開業的日子，他必須去縣城，順便把年禮提前送了，省得再多跑一趟。

田村長知道了，笑道：「這個好說，等一會兒來福回來就可以準備殺豬。」

孫保財自然同意。田村長出去跟家人吩咐燒熱水，回來說了會兒村裡的事，等田來福回來，讓他準備殺豬刀等物，又去豬圈裡挑豬。

等待殺豬的期間，孫保財說起村子挖魚塘培養魚苗的事。田村長覺得在理，這命門不能掐在別人的手裡，還是自己掌握的好。

「用村裡集體用地的產出挖魚塘，這主意好，但是該誰看管呢？」

指望村委會不現實，有事大家來幫忙一下可以，但村委會的人也要賺錢養家過日子，要是把這攤子事扔給他們，也太過分了。

孫保財也明白田村長的意思，想了下，道：「既然魚苗以後是大家要用，不如就選出幾家閒人來看管，到時可以在魚苗上補償些，大家也可以監督這幾人幹得如何，村長說這樣可好？」

這樣落實責任，他們也會用心看管，當然前提是找的人都要品行老實、不偷奸耍滑才行。

何況魚苗成本降低了，大家豈有不樂意的？

田村長也點頭應了。這樣一來，大家買魚苗的價格會便宜不少，便能省下不少錢。

等豬收拾好之後，大家一起過了秤，孫保財跟田村長算完帳，讓田來福幫忙把這頭豬分成四半，用牛車送回自己家。

因著明天打算給莫大夫、何二還有邵明修與柳璽玉送年禮，不過考慮莫大夫這年紀多吃豬肉不好，他又轉身去獵戶家買了些野味，打算送給莫大夫。

翌日一早吃過飯，孫保財便趕著騾車往縣城去。

因開業定在中午，所以到了縣城，他先挨家送禮。

他先到醫館給莫大夫送了野味和山珍，在莫大夫一再追問下，跟他詳細說了莫夫人在家裡的情形才脫身。

從醫館出來，孫保財不由吐了口氣。看得出來莫大夫對夫人很是愛重，問得這麼詳細，在這一點上他還真不如莫大夫。

他又轉往去到何二家。這會兒何二應該沒在家，不過大娘在家就行，他送豬肉也不好送到鏢局。

何二聽到聲音，開門一看是孫保財，不由道：「你小子今兒個怎麼有時間來？」又笑著請他進屋。

孫保財看他在家。「我來給你送點豬肉。你怎麼沒去鏢局啊？我還以為會是大娘來開門呢。」說完從車廂裡拽出一角豬肉遞給何二，自己把騾車拴上。

何二接過豬肉，眼底全是笑意。倒不是因為孫保財給他送禮，而是這小子即使身分不一樣了，行事還是原來的他。出門還是趕著騾車，穿的依舊是細棉布做的衣衫，要是不說，估計沒人會相信這人是皇上親自嘉獎的員外郎。

何二把孫保財請到堂屋坐，說了自己現在已經不在程家鏢局幹了。程家鏢局估計挺不了多久就得散了，他不幹也是因為程家亂糟糟的事太多，生意都被威遠鏢局搶了，不想著補救還搞內訌。

孫保財便問他有何打算？一聽何二沒啥想法，只說等過了年再看看。孫保財不想他走回頭路，於是道：「我給你介紹個活兒怎麼樣？也是個管事，工錢不會比程家鏢局少，幹好了，不論是工錢還是職位都有得提升。」

如今陸路通貨運行成立了，他跟柳壆玉說說，安置一個人進去，還是沒問題的。

何二自然同意。以孫保財如今的身分，既然這麼說，這活兒想來差不了。

孫保財看何二這麼信任自己，不由笑道：「行，你跟我走吧，今天貨運行正好開業，你也去認認門。」

何二聞言一愣。他還以為要等著呢，當即應了，回屋跟田妞說了聲，才和孫保財一起出去。

兩人到了貨運行外面，孫保財把騾車拴好，拿了一角豬肉包好，帶著何二走進掛了牌匾紅綢的鋪子。

他先讓何二自己轉轉，他去找個人。

何二看這裡裝飾得這般好，想著以後在這裡上工，心裡不由有些激動。但又想到剛剛下車時，孫保財說要送禮。他怎麼覺得送一角豬肉這麼怪呢？

孫保財問過管事，上了二樓找到柳壆玉，笑著把一角豬肉放下，道：「柳公子，這是賀禮，別嫌棄哈！」

柳塵玉看孫保財給自己送禮，疑惑地掀開布一看，不由白了他一眼。就說怎麼突然這麼大方，給他送禮了？

他諷刺地道：「你也好意思，我之前給你送什麼，你送禮能不能誠心些？」竟然給他送豬肉，小爺缺豬肉吃嗎？

孫保財聞言只是笑。「瞧瞧你那小氣的樣子。禮輕情意重懂不？我給你送禮這是心裡記掛你，我家要是有礦山，也送你兩塊石頭。我這不是沒有嗎？豬肉我家都沒有，還是在村長家買的呢！」

他很窮的好不好？至今家裡的銀子還不足百兩，他還掂量著買幾畝地呢，到時手裡更沒錢了，豬肉對他就算是重禮了，畢竟他還有老婆、孩子要養呢，花錢自然不能大手大腳。

柳塵玉聞言差點氣得吐血。什麼叫兩塊石頭！但他也知道不能跟孫保財計較，這人腦子裡想的事跟別人不一樣。

孫保財看他臉色緩和了，不由一笑，又想著還有正事，就不繼續逗他了。於是說了想安排一個人進來，要個管事的位置。

柳塵玉挑眉。「怎麼，不信任我嗎？我還能賴你那一成乾股的分紅嗎？」

孫保財敲了柳塵玉的腦袋一下，正色道：「我在跟你說正事呢，別跟我歪纏。我有個兄弟，以前幫過我很多，現在他沒啥幹的，我才想著也幫他一下。這事行不行，你給我個準話。」

柳塵玉白了孫保財一眼，雖然被打了一下，也沒跟他計較，只是仍端著道：「既然這樣，我就安排個管事吧！」

孫保財看戲精又開始演起來了，只叮囑他對待何二好點。畢竟不這麼叮囑也不放心，何二要是被人排擠，恐怕也幹不下去。

說完這事，兩人才說起貨運行開業的事。但孫保財聽完，立刻表示不參加開業典禮了。他沒想到柳塵玉邀請了全城的大商賈，把貨運行對面的酒樓包下來宴客，還邀他去作陪。一想到要跟那些不熟的人虛與蛇尾，當即搖頭拒絕。

他送完禮還要趕車回去呢，可不能喝酒。

主要也是他不想走到人前，現在這樣還能保持些神秘感。只要他不主動踏入這個圈子，別人也不會招惹他，所以為了以後的清靜，他自然不能參加。

柳塵玉聞言，挑眉看著孫保財。「你不會今兒個來就是為了給我送一角豬肉吧？」看到孫保財時，還以為這傢伙今兒個能幫些忙呢，現在看來是他想多了。

孫保財看他沒完，挑釁一笑。「誰說的？我一會兒還要給你表哥送一角豬肉呢！這豬肉可是好東西，能讓人有煙火氣。」

柳塵玉一聽還要給表哥送豬肉，心裡對孫保財倒是佩服了幾分。想著表哥接到豬肉的表情，心情頓覺格外地好，至於後面那句影射自己的話，都沒跟孫保財計較了。

孫保財看這小子表情，失笑地搖搖頭。到底還是年輕啊，你表哥哪會在意我送的是什麼？

也不想耽擱下去，他下樓把何二帶上來介紹給柳塵玉。

柳塵玉跟何二閒聊幾句，覺得這人還不錯，讓他先在後院做個管理庫房的管事，便叫來柳喜，讓他先帶何二去熟悉熟悉，順便跟他說下這裡的規矩。

孫保財看何二走了，起身跟柳塵玉道：「我要去縣衙見你表哥，這裡你辛苦些吧！」說完跟他揮了揮手便往外走。

孫保財一路趕車到了縣衙，拿著一角豬肉進衙門，看到邵安就問：「你家大人在忙嗎？」

邵安笑道：「大人這會兒在書房，師爺直接去即可。」大人交代過，孫師爺來了，只要無人時，可以直接去書房見他。從這一點上可見大人對孫師爺不一般，這待遇可是連表少爺都沒有。

孫保財點頭表示知道了，把豬肉遞給邵安道：「這是給你家大人的年禮。」說完等邵安接過，直接往書房走去。

邵安呆呆看著手中的豬肉，心裡對孫保財佩服得五體投地。頭一次看到給他家公子送豬肉的！

邵明修一看孫保財來了，知道今天是貨運行開業的日子，眼看著都快到吉時了，這會兒不在貨運行，怎麼跑他這兒來了？

「怎麼有空來我這裡？」

孫保財一笑。「我這不是來給你送年禮嗎？貨運行我拿的是乾股，所以沒必要出面跟著你表弟應酬。」

他這麼一說，邵明修不由失笑。

這確實像他會做的事，對他說的年禮也並未多想，只想著以孫保財的行事風格，頂多送些山貨。

不過既然人來了，正好有事跟他說，便把今天上午收到的密信遞給孫保財，示意他看。

孫保財接過一看，竟然是太子寫的！

他看完信，不由皺眉道：「這個你表弟知道嗎？」

太子要了貨運行五成股，同時指示儘快在全大景朝開辦。

這有何用意他不知道，但對於柳塵玉來說並不是個好消息。畢竟要在大景朝所有的府縣設立據點，最少資金得要到位；但貨運行可是柳塵玉自己弄的，跟柳家沒關係，這錢他拿得出來嗎？

邵明修搖頭道：「還沒。今兒個上午才接到的信，知道他今天忙，本打算晚些再找他說的。你也先別走了，等晚些咱們商量下。」

這事現在看也不知做得對不對，但太子既然有了指示，不管多難，塵玉也得照著做。太子親自吩咐的事，要是辦不好，塵玉要面臨的是什麼……

他本來打算幫塵玉找個靠山，現在看來，這靠山太強大，也不知塵玉能不能靠住？

想到這裡，邵明修忍不住揉了揉眉心。要是塵玉因此失去柳家的繼承資格，那他豈不是害了他？

孫保財點頭應了。這事非同小可，畢竟他拿著乾股呢，柳塵玉要是把這事弄砸了，他好不容易想出的賺錢法子豈不是又夭折了？所以無論怎樣，都得把這事圓過去。

既然要等柳塵玉，他索性先去把老婆要的調味品等物買了，辦法等會兒再想也不遲。

# 第六十二章

錢七收拾完回屋，看師父和婆婆打算去溫室，不由叮囑她們多穿些。

師父去了一次溫室就喜歡上了，瞭解了溫室跟別人家的火室的區別後，還跟她說也想要蓋一個這樣的溫室。

後來每天和劉氏去一趟，說是飯後遛彎。

等兩人走了她才回屋，看小傢伙還在睡，索性拿起醫書開始讀。

師父對她的要求是藥方、病症特徵等等，必須熟爛於心。她現在每天背得頭都疼了，只感覺又回到了上學那會兒。

蔡氏在門外徘徊，不確定這裡是不是孫家？

她猶豫了會兒，看大門虛掩，只好敲門。

這些天來她家送魚的婦人，因為彼此也熟悉了，所以也會聊天。這群人會跟她說些村裡的事，她這些天聽得最多的，就是孫家來了個很厲害的女大夫，正在給孫家二媳婦和錢家六媳婦醫治懷不上孩子的病症。而且據大夫說，這病一個月就能治好。

她特意問了孫家大媳婦可有這事？張氏跟她一五一十地說了。她聽完，就放在心裡一直惦記著。

她和夫君成親快七年卻還沒個孩子，心裡有些急，所以今兒個沒忍住，想來看看。

錢七聽到有聲響，出來一看是位陌生女子，不由疑惑這是誰？

蔡氏一看有人出來，忙道：「我是學堂夫子的夫人蔡氏，請問這是孫家嗎？」

錢七明白這是呂秀才的夫人，心道怪不得看著眼生。因她在縣城生孩子，回來後基本沒走遠，兩人一直沒機會見面。

雖然不知她有何事，錢七還是把她請進堂屋，給蔡氏倒了茶。

聽完蔡氏的話，才知她是來看病的。

她現在已經學了診脈，就是運用得不熟練，平日也只是在二嫂和六嫂身上練習，這會兒當即表示她先看看，等一會兒師父回來再確診。

蔡氏自然同意。但錢七診過脈，不由皺眉。這從脈象上看……沒啥事啊？心裡把師父教的脈象口訣默想了一遍，確定沒診錯，不由輕呼出一口氣。

蔡氏看錢七的表情，心裡緊張得不行。難道這病症很嚴重？

錢七診脈沒看出什麼，又詳細詢問蔡氏的身體狀況和生活習慣，問得蔡氏面紅耳赤的，得知她和呂秀才因守孝六年竟未行房，這出了孝期還不足半年。

聽到兩人行房頻率不多時，錢七有點懷疑呂秀才是不是那方面不行啊？

當然這話不能亂說，她想了下，笑道：「妳今兒個別讓我師父看了，我給妳開個方子，妳按照我說的去做，如果三個月後還未有消息，再來我家找我。」

又跟蔡氏說了在癸水來之前十四日左右行房，還隱晦地叮囑可以在那幾天多行幾次，這才把滿臉羞紅的蔡氏送走。

柳塵玉送走賓客，心情很好。今兒個來的有不少人表示會在貨運行發貨，至於那些沒當眾表態的，不過是在觀望而已，他有信心，這些人早晚會把貨物託給貨運行。

畢竟用貨運行的成本不高，而且還有保障，要是貨出了問題，貨運行會按照比例賠付。這幫人精著呢，怎會連這個都不算？現在不過是端著而已。

剛剛高興多喝了幾杯酒，這會兒柳塵玉感覺頭有些暈，可他還要去縣衙。也不知表哥找他什麼事，中午就派人告知他，讓他忙完過去一趟。

柳塵玉到了縣衙的書房，只見孫保財端坐著，納悶道：「你怎麼還沒走啊？」又問邵明修找他什麼事？

邵明修把信函遞給他。柳塵玉疑惑地接過，看了後才知，原來表哥給他找的靠山竟然是太子?!

可還沒來得及高興，看到後面，不由心裡發苦。

他現在沒那個實力在大景朝每個府縣開設貨運行啊！他跟孫保財原本的意思是陸續開辦，一是手上的錢不夠，二也是沒有那麼多人手。

他皺眉想了會兒也沒想到好辦法。難道最後還是要求助柳家嗎？屆時不用想，他手上這四成股都要上交，到時貨運行跟他可就沒關係了，除非他能順利繼承柳家……

他抬頭，無奈地道：「怎麼辦？」

他這會兒也知道孫保財為何沒走了。這事指望不上表哥，生意上的事還是孫保財可靠些。

他現在能想到的最好辦法，是把手上的股分賣掉兩成，但賣股的錢夠不夠先不說，他去哪裡弄人手呢？

孫保財沒有馬上接話。他有點明白太子為何要這樣指示了。

太子是看中貨運行將來會遍布整個大景朝，還有貨運行的流通性，只要貨運行布局完成，那麼不論是想獲取消息還是監督地方，都能發揮重要作用。

當然前提是陸路通貨運行要在政客手裡，而他們親手把它送到太子手中，即使太子將來登基，也不會對陸路通貨運行放手。

既然貨運行能有這麼重要的作用，太子做這個指示也就在情理之中了。

柳塵玉到來之前，他就在琢磨這事怎麼辦？資金短缺又要快速布局……

想了會兒，他抬頭看著兩人道：「你們說，咱們在大景朝所有府縣招加盟商怎麼樣？」

邵明修示意孫保財詳說。

柳塵玉則是皺眉想了下，沒明白啥意思？加盟商是什麼意思？他催促道：「這個時候就別賣關子了，快點說吧！」

孫保財這才解釋了怎麼加盟。就是在各個府縣區域，招攬當地有些實力的人加盟貨運行，並透過簽契約的方式彼此約束，無論是誰加盟陸路通貨運行，他們總行要占一到兩成股，而且要遵守總行制定的規矩。

每個地方的貨運行，總行都要派遣人監督，這樣既能詳細瞭解當地的情況，還能給加盟者一定的警示；甚至也要把加盟條款制定得嚴格些，不遵守總行訂立的條款，違者便取消加盟資格。

這樣能完成太子的指示，他們也不用出啥錢，最重要的是主控權也一直握在總行手裡；而在各地的加盟商彼此不認識，因此他們也不能聯手來對付總行。

柳塵玉聽完，激動地站起來，連道了三聲好。

現在他對孫保財欽佩不已，這樣的法子都能被他想到！這簡直就是商道的最高境界，一文不花還能賺錢，擴展自身的商業版圖。

邵明修仔細琢磨了下。他自然明白太子的意圖，這會兒孫保財這麼說，明顯是他也想到了。

太子要的是能觸及到大景朝各個地方的途徑，貨運行遍布大景朝，從事的又是運輸貨物等事，這車輪經過的地方，只要有心，想知道什麼都成。而且消息能最快地送出來，還不會被人防備。

想罷，他別有深意地看了眼孫保財。這人不做政客可惜了。

孫保財可沒有自得，這不過就是現代各大企業普遍運用的商業模式，他撿來用用，又不是自己想出來的。

三人又詳細地制定了規則，在晚飯前，孫保財才得以解脫。

他婉拒了柳塵玉說要請客的心意。再不回家，他就得貪黑趕路了。

柳塵玉等孫保財走了，對著邵明修感嘆。「不如孫保財甚多。」

邵明修只是笑，點頭認同他。「你打算給外祖父去信嗎？」

剛剛三人商量了詳細程序，先派人到各地招攬加盟商，因要同時進行，就需要很多有能力並可信的人，但柳塵玉手裡可沒有這麼些人。

柳塵玉討好地看著邵明修。「表哥，你說我跟姑母說這事如何？屆時我給姑母一成股。」

祖父的人不也是柳家人嗎？一下調出這麼些人，柳家那些人不會放過他的，到時只有無盡的麻煩。但如果能得到姑母的幫助就不一樣了，他本身就想讓表哥占股，這會兒給姑母也一樣。再說貨運行背後站著太子，他有些忐忑不安，還是拉上表哥保險些。

邵明修掃了柳塵玉一眼。就那點小心思，他一眼就看透，不過造成今天的局面自己也有責任，索性同意了他說的。

貨運行有母親介入，倒是能幫到塵玉很多。

孫保財到家時天色已經全黑。

錢七聽到聲音出來，納悶問道：「不是說會早些回來？這時候回來是遇到什麼事了嗎？」

吃過晚飯，心裡就惦記這人怎麼還未回來？

孫保財看她出來竟然沒披件衣裳，忙道：「妳先回屋，別著涼了，一會兒回屋跟妳說。」

等錢七進屋後，他才把車廂裡的東西搬到廚房。回了屋子看老婆在逗兒子，把外衣脫了後才走到床邊，含笑地看著兒子。這一天沒見還挺想他的。

錢七好笑道：「父子天性，想是正常的，不想才不正常。」

兩人邊逗小傢伙邊聊天，錢七聽了孫保財說的事，凝眉想了會兒。「太子既然對貨運行這般重視，你在裡面拿乾股沒事嗎？」

以孫保財的身分地位拿著一成乾股，總覺得會有麻煩。

孫保財只是笑。錢七想到的事，他出了縣衙就在琢磨。

拿著與身分不對等的好處，遲早要釀成禍事。本來覺得貨運行慢慢發展，逐漸壯大，他拿一成乾股沒事，卻沒想到太子會這般重視，還下了快速發展的指令。這樣一來，貨運行在短時間內出現於大景朝各個地方，肯定會引起多方關注。

柳壘玉如今算是太子派系，背後有太子撐腰，別人不敢輕舉妄動。但要是被別人知道他手裡有一成乾股，肯定有人會想方設法地弄過去，到時候狐假虎威都不好使，人家一查就知道他的底細。

畢竟能做出那樣的事，不定是哪方勢力的人呢！

所以他琢磨著該怎麼把手裡的一成乾股變現？

柳壘玉現在是外強中乾，在他那裡也弄不來多少錢，但是這東西也不能找外人，因此這事還得找邵明修幫忙。畢竟這事涉及到派系，邵明修最明白了。

他把這番念頭說了，語氣中不免帶出了幾分感慨。在這裡，要想平安無事地活著，不能行錯一步。

聽出話中的無奈，錢七心疼地安慰道：「賣了買地也好，做個富貴閒人。」

如果孫保財志在朝堂，可以攀附太子，相信以他的能力還是能混出個名堂。但她知道他已經不想捲進名利場，所以早些做取捨也好。

兩人聊開後也不再說這話題，把兒子哄睡，他們洗漱完也早早上床睡覺。

隔日清晨，孫保財醒來看娘兒倆還在睡，小心地把被子給錢七掖好，才開始穿衣服、洗漱。

出來一看，竟然下起了雪。這還是今年的第一場雪。

看著地上薄薄的一層雪，孫保財不由一笑。

既然下雪了，今兒個就不去找邵明修，等過兩天再去也不遲。

他拿起掃把，先把院子裡的雪掃了。掃完雪剛想進屋，隱約聽到一陣馬車聲，緊接著便有人敲門。納悶地開了院門，他詫異道：「你怎麼來了？」

敲門的是莫大夫的大徒弟晉安。

孫保財把他請到堂屋，讓錢七去叫莫夫人，他坐在堂屋陪著晉安。

原來京城來信，莫大夫夫婦二人今日即將赴京。

孫保財明白應是有急事，不然不會這般匆忙赴京，心裡不由感嘆世事無常，昨天才見莫大夫，今天竟然要遠行。

就是替錢七可惜，師父似乎還沒有把徒弟教完就要走了。

莫夫人出來一看是晉安，又接過老頭子給自己的信。老頭子在信中說了原委，原來是在京城的兒子來信，說有貴人請她去看診。

看過之後，她把信函收起，對錢七無奈道：「師父要去趟京城，不能在這兒繼續教妳了。我帶來的醫書等物都留給妳，平日多看看，給人看病時，切記沒有把握的千萬別亂用藥……」

莫夫人如此細心叮囑了一通。她和老頭子此去能不能回來還兩說，尤其兒子早就想讓他們倆去京城跟著他住。

錢七用心記著，知道師父的兒子在京城，但這般匆忙總覺得有事，只是師父不說也不好多問。

錢七、孫保財和劉氏把莫夫人送到村口，劉氏更是依依不捨地拉著莫夫人，嘴上說著「大妹子以後有空了，一定再來住啊」的話。

錢七看著遠去的馬車，心裡一陣傷感。也不知她們師徒何時才能相見？

兩人回了屋，孫保財看她心情低落，上前抱著她，輕笑道：「別這樣。不管誰離開妳，我都不會離開妳，妳看事實已經證明我沒說謊。」

說完這話不由笑了。前世今生，兩人始終糾纏在一起，死亡都沒有讓他們分離，可見緣分之深。

錢七倒是被逗笑了，沖散了些許傷感。

她把頭埋在孫保財胸前，閉上眼輕聲道：「是啊，兩輩子都沒逃得掉。」

此話一出就被孫保財敲了下頭。「誰讓妳腿長得短呢？」

錢七的失落被孫保財成功地撫平。她抬頭看著孫保財，說了心中念頭。「我覺得我和師父不會再見了，她去京城後，不會再回東石縣了。」

這些日子跟師父閒聊時，也知道師丈會把醫館交給大徒弟。兩人已經把這裡安排妥當，再加上年紀大了不適合舟車勞頓，又是去了兒子身邊，能回來的希望很小。

孫保財笑道：「沒事，妳師父不能回來，到時我帶妳去京城看她，正好看看古代的京城長什麼樣。」

嗯，到時可以策劃一趟旅行，多走些地方遊玩，領略下古代的自然風光。

錢七聽了也心生嚮往，笑著點頭應好。

正在這兒暢想美好旅行呢，突然響起一陣哭聲，兩人一愣，不由相視一笑。

唉！在這個小東西長大前，恐怕他們哪兒也不能去。

# 第六十三章

翌日一早，孫保財吃過早飯就去了田村長家，錢七在家裡默寫藥方。

她現在麻煩的是，師父在的這段時間，可能是特別給兩位嫂子看病，教導她的除了診脈之外，剩下的都是怎麼治療女子不孕等症，就連施針也是針對此症，至於其他的，都未來得及教導。

師父來了她才知道，光是看書理解，永遠只知其一不知其二。就像師父走時叮囑她的話，沒有把握就別開藥方，不如讓病患去找其他大夫看，要是看錯病、用錯藥，可是會出人命的。

所以針對她現在這麼個半吊子狀況，她琢磨出的解決之道，就是主攻女子不孕這方面。人都說術業有專攻，她在女子不孕這方面弄精通了，也算對得起師父的教導了吧？

孫保財在田村長家取了剩下的豬肉，出來把騾車套好，在車廂裡鋪了一張竹蓆，把要送人的豬肉放到上面。

他打算給岳父、岳母送半扇豬肉，給大哥、二哥家各送一角豬肉，外加每家一個豬頭。自己家裡則留半扇，剩下的到時切割成小塊給村裡相熟的人家，每家送一塊肉，多少是個心意吧！

他先去了兩個兄長家，進門喊了聲，出來的是他大嫂和二嫂。得知兩個哥哥不在家，他笑道：「娘讓我來送點豬肉，說是要給孩子們補補。」說完把豬肉和豬頭拿出來遞給她們，便笑著告辭，趕著騾車又往錢家走。

張氏和小劉氏看老三拿了這麼多豬肉來，還有一個大豬頭，心裡自然高興。對於老三說是婆婆送的，她們倆也清楚，這麼說是給哥哥們臺階下。

劉氏不是不心疼孫子、孫女，而是她捨不得錢買這麼多肉；別說婆婆了，就是她們也捨不得。她們閒聊時，還說今年每家買十斤肉過年呢，現在老三送了這麼多肉，今年可是能過個好年了！

孫保財到了錢家，看錢五在院中便打了招呼，讓他過來搭把手，兩人把豬肉抬到廚房。錢五看孫保財送了這麼多肉，拍了拍他的肩膀，直說他夠意思，這些肉可是夠解饞了。這會兒錢老爹和王氏也進了廚房，看到孫保財送的豬肉。錢老爹皺眉道：「送這麼多做什麼，今年家裡也養豬了，我打算過幾日再殺呢！」老婆子還念叨要拿肉給七丫頭呢！

孫保財聞言一笑。「今年可不一樣，我這不是好事連連嗎？」

這話把大家逗笑了，點頭認同孫保財。

王氏聽了女婿的話，滿臉高興。可不是嗎？今年三娃子得了聖旨嘉獎，又是立牌坊當員外的，她家七丫頭還生了個大胖小子，確實是好事連上了！

翌日看天氣不錯，孫保財一早就趕車去縣城找邵明修。

邵明修看他來了，調侃道：「孫師爺今天怎麼有空來？」

以他對孫保財的瞭解，還以為他要好長時間才會出現呢！

那天晚飯時，邵安特意說了桌上的菜是用孫師爺送的豬肉炒的，他才知道原來孫保財送的是豬肉！

孫保財只道：「找你有事。」

沒事也不想來，這大冷天的，趕車特別遭罪。

邵明修一笑，示意孫保財繼續說。

孫保財喝了口茶水才道：「我想把貨運行的一成乾股賣了，來找你是想讓你幫著找個買家。」

邵明修收起臉上的笑意，正色道：「怎麼突然有這個念頭了？」前兩天他可沒透露出要賣股的徵候。

孫保財無奈地笑。「賣了買地，到時佃出去收租子。」語氣中不覺露出一絲悵然。

邵明修皺眉想了會兒，明白他為何這樣行事。這事他還真是忽略了，不如孫保財看得明白。

想罷，他認真道：「我可以把你推薦給太子。」

以孫保財的謀略，定能得到太子重用。他現在雖是七品員外郎，但只要太子扶持，入朝為官也不是難事。

孫保財聞言，笑著搖頭。「不用了，我志不在此。」

他現在還可以做自己，在他的能力範圍內活得自在些。邵明修要是把他推薦給太子，等於他直接捲入朝堂紛爭，到時可真就身不由己，每日防著別人算計，也時刻琢磨著怎麼算計人。

過著不喜歡的生活，不光他累，連帶著家人都跟著提心吊膽。

畢竟走了太子這條捷徑，人身等同於賣給人家了，就算為官也要按照別人的指示去行。如果那樣，他是何苦呢？就算僥倖一直是獲勝的一方，屆時知道得太多，能不能全身而退都難說。

而且在這裡，地位越高越是身不由己，他這好不容易偷來的一世，只想跟老婆簡簡單單度日。

他也是到了這裡才領悟到，日子過得越簡單，才是越幸福、越舒心。前世就是把生活過得太複雜了，才導致他們倆來到這裡。

邵明修聽了失笑。好直接的話，志不在此。唉……或許孫保財是對的，他現在都感到身不由己。

以前讀書時的抱負都快被磨平了，如今晚上有時都睡不踏實。

他以前的念頭是做純臣，不捲入任何派系鬥爭，畢竟自己是透過科舉考取功名，只要他不想站隊，頂多被打壓些，別人也不能把他怎樣。誰承想皇上現在就把他歸到太子那兒了……

「你打算那一成股賣個什麼價？」

陸路通貨運行一成股，現在看是不值什麼錢，但是兩人都明白將來的事。這一成股到那時再賣可是能賣不少錢，這會兒脫手，孫保財怎麼算都虧。

但話又說回來，也就這時候脫手最好，什麼事都牽扯不上，倒能退得乾淨。

想罷，他看了眼孫保財，明白這個師爺也就當到他調離東石縣。

這樣一想心中不免有幾分惆悵，不過隨即失笑。兩人本來就是朋友相交，哪裡有這樣行事的師爺？

孫保財聞言一笑。「你看著給我吧，我相信你不會讓我虧著的。」他心中大致有個數，差不多就行。

「話可不能這麼說。你當我要給你找的買家是誰，是我母親大人，所以要多少你最好出個主意來，這樣我才好開口。」

讓母親出價，他能想到這個價碼得多低。

孫保財愣了一下。沒想到邵明修要找的是他娘。面對親娘，邵明修能開口要高價？還真得他開口要才行。

孫保財想了會兒，道：「一萬兩銀子吧。」要多了也惹眼，就這樣吧。

邵明修點頭應了，只說有消息時讓人給他捎信。

兩人又說了會兒話，這才告辭。

孫保財回到紅棗村就沒再往外跑，一直在家陪著錢七哄孩子。平日活兒也不多，無非就是在溫室，還有去魚塘撈魚啥的。

空閒多了，孩子睡覺時，兩口子都在讀書練字，進步確實很大。

孫保財更是在沒事時去學堂轉轉，順便聽呂秀才講課。呂秀才下課時，也會找他問些書中不懂的地方，倒也受益匪淺，弄得祥子都說，同窗們說他是學堂裡最老的學生。

後來他因著無聊，把邵明修給兒子的書拿出來看。只見裡面有注解和釋文，解釋得比呂秀才還詳細，見解也更獨到，這才不去打擾人家上課，自己在家看了起來。

至於錢七一直在看醫書和背記藥材，只不過她的重點全在女子不孕症。

她已經立志做個專治女子不孕症的大夫了，以後如果有人來問診，有把握的她就治一治，沒把握的也只能讓人去別處看，總不能耽誤了。

她抬頭看孫保財還在認真看書，不由一笑。還有十天過年，三日後過小年，因為家裡什麼都有，也不需要再買啥東西，顯得特別清閒。

劉氏都說這家裡怎麼就沒個過年的意思呢，以往年前、年後都忙忙碌碌的，這跟著老三兩口子之後，人家啥都準備了，現在好像除了對聯還沒貼，其他都弄了。

最後老倆口去大兒子、二兒子家忙活去了。

錢七透過此事檢討自己，打算明年留些東西讓劉氏去集市採購，不能因為他們剝奪了兩老的樂趣。

她站起身，簡單做了幾個動作鬆筋骨。

孫保財聽到動靜，笑道：「累了嗎？要不要我給妳按摩下。」

錢七聞言一笑，搖頭道：「不用，哪有那麼累？倒是你這麼認真，我還以為你要去考秀才。」

孫保財笑道：「妳別說，我再這麼看下去，覺得考個秀才還是沒問題的。」

按理說，這裡院試的水平等同於現代的小學升國中，只不過這裡的考試複雜在於很多都是背書，聽說考題要答得一字不差才行。

他要是下些工夫背書，難道還拿不下個小學升國中的考試？

錢七聽了這話，疑惑道：「真的假的啊？真要像你說的這樣，怎麼會那麼多人連秀才都考不上？」

按照孫保財這說法，豈不是古代鄉試等同於現代的中考，那會試等同於學測嘍！這樣算來，孫保財絕對具有考進士的潛力！畢竟當年他們都考上過大學。

這般想著又不由笑了。自己這是著相了，就算真是這樣的考試，上輩子能考上大學也是唸了十多年書讀下來的。

不過相對來說，秀才功名應該好考才是。

「當然是真的。在古代，有秀才功名之所以被高看，是這裡的文盲太多、讀書成本太高所致。不然要是也實行什麼九年義務教育，滿大街十個裡得有八個是秀才。」

這話雖然有玩笑成分，但說的也是事實。還有就是朝廷規定了錄取名額，不管多少人參加院試，人家就錄取那些人，這也是古代考個秀才都難的主因。

古代科舉制度的目的很簡單，就是擇優錄取、優中選優，層層篩選出最優秀的人為朝廷所用。

錢七覺得還真是這麼回事，不過古代的教育成本太高，不可能實行義務教育。

這時，她聽到孩子哼哼，知道小傢伙快醒了，讓孫保財有空把對聯寫了。再過三天過小年，門上該貼對聯了。

孫保財點頭應了，琢磨著寫什麼好？

思考半天，最後還是寫了個比較俗氣的對聯：「事事如意大吉祥，家家順心永安康」，橫批是「闔家歡樂」。

錢七看了覺得還行，反正比她寫得好看，她自然沒意見。

結果就是孫保財的對聯貼出去後，成了全村字最難看的一副對聯。

# 第六十四章

孫保財把寫對聯的紅紙裁好，平鋪到案上，拿起毛筆開始認真寫。

錢七餵完孩子，親了親他的小臉蛋，笑道：「你乖乖在床上自己玩一會兒喔，娘要去幹活嘍。」

得到小傢伙啊啊回應，不由一笑。「乖兒子，答應了就要做到。」

孫保財好笑地看了眼娘兒倆。

他發現錢七最新的樂趣就是這麼自說自話地欺負兒子。

錢七跟兒子說說話，每天無事時和小傢伙時常這麼交流，覺得挺有意思的。

一會兒要貼對聯，她決定先去廚房打些漿糊。

孫保財寫完對聯看了會兒，自我感覺寫得還不錯，等著晾乾之時，就在床邊哄兒子。

孫屹看有人過來了，小手開始揮舞，一邊啊啊啊的，也不知說什麼？

孫保財跟他啊啊兩聲，笑道：「你啊，長大可得多長點心眼，你娘可不好對付，我是你親爹才跟你說實話……」一時父子倆玩得倒也挺開心。

錢七端著漿糊進來，看到床上的父子，不由一笑。

「一會兒我跟你去貼對聯吧。」

孫保財搖搖頭。「不用，妳在屋裡哄孩子吧，我自己能行。」

說完又逗了會兒孩子，才拿著對聯出去貼。

邵安騎馬過來，遠遠就看到孫家門前有人，近前一看，竟是孫師爺。他下馬過去，笑著跟孫保財問好，可注意到門上的對聯，笑容一僵。這字好一般……他是邵府的家生子，雖是下人，但看過的好字太多，孫師爺門上這字只比他強一點。不過能貼在孫家門上的，估計不是他寫的就是家人寫的，所以儘量讓面上含糊過去，然後直接把來意說了。

孫保財剛貼完對聯，看邵安騎馬過來，知道應該是邵明修找他。聽邵明修讓他明天去一趟衙門，他點頭表示知道了。讓邵安進屋喝些茶水，給他拿了些山貨才讓他走。

回屋後，他把明天要去縣衙的事說了。錢七笑道：「正好明天去滷味鋪子買些豬蹄，有想吃的滷味，你看著買點。」買這個是過年時湊個菜。

孫保財笑著應了，看錢七沒有其他東西要買，才去把小傢伙抱起來在屋裡來回走動，讓他看看方寸之外的東西。

學堂在小年前一天放長假，到時呂秀才夫婦要回東石縣城過年，直到正月十六學堂開課才會回來。

夫妻二人因長期吃村人送的魚，呂秀才尋思著，除了字能拿得出手之外，也沒有別的可以回饋村民，所以跟學生們說，可以給他們每家寫一副對聯。

結果這事被田村長知道了，便跟他商量能不能讓來的村民都給一副對聯？還表示紅紙啥的跟他拿。

呂秀才哪能拒絕，於是今兒個休沐日寫了一整天的對聯，雖然寫得手痠，但看到村民臉上的笑容，心裡竟有一絲滿足，似乎越來越能融入到紅棗村了。

大家在呂秀才家求來的對聯，回去就把對聯貼到大門外。

張氏自然也不例外，喜孜孜地把拿回來的對聯貼起來，看著劉氏道：「娘，您也去學堂領一副對聯吧！」

劉氏看門上的對聯，覺得是好看，笑道：「不去湊這個熱鬧了，老三說要自己寫。」

張氏聽了也沒再勸說，只不過在心裡嘀咕。老三的字怎能跟呂秀才比？雖然大家都不識字，但字好不好看，他們還是能看出來的。

劉氏和孫老爹從老大家裡出來，一路上看村裡的家門上都貼了對聯，這感覺一下子就有年味了。

一看自家門前也貼了對聯，他們兩老還在門口看了會兒，雖然不識字，但不論怎麼看這門上的對聯，就不如老大家的好看。

孫老爹點頭道：「我看著也沒有老大、老二家門上的字好看。不過這也沒什麼，這字肯定是三娃子寫的，比不過人家呂秀才也正常。」

三娃子沒上過私塾，現在能識字，還能寫對聯，在他看來已經很了不得了。

劉氏也覺得有道理。呂秀才可是秀才，她家三娃子雖說現在是員外郎了，也是屬於半路出家，自然比不得人家自幼讀書的人。

劉氏進屋看老三兩口子在哄孩子，連忙過去抱了會兒小孫子，不時說些閒話，還笑著把對聯的事說了。

孫保財眉頭一挑，和錢七對視一眼，找了個藉口出去。

他走了幾家，看人家門上的對聯寫得俊秀端莊，能看出呂秀才的字下了很大功夫，是比他的好看多了。不過既然貼上了就沒有揭下來的道理，所以回去跟錢七自嘲，家裡的對聯估計是村裡字最不好看的一副了。

錢七安慰道：「你可以這麼想，別人家的是求人寫的，咱家的是你自己動筆寫的，意義不一樣。」

翌日，孫保財吃過早飯，幫著收拾完才往縣城走。

到了縣城，他先去了滷味鋪子挑了十隻豬蹄，又買了些鴨貨。付了錢，拿著包好的滷味出來，才往衙門的方向去。

到了縣衙，他聽說邵明修在前堂忙，索性逕自到書房，把豬蹄放到桌上，坐著等他。

邵明修忙完政務來書房，只見孫保財悠閒地喝茶，不由白了他一眼。

他這一天忙得不到天黑回不了後院，師爺倒好，清閒不說，不請都不來。

轉頭看桌上放著東西，竟然是兩隻豬蹄。很好，求人辦事、給人謝禮都這麼別具一格。

孫保財厚著臉皮把這枚白眼笑納了。「大人百忙之中還得忙我的事，辛苦辛苦，特意買兩隻豬蹄給大人補一補。」

邵明修看孫保財這樣，不由調侃了幾句，說笑了會兒才說正題。

他把銀票拿出來，兩人直接把契約簽了，孫保財把陸路通貨運行的一成乾股契約給了邵明修。

把契約和銀票收好，兩人這才說起了其他。

聽邵明修在東石縣也就一任，孫保財不由道：「你不是說縣不變府不走嗎？」

一任三年，東石縣的基礎打好了，快要收取成果，這要是調走豈不可惜？

邵明修苦笑。他也不想走，但這可由不得他，皇上的安排已經很明顯，如不出意外，任期到了之後，他只會留京，不會外放了。

所以他才出此言，也讓孫保財心裡有個準備。

孫保財琢磨了會兒，想通之後不由一嘆。只希望邵明修進京後順利吧！

錢七正在掃院子，忽然見小劉氏來了，招呼她進屋。

「二嫂來有事嗎？娘這會兒沒在家，有事只管跟我說。」

小劉氏臉一紅，不好意思地道：「我不是來找娘的，我是來找妳的。」

她吃完藥都一個月了，癸水始終沒來，所以她想著會不會有了？但也只是她的猜測，沒敢跟當家的說，怕最後空歡喜一場，所以才來找錢七讓她幫著看看。

錢七失笑。這月分太輕了，自己這水平也不知能不能摸到滑脈？於是又仔細詢問一遍。

聽小劉氏說，平時癸水是月初來，如今延遲了快大半個月，說不上還真有了。於是坐到跟前，示意小劉氏把手伸出來診脈。
她把手指搭上後，靜心感受脈搏的跳動。
咦，摸不到？錢七不由皺起眉頭。
過了會兒，她睜開眼，嘆了口氣。沒診出滑脈。
小劉氏看錢七不是皺眉就是嘆氣的，心裡不由自主跟著起伏，等到看她嘆氣，心想完了，這是沒懷上……
錢七看著小劉氏，歉意地道：「二嫂，妳這脈象太淺，我沒診出來。妳要是心急，想快些知道是不是有了，最好是去縣裡的醫館看看。要是不急的話，我建議妳再等等，過個半月左右再看，那時脈象就明顯了。」
她師父說過，經驗豐富的大夫是能診出一月左右的滑脈，所以才說了這話。
小劉氏聽了，不安地道：「弟妹，妳跟我說實話，是不是妳看出沒懷才這麼說的？」
錢七聞言笑著保證剛剛的話是真的，又叮囑這段時間讓她別幹重活，才算安了小劉氏的心。
沒想到把小劉氏送走之後，娘家六嫂也來了，問的竟然是同件事。
錢七也如對小劉氏一般，詢問後同樣是讓她再等等，或者讓六哥帶她去醫館看看。言談中又說了小劉氏也是這種狀況，她倆病症相同，這會兒出現的問題一樣，也能理解。
她看她六嫂有些活泛了心思，不放心地叮囑道：「六嫂，妳一定要去縣城裡大些的醫館看，找醫術高明、經驗豐富的老大夫，千萬別為了省錢去小藥鋪找坐堂大夫看啊！」

她擔心那地方的大夫醫術一般，看不出來再糊弄她買一堆藥吃。沒確診是不是懷孕之前可不能亂吃藥。

等六嫂應了，看她起身急著走，也明白估計是要找六哥說這事吧。

她笑著送六嫂到門口，剛想回屋，沒想到又被叫住了。

錢七轉身一看是蔡氏，便把她請進堂屋坐。

蔡氏因過兩天要回東石縣城，等到正月十五下晌才回來，特意來跟她告別。

錢七對於蔡氏的來意，大致也猜得出來，就是蔡氏不往這話題上引，她也不能主動挑明，萬一要是跟她的猜測不一樣，豈不是尷尬？於是兩人就這麼聊著家常話。

蔡氏今兒個來一是辭行，二是癸水沒來，所以想找錢七詢問一下，就是這一時不知怎麼開口？

錢七上次教她的法子，她回去用了，想到這裡，不由臉色一紅。

要把那事集中在那幾天，她可是費了不少心思，每每想到相公疑惑的眼神，心裡是既羞澀又彆扭。

錢七只納悶蔡氏怎麼說著話，臉還紅了呢？可回想了下剛剛的話題，真是要多正經有多正經。

蔡氏看錢七這樣，明白錢七注意到自己臉紅了，索性跟她說了來意。

錢七詢問得知，蔡氏的癸水從上個月就沒來，但因蔡氏本身就沒婦科方面病症，跟兩個嫂子的情況不同，因此笑說先讓她看看。

她把手指搭在蔡氏的脈搏上，輕輕閉上眼，靜心感受脈搏跳動。感覺脈象往來流利、應指圓滑，如珠滾玉盤，確認是滑脈。

因中醫脈象要綜合考慮才能確診，畢竟滑脈並不單單指妊娠，也代表很多病症，而婦女無病出現滑脈，方可判斷為妊娠。

這又詳細問了蔡氏的身體狀況，直到把蔡氏問得臉色發白，才笑著說應是有了一個半月左右的身孕了。

蔡氏聽了沒反應過來，愣了會兒才明白錢七說了什麼，弄得一時竟不知該回應什麼？剛剛問了那麼多，她以為得了不知的病症，心中正焦慮，本想詢問到底得了什麼病，沒想到卻被告知懷了身孕，這會兒心裡竟然沒有預想的喜悅。

蔡氏整理心緒，看著錢七道：「妹妹平日都是這般給人問診嗎？」這也太……

錢七笑道：「是啊，師父教導，大夫診斷病症一定要嚴謹。」

關鍵是中醫要辨證的地方太多，一種脈象可能代表多種病症，只能透過望聞問切，一一排除之後才能得出結論。

蔡氏只能點點頭。錢七說得對，只是心裡忍不住嘀咕，讓她看病，心裡起伏也太大。

錢七又想了下，道：「蔡姊姊回縣城後，可以找個醫館再確診下。」

雖然她覺得自己沒把錯，但終歸沒啥經驗，心裡有些沒底，才說了這話。

蔡氏點頭應好。有了錢七這話，她心裡有底了，回去後肯定會找大夫確定，到時好跟夫君說起這事，讓他也高興高興。

畢竟要是現在跟夫君說自己有喜了，還要解釋怎麼知道的，甚至有可能牽扯出房事的事。

兩人又說了會兒話，送走蔡氏，錢七想著，不由一笑。

# 第六十五章

過小年這一天，全家人都換了身新衣，特別給小傢伙穿了身小紅襖，看著喜慶，稀罕得劉氏一直抱著。

現在小傢伙快三個月了，自己在床上時已經有要翻身的意思，劉氏看了直說這孩子硬實。

這時，劉氏和孫老爹在照看孩子，錢七和孫保財在廚房做飯，一邊說孩子的事。

今兒個劉氏說起給孩子過百天之事，兩人的意思是孩子太小，不想給他過百天。他們本身就是農家人，在農村誰家孩子也不會過滿月、百日週歲啥的，而且現在他們家身分不一樣了，這樣做難道還要收禮嗎？

嗯，心裡絕對不承認是因為麻煩。

兩人商量好，錢七笑道：「那這事就交給你了。」

「沒問題，交給我吧。」他也不想老婆累著。

小孩子過個生日就可以了，到時給他煮個雞蛋，一家人一起吃頓好的，他覺得已經很不錯了。

兩人一共做了十個菜，這個小年過得還算豐盛，雖然人少些，但有孩子也出了不少樂事。

就是劉氏回屋裡之前，沒用好眼神看過兒子。

過年這天，家裡每個人都穿著新衣，最惹眼的還是小傢伙，眼神特別有精神，看著惹眼可愛。

爆竹聲中一歲除，外面不時傳出爆竹聲，但村裡響起的爆竹可不是鞭炮，而是用火燒竹子，使之爆裂發聲，用意是驅逐瘟神，祈求平安健康之意。

這裡也有鞭炮，不過農村在過年時還是沿用古舊的方式來驅除瘟神。

農村的小孩子吃過下晌飯就到長輩家拜年，這時不管是哪個小輩來，長輩都要給壓歲錢；村裡的娃娃一起來看熱鬧的，也要給兩塊糖才行。

至於晚上，則要燈火通明地守歲，也叫守祟。

總之過年這一天對錢七來說，除了做飯就是收拾；收拾完了，孫家和錢家的孩子陸續來拜年，給了紅封和糖果，這幫小孩高興地道了聲謝又往下一家去了，連坐會兒都沒有。

反正這一天過得比往常都累，就算有孫保財幫著也累。

過了正月十五，孫保財趕著騾車去了縣衙，一路琢磨邵明修找他幹麼？

兩人見到面，說了會兒話，邵明修忽然把一份邸報遞給孫保財，示意他看看。

孫保財接過一看，是去年十一月的邸報。

這東西他來縣衙有空就會看看，畢竟這屬於內部資料，裡面報的可都是國家大事。

但這一期寫得最多的竟然是官員被查之事，什麼某某官員因吃空餉，現在已經被關押刑部大牢；一看官位都在正四品以上，裡面透露的訊息可不尋常。

孫保財皺眉想了會兒便明白，這是皇上動手了。確切地說，這些貪官啥的，皇上以前就知道，只不過沒到時機，所以先養著。

現在把這些人抓了，是在為太子登基做準備了。

他揉了揉眉心。以前學歷史時，他研究過皇權交替時會出現的狀況，老皇帝在退位前是最血腥的，一是要把一些人給清掉，二是為了給新皇留名聲德政做準備。

簡單地說，就是退位前掀起一片血雨，弄得大臣、百姓心驚膽戰，等新皇登基來個大赦天下，到時再實行一些德政，百姓自然都會說新皇好，這樣一來，民心這東西來得不費吹灰之力。

孫保財把邸報放回去。「這才剛剛開始。」

邵明修點頭，輕輕道了句。「是啊，才剛剛開始。」

孫保財看他這麼說，知道他想得通透，也說了一些看法。

這種時候最好離得遠些，肯定還有別的勢力參與進來，太子想要一帆風順地繼位，恐怕不太可能。不過看皇上這番舉措，也不會容忍破壞計劃之人，總之，京城近幾年便是是非之地。

邵明修看孫保財這樣說，不由笑了出來。多麼聰明的一個人，如果止步於此豈不可惜？又感嘆有些人、有些事，不是想避就能避得開的。孫保財做了這麼多，不想捲進朝廷紛爭，可惜最終還是逃不開。

他把最新的邸報遞給孫保財，示意他繼續看。

孫保財一臉狐疑地看著邵明修。怎麼不一次全給他？

這份邸報最重大的事件，就是海東府知府霍廖因在任期間貪污，受賄金額多達十萬兩白銀，被判了斬立決，家中男丁流放，女眷進入教坊司。

邵明修等孫保財看完，給他解惑。「霍廖是太子的人，皇上十分震怒。」

最近朝廷風起，皇上接連查抄了幾位品級不低的大臣，有些人坐不住了，知道皇上為何這麼做，才出了霍廖的事。

從太子這裡下手，皇上必然會分心，不再緊抓著他們不放。這樣一來，他們得到了喘息機會，好往下布局。

因此現在的情形就是這些人已經聯手對付太子，太子面臨的是什麼，可想而知。而他們這些打上太子標記的人，必然要盡全力輔佐太子登基，不然……

孫保財聞言皺起眉頭，不明白邵明修跟自己說這些幹麼？有人對太子出手，他也管不到啊？

在他看來，能受賄十萬兩銀子，被判死刑很正常啊，就是可惜家人受了連累。於是就把這話說了出去。

邵明修白了他一眼，直接道：「太子倒了，你以為不會牽扯到你？就算你手上有皇上的封賞聖旨又如何，那時皇上可是換人了。」

所謂一朝天子一朝臣，不外如此。太子要是不能登上大寶，他們這些跟著他的都不會有好下場；他要是倒了，孫保財還能安生嗎？

不管什麼事，做了就有痕跡。孫保財是他的師爺，這事瞞不住，更別提他出謀劃策那麼多事，別人是不會放過他的。好一點的結局就是被人看中，從此成為別人的幕僚，那樣的話，還不如現在跟他一起搏個前程呢！

孫保財皺眉細想邵明修話裡的意思。不會太子一個手下倒了，太子地位就不保了吧？怎麼可能呢？

皇上為太子這般鋪路，就算震怒，難道會因為這件事就改變傳位的心意？

但話又說回來，如果這種事多發生幾次呢？就算是再明智的君主，心中也難免要猜疑，自己選出的接班人卻連手下都掌控不住。

到時各方勢力來個落井下石之類的，太子危矣！

太子倒了，邵明修也好不了，而他跟邵明修的關係也會被人查出來，然後他會怎樣就不好說了。

想罷，他不由揉了揉眉心。

自己之前做了那麼多事，能實現的前提是，邵明修要一直在他前面擋著才行，這會兒邵明修跟他說這個，是察覺到危機了。

他抬頭看了眼邵明修。這小子也不是個好鳥，總想把他拖下水！不由白了他一眼。「你直接說吧，要我怎麼做？」

邵明修聞言一笑。孫保財這麼問，代表他已經想通利弊。

「我回京之日，你跟我走。我可以給個承諾，如果敗了，我會安排你和家人出海。」這是他唯一能承諾孫保財的。

祖父來信給他分析了朝中形勢，讓他早做準備。而孫保財的能力不比他差，況且他的思維奇特，總是能出些奇招，所以他希望孫保財能跟著他回京。

勝了的話就不必多說了，屆時新皇只要不卸磨殺驢，好處自然少不了。

孫保財聽了，眉頭一皺。逃到海外說得容易，語言不通，一切都得重來，想到要讓老婆和孩子跟著受苦，心裡就特別難受。

而且去了京城就沒退路了，可如果不去，跟邵明修的情誼也到此為止了吧？一旦太子敗了，他的日子也不會好過。

他眸光一閃。與其那樣，不如放手一搏！

想罷，孫保財看著他道：「你手上有沒有值得信賴、身手好的女護衛？我想給我娘子、孩子找個人保護他們。」

邵明修微微一笑，知道孫保財的意思了。

「這個好說。三日後，我讓邵平帶著人去你家，如果可以就直接留下，覺得不成的話，我再給你找別的。」

孫保財讓他幫著找人，說明是信任自己，所以他不能在邵家的護衛裡挑選，畢竟邵家出來的人無論給了誰，最終還是掌握在邵家手裡。

他有個適合人選，不過這人現在還在臨安府，所以要等三天。

孫保財知道邵明修有現成的人選，讓他先說說這人的情況。

「這人以前是江湖中人，姓屠，名喚十三娘，年近三十，算是我同門師姊吧。她只要答應了便一定會盡到職責，不過她能保護你夫人及孩子多久，還要看你們如何跟她相處了。至於費用，每年百兩紋銀吧！」

屠師姊是他師伯的大徒弟，性子有些特殊，也有原則，她厭倦了江湖事，不想再有牽扯，因此跟他提過，讓他幫忙找個地方待著。

孫保財詫異看著邵明修上下打量。聽這意思，邵明修會武功啊？真沒想到他還是個文武全才。

至於每年一百兩銀子，只要真有本事，這價碼他給得起。

兩人又說了會兒話，孫保財才從縣衙出來，深深呼出一口氣。

來時還想去一趟府前街的宅子看看，現在也沒那個心情了。

# 第六十六章

孫保財到家時趕上了吃午飯，吃過後收拾完，看著哄兒子睡午覺的錢七，突然不知道該怎麼開口？

兩人的初衷本是一起過些簡單的日子，誰想這日子眼看著要過得越來越複雜……突然心底升起一股惆悵，覺得挺失敗的。上輩子過成那樣，因為工作應酬而冷落老婆，導致最後兩人鬧到離婚；這輩子就想陪陪老婆、過簡單的小日子，原來也不能如願。

錢七等孩子睡著了，給他蓋好小被子，轉向孫保財。

這人回來雖然裝著沒事，但兩人相識前後加起來都二十多年，他的細微情緒變化，她都能感受到。

「說吧，你做了什麼對不起我的事了？」

孫保財被逗笑了，知道瞞不過錢七，索性抱著她，把今天跟邵明修討論的事說一遍。

錢七愣了愣，沒想到事情會這麼複雜，也明白了他為何這樣。

他有什麼念頭、想過什麼日子，她自然知道，她何嘗不是想過簡單寧靜的日子？這幾年兩人之間沒有爭吵，她特別珍惜，但冥冥中總是有些既定的命運。

她放鬆身子靠在他的懷裡，閉上眼輕聲道：「去了管好自己，要是讓我知道你有了花花腸子，咱們直接和離。」

這話說得異常清冷，孫保財聽了忍不住咬了錢七的脖子一口，表達不滿。這小沒良心的氣死他了，他在這兒捨不得分離，她可好，直接說你可以走，就是把下半身管好，管不好的後果就是和離。

他知道錢七的底線，還有性子裡的冷漠和決絕，他要是真在外面弄個女人啥的，這女人絕對抱著兒子離開他，眼睛都不眨的。

錢七現在變得好脾氣，雲淡風輕，那是她把骨子裡的秉性隱藏了。

錢七疼得嘶一聲，皺眉道：「你屬狗的啊，好好說著話，你咬什麼啊？」

她才說一句話就咬她，上輩子他可沒這樣！

「誰讓妳瞎說的。妳放心，這輩子都不會給妳機會離開我的！」

三日後，邵平趕著馬車，在下晌時到了孫保財家。

孫保財和錢七正在院子裡抱著孩子曬太陽，聽到聲音，一看是邵平，知道他把那位保鏢帶來了。

邵平下了車，跟兩人打過招呼，笑著走到車廂處請人下來。

錢七只見一位身穿黑衣，渾身散發著冷冽氣質的美女從車廂走出來。

錢七被她看了一眼，都能感受到對方眼中不經意間射出的冷意，心中感嘆好有所謂的高手風範啊！她以前看過武俠小說，這樣出場的武功都高！

孫保財看到下來的美人，不由皺起眉頭。不會這人就是邵明修他師姊吧？長成這樣，確定是來他家當保鏢的？心裡忍不住編排起邵明修。你他丫的弄個大美女來，絕對心思不純！

但看沒人下來了，知道就是這一位，猛然心裡有些壓力，不覺看了眼錢七，發現她竟然眼帶著欣賞地看著美女，一時心中竟然升起一絲自豪。他老婆對他這麼有信心啊？

既然錢七不介意，他還在這兒糾結個什麼勁兒？便上前笑著把人請到堂屋裡。

屠十三娘下了馬車，隨意看了下，門口處站著一男一女還抱著個孩子，便跟他們點了下頭，算是打過招呼。

師弟信裡說了這家的大致情況，她同意過來也是由於這家人口簡單，沒有什麼雜七雜八的事。她現在只想找個清靜地方待著，避開江湖上的恩怨情仇。

看這對男女眼神正氣，見到她，女人眼中只有欣賞沒有嫉妒之色，讓她印象很好；而男人眼中透露出的內容倒是挺多，但眼神清明，明顯對她無雜念，也讓她心裡鬆了口氣。

看來這戶人家可以待下去了。

年近三十，很多事都看開了，她現在只想找個地方不讓人找到，所以才讓師弟幫著留意。

孫保財讓邵平和屠十三娘坐下，看錢七抱著孩子要去給他們倒水，忙讓她坐著，他親自招呼倒茶。

這一幕倒是讓屠十三娘詫異。這個長相一般的男人，很愛重他的妻子。

孫保財要是知道屠十三娘心裡怎麼想他的，估計會嘔死。什麼叫長相一般！

他倒了茶水，直言道：「我想找人保護我的夫人和孩子，只要能護著他們安全，不讓他們受到別人的傷害即可，不知屠姑娘有何意見？」

說完這話都覺得彆扭。對方年紀比他和錢七都大，但看對方又不是梳婦人髮型，只得叫姑娘。

錢七也注意到了，不過她比較好奇為何這人這樣的年紀還沒有成親？難道江湖人士放著這麼個大美女都不追求嗎？還是受過啥情傷？

屠十三娘點頭，冷聲道：「我只能盡力而為，不讓令夫人和孩子受傷。」

錢七認同這話。能盡力就好了，畢竟雙拳難敵四手，對方的聲音雖然清冷卻很好聽。

孫保財聽了也覺得沒毛病，就是想知道屠十三娘的「盡力而為」本事有多大？於是委婉地表達了下，想看看屠十三娘的本事如何？

屠十三娘聞言，冷漠地看了眼說話的人，隨手把茶杯蓋放在桌上，單手覆上再拿起時，原本放在桌上的茶杯蓋沒了，只剩下一小堆粉末。

孫保財見到愣了愣，要不是怕失禮，真想衝上去看看是不是在變魔術。

但也知道人家是真本事，突然有些明白這位屠十三娘為何這年紀還未成家。這樣的人娶回去還不得小心翼翼供著，要是人家一個不如意，還不得分分鐘被秒了！

孫保財轉頭看錢七，詢問她的意見。

錢七看了眼桌上的粉末，兩眼放光。原來古代真有內功啥的啊！

她對著孫保財輕點下頭，表示很滿意。

她覺得兩人會成為朋友，雖然現在看著屠十三娘冷冰冰的，但從她眼神中能看出這是個正直的人。

孫保財看她沒意見，於是出聲詢問。「我想聘請屠姑娘保護我的妻兒，不知姑娘能讓我聘多久？」

這時間自然是越長越好，要是幹不長，他還得再找人。

屠十三娘冷聲道：「如果順心，可以一直留在這裡；如果不順心，可能隨時會走。」

孫保財聽了這話，和錢七互相看了看，同時在心裡感嘆。真有個性……江湖中人是不是都這般灑脫？

又說了下福利、待遇，本來想簽個契約，結果人家直說那東西沒用。

孫保財一想也是，人家都把話說清楚了，滿意就繼續幹，不滿意直接走人。對這些江湖人士來說，契約可不就是一張紙嗎？反正這位是邵明修的師姊，到時要是有事，他找邵明修去。

邵平看雙方都談好了，回車裡把屠十三娘的包裹、琴和書箱拿過來，便跟孫保財告辭。他還要回去跟大人覆命呢，而且老太爺還寫了封信讓他轉交給大公子。

錢七一看該自己上場了，先讓孫保財把書箱和琴拿到東屋，再把兒子交給他，讓他抱著兒子出去轉會兒。

等父子倆出去後，她拿起屠十三娘的包裹，笑道：「我叫錢七，妳可以叫我小七、小錢都可以。妳比我年長些，叫妳屠姊姊可好？」

屠十三娘聞言，話都沒說，只是點頭表示同意。

錢七也不在意。有些人雖然冷，但不代表這人高傲，也可能是面癱啊、不擅言談啊，還可能是種保護色吧。至於屠十三娘是什麼，以後會弄明白的。

她把屠十三娘帶到整理過的東屋，笑道：「屠姊姊以後住這屋，看看有什麼要添置的跟我說。」

本來這屋裡放了很多師父給她的藥材，聽孫保財說今天來人，她前兩天就把屋子收拾出來，還特意通了風，散散屋裡的藥味。

屠十三娘進來就聞到屋裡有股淡淡的草藥味，看屋裡乾淨整潔，佈置得還算雅致，覺得不錯，便跟錢七點頭表示感謝；又問可有宣紙，能否給她拿些？這個錢可以在她的工錢裡直接扣除。

錢七表示有宣紙，這些日常用品讓他們提供，有什麼需要，只要跟她說一下就行。又簡單介紹了下屋子裡的東西，才出去讓屠十三娘先休息。

晚上時，劉氏見家裡多了這麼一個大美人，雖然說是要保護孩子，但忍不住把孫保財叫到屋裡，皺眉道：「你是不是有啥花花腸子了？你媳婦剛給你生了個大胖小子，你可不能對不起她。」

村人可不興那三妻四妾，三娃子就算是個官身，也不能在他媳婦沒有任何過錯的情況下有那些亂七八糟的事。再說那個女人美是美，但讓人不敢近身，連個話都不敢說，豈不是憋屈？

孫保財不由好笑。這都是哪跟哪啊？跟劉氏解釋了好一通，才讓她勉強相信自己沒那心思。

回去把這事跟錢七說了，又引來了一陣大笑，最後兩人又鬧在了一起。

過後，孫保財看著仍在氣喘吁吁的錢七，認真道：「家裡放了這麼一個大美人，妳就一點也不擔心嗎？」

錢七信任自己當然高興，但男人麼，就是想聽她親口說出來。

不知為何，來到這裡以後，這女人竟然都不怎麼跟他說情話，兩人簡直就是直接步入老夫老妻的狀態。

錢七不由失笑，看著他道：「以前咱倆吵鬧成那樣你都能守得住，來這兒又繼續纏著我，我有何不放心的？」

在這方面，她對孫保財還是有信心的。現代的誘惑可比這裡多了，美女看得也不少，現在還守著她，可見這人得有多戀舊，對她的情有多深，面對這樣的男人，教她如何不愛？

屠十三娘的工作是保鏢，只是平日裡，錢七頂多就是帶孩子在房前屋後地轉轉，這麼點距離，哪裡需要跟著？因此她平時也不出屋，沒事便看書、畫畫、撫琴一曲，倒也愜意。

對於屠十三娘，錢七和孫保財都沒在意。本來就是請保鏢，希望這輩子都沒用上才好呢！

但劉氏看不過去了，因著屠十三娘一身冷氣，她也不敢靠近，只能找三娃子和錢七說事。這花銀子雇個人，怎麼能啥也不幹呢？弄得孫保財又是一通解釋，還誇張地說了下，屠十三娘武藝有多厲害等等，成功地唬住了劉氏，劉氏從此才不再提這事。

當然孫家住了個大美人的事，也在村子裡傳開了。

畢竟屠大美女每日都要撫琴，紅棗村就沒有一個人會這東西的，自然有好奇的人來詢問。然後經過來人宣揚，紅棗村現在對孫家的事是各種猜測。

對於這些閒言碎語，兩口子自動忽略，而王氏來找錢七詢問時，也被錢七給唬過去了。

這天，錢七收拾好後回屋子，把小傢伙放到床上。孫保財在小床上方拴了個鈴鐺，接著一根繩子，一拽鈴鐺就響。她把繩子繫在小傢伙的手腕上，這樣他一動小胳膊，鈴鐺就響，就這個簡單的東西，小傢伙能玩上一個時辰。

安頓好小傢伙，她回到案上，把宣紙鋪好，開始練字。

屠十三娘放下手中的書，冷漠的臉上罕見地露出疑惑之色。

這一家人的處事方式當真不同。

她平時如非必要根本不出屋，但孫家的事她都知道，孫家就這麼點大，誰來講什麼，只要她側耳傾聽，也能知道說的是什麼。

本來她覺得這樣挺正常，且雇主也沒啥事。但自從劉氏說過後，她稍微反思自己是不是真的光拿錢不幹活？而她竟然開始有些認同劉氏的話了。

畢竟每日吃的都是雇主做的，雇主每日不是做飯就是哄孩子，有時還會去地裡幹農活，這家裡好像就數自己最清閒，到點吃飯，吃完回房做些喜歡的事，她好像真像劉氏說的光吃飯不幹活，是孫家花錢請來的大小姐！

說實話，她確實喜歡這裡的寧靜，可心裡有了這番念頭後，覺得有必要找雇主談談。她起身出去穿過堂屋，到了錢七住的屋子，輕聲敲了敲。

錢七聽到有人敲門，因著還有幾筆才寫完，於是道了句。「請進。」

寫完了放下筆，抬頭一看是屠十三娘，心中倒是有幾分詫異。這人竟然會主動出來找她。

錢七請她坐下，直接詢問可是有事？畢竟跟屠十三娘相處最好是有話直說。

屠十三娘板著臉把原因說了，錢七聽完愣了愣，隨即就是一陣大笑。天，真沒想到她是這屬性。

就知道她不是個冷心冷情之人，但竟然為了是不是光吃飯不幹活這事煩惱，有點萌。

但看屠十三娘正冷眼凝視自己，錢七微微一笑，道：「屠姊姊見諒，剛剛沒忍住。」

其實她還想笑，就是擔心屠十三娘惱羞成怒，一掌把她拍了。她可是還記得她家那個杯蓋化成灰的過程呢！

屠十三娘不由一陣氣惱。什麼叫沒忍住?!

錢七正色道：「屠姊姊不必有這樣的顧慮。我們聘請妳回來做什麼，我們心裡明白，自然不會有其他要求，妳每日該怎麼過就怎麼過。我做的都是喜歡的事，妳也不用多想。」

屠十三娘聽著，點頭表示知道了。孫家每年能花一百兩銀子雇她，自然是有些家底的，這年頭買個下人才幾個錢，孫家沒有下人，估計也是人家不願意用，這般想著她便心安了。

忽然聽著一陣鈴鐺聲，她轉頭看了眼衝著自己笑的小孩，那純真的笑容讓她心裡一暖，不由走過去看著他。

只見小傢伙更興奮了，不停搖動小胳膊，鈴鐺也歡快地響著。

屠十三娘看著孩子，眸中浮起一絲笑意。

# 第六十七章

錢七恰巧看到屠十三娘眼眸中的笑意，猶如傲雪凌霜中綻放的寒梅，眼中不由帶出幾分驚豔之色。

又看了眼在那兒笑得歡快的兒子，默默在心裡吐槽。這小東西倒是會表現，平時看著她，怎麼沒這麼熱情呢？

不過看這情形，明顯是屠十三娘對自己兒子感興趣。她走到床邊道：「屠姊姊，給妳正式介紹一下，這是我兒子孫屹，可以叫他屹哥兒。」

看兒子臉上的小表情還挺豐富，在那兒啊啊啊的，鈴鐺聲因此聽著有些鬧人，索性解開繩子把他抱起來。

屠十三娘聽這孩子叫孫屹，看他在母親懷裡還扭頭看她，不由出聲道：「我能抱他嗎？」

錢七聞言一笑。「當然可以了。」

說完，她把小傢伙遞給屠十三娘。看屠十三娘的姿勢，知道她抱過孩子，當即把拖著孩子的手收回。

「屠姊姊要是喜歡，每天都可以來抱抱他。」

天知道以前抱著孩子覺得還挺好的，但可能是伙食太好，小傢伙越來越重，現在抱一會兒沒問題，要是時間長了，手臂都痠。

屠十三娘在孩子入懷的那一刻，笑意更濃，聽了錢七的話，直接點頭同意。反正她一天也沒什麼事。

她把手放到小傢伙後背由上至下摸了一遍，眼底的笑意越來越濃。這孩子骨骼清奇，適合習武。

剛想問錢七可願意讓孩子跟她習武，忽然感到身上一陣溫熱，臉上不由泛起尷尬之色，有些錯愕地看著懷裡一臉認真的孫屹，一時竟然不知該怎麼做？

她以前就抱過師妹家的孩子，那時每天抱一會兒覺得孩子軟軟的，從沒有過現在這樣的待遇。

錢七注意到屠十三娘的動作，心中雖有疑惑，但也知道這人是邵明修的師姊，不會做出傷害孩子的事。只是看到屠十三娘臉色微變，還在納悶什麼事能讓這座冰山美人變色？當她看到小水流滴答滴答地落下時，當即明白了，連忙把小東西抱過來。

等他尿完了，只見屠十三娘的衣裳上濕了一大片，不由臉色微紅，跟她說了一通抱歉的話。

屠十三娘留下一句「去換下衣衫」便回屋裡，錢七趕緊抱著孫屹去把濕了的小褲子換下。看這小東西還在那兒啊啊啊，不由拍了拍他的小屁屁，失笑道：「你也太不長臉了，人家第一次抱你，就不能留個好印象嗎？要是把人嚇跑了，你以後只能在床上多躺一會兒了。」

錢七本以為經過屹哥兒這潑童子尿，屠十三娘會有段時間避著小東西呢，沒想到屠十三娘換完衣服就過來了，還跟她說想收屹哥兒為徒。

這讓錢七心裡是又驚又喜。喜的是屠十三娘的本事，要是兒子以後也學成那樣，最少不用擔心他的安全；驚的是他們除了知道屠十三娘的名字，還有她是邵明修的師姊之外，其他一無所知，把孩子交給她教導，最少也要稍微瞭解下才行吧？

見屠十三娘淡淡地看著自己，她委婉地表達了這念頭。

屠十三娘凝眉想了會兒，如果是她，也不會把孩子交給剛見過幾天面的人。對於錢七的謹慎，她很認同，自然不會氣惱。

她想了會兒，道：「孩子還小，這事先不提了，等他三歲時我們再說這事。屆時若妳還是不能相信我，而我還是想收屹哥兒為徒，會把過往全盤告知。」

錢七說得對，現在說這事太貿然，反正還有時間，可以慢慢瞭解。

錢七當即點頭同意。只要他們認同了屠十三娘，屆時無須多言也會把孩子交給她的。她沒有當即同意這事，也是想多瞭解屠十三娘為人。

她看著屠十三娘笑道：「屠姊姊，那以後妳還來抱屹哥兒嗎？」

屠十三娘聞言看了眼光著屁股在床上翻滾的小不點，點點頭。

孫保財回屋裡沒看到老婆和孩子，找到廚房也只有錢七忙著。看了一圈沒看到孩子，他納悶道：「老婆，兒子呢？」

錢七頑皮一笑。「你猜？」

孫保財想了下，詫異道：「不會吧?!」

家裡就這麼幾個人，劉氏和孫老爹雖說已經決定把茶寮攤子給大哥、二哥了，但現在大哥、二哥手上仍有些老主顧的訂單沒處理好，還要些日子才能接手攤子，所以現在兩人依舊每日去幫忙。

既然不可能是劉氏和孫老爹，那就只剩一人了。

看錢七點頭，他真的很難想像屠十三娘和兒子是怎麼相處的。

「你想多了，你兒子比你會討人歡心。」

又笑著把今天發生的事，跟孫保財說了一遍。

孫保財聽著也沒忍住笑，真心佩服兒子能讓冰山變色，還能討了屠十三娘歡心，人家還要收他當徒弟，這小子有前途！

屠十三娘這會兒抱著孩子，一臉冷然，眼中有著深深的無奈。

兩刻鐘前，錢七抱著孩子過來，說要做飯，問她能幫著看孩子嗎？

對於照看以後的徒弟，她還是很樂意的，當即點頭表示可以。

可是等錢七走了之後，這小傢伙就開始不老實，在她懷裡總是蹬著小腿往上蹦，小手還亂揮，頭髮都被他弄亂了，這小東西還在那兒一臉無辜地啊啊啊。

這會兒終於不蹦躂了，但小腦袋又開始往她懷裡鑽。

錢七這會兒還不知道自己兒子的豐功偉績，和孫保財在廚房做晚飯。

錢七把飯菜勻出一份，端著給屠十三娘送去。自從屠十三娘來了孫家之後，她都是自己在屋子裡用飯。

一進門，錢七看到屠十三娘的樣子愣了愣。天，這還是那個高冷美人嗎？

回過神後，她的臉微紅，知道這是兒子的傑作，連忙把托盤放到桌上，把小傢伙抱過來，對著屠十三娘說了好一通抱歉的話，帶著兒子落荒而逃——嗯，不是逃，是留些空間給屠十三娘整理儀容。

她抱著兒子回屋，看他一個勁兒地往懷裡鑽，知道他這是餓了，趕緊解開衣襟餵奶。看小傢伙急切的樣子，想到他在屠十三娘懷裡也這樣，一個沒忍住便笑了出來。

看得出屠十三娘涵養好，被小傢伙這麼對待還抱著他，可見是個好人呢！

東石縣這三年因著魚製品加工業的興起，吸引了不少商家進駐，這樣一來也帶動了更多的工作機會，因此湧進了大量從周邊窮困地方來務工的人，而縣裡的治安因著邵明修早早定下規矩，維持得還算井然有序。

縣城也向外擴充了不少，現在去了東石縣城能明顯地感受到人口多、小商販多，來進貨的商家也多，熱鬧程度是以前的幾倍。

因著農民全面拓展稻田養魚，大力開發魚製品加工，可以說東石已經儼然成為一個富裕之縣。

如今別的不說，就說農民家家都有餘錢，在花錢上也不再像以前那樣，一個銅板都要算計著；吃的好了、穿的也好了，現在除了種地養魚，農閒時都會去各大加工坊打零工，一年下來收入也不少。

農民都這樣，更不用說城裡的百姓了。一部分本地人做起了小營生，大部分還是做了加工坊的正式工人。邵明修也對入駐東石縣的商家提過要求，要優先給本地人優厚的工作待遇。

這一點自然是孫保財提出來，且被邵明修採納的，得好的自然是邵明修，城裡百姓對他感恩戴德。再加上湧進來的外地務工之人帶動了東石縣的經濟成長，最明顯的表現就是稅收比以前多了近兩倍。

東石縣取得的成績更是被皇上在邸報上通報，讓全國借鑑東石縣的成功。

結果就是每年都有不少人來東石縣考察學習，對此邵明修舉手歡迎。有人來為東石縣的經濟添磚加瓦，怎麼能不歡迎呢？

這一切最大的受益人便是邵明修，皇上下旨讓他任滿直接回京述職。

而且這三年，邵明修不單單盯著東石縣，還盯著柳塵玉的陸路通貨運行。

陸路通貨運行經過三年的時間，已經在大景朝全部布點完畢，代表太子的眼線能遍布整個大景朝。

這會兒孫保財也回過味來了，太子野心極大，也感嘆是不是帝王都要這種掌控力呢？

此時他正坐在院子裡，看著正溜溜亂跑的小傢伙。

再過月餘，他就要跟著邵明修上京，此去也不知道何時能回來，不知要錯過兒子多少成長……

錢七出來看兒子在院子踢球玩耍，孫保財在那兒唉聲嘆氣的，不由好笑。

這人真是的，他們母子倆還沒表現出戀戀不捨的樣子，他倒好，好像要一去不回似的，一天被弄得都沒有時間產生離別不捨之情了。

她坐在孫保財身邊，認真道：「要不我們娘兒倆跟你去吧，你這樣我看著難受。」

孫保財當即搖頭，皺眉道：「不行，你們在這兒我都不太放心，更別說去京城了。等我走了，一定要記住，不管到哪兒都帶著兒子，更要讓屠十三娘跟著。」

這話他已經跟屠十三娘說過了，屠十三娘也答應他，在他回來之前，不會因為任何事離開孫家，一定會盡全力保護好他們娘兒倆。

但也知道隨著離別日子越來越近，自己的情緒也越來越焦躁。

看錢七似笑非笑地望著自己，不由掐了下她的臉蛋，無奈地道了句。「妳啊……好了，我儘量調整情緒。」

錢七聞言，笑得瞇了眼。「這就對了，被你弄得我現在離別的情緒都沒了。」

這還怪他了？知道不能跟女人講道理，所以點頭哄她，直接應了說她說得對。

但過了一會兒後，孫保財忍不住又是一通叮囑。

錢七無奈地表示知道了。她在老公心中已經這麼不獨立了嗎？

這些年，她凡事不出頭，不是因為有他在嗎？心裡不由反省，怎麼讓孫保財現在把她當成小白兔了？

其實她心中有預感，孫保財此行會順利，說不上來為什麼，但不可否認，這感覺讓她有些安心。

# 第六十八章

翌日一早吃過飯，孫保財便去了東石縣。

邵明修正在書房整理墨寶。再過月餘就要進京，這裡的東西要好好歸置下，到時讓人送回臨安府。

聽孫保財來了，不由眉一挑。這小子怎麼這時候來了？

等孫保財進來，讓邵平給他倒好茶水，便揮手示意邵平下去。

他看著孫保財笑道：「有事直說吧！」

快去京城了，以這小子的德行，還不得長在家裡，恨不得不出門，所以這會兒來了必然是有事相求。

孫保財聞言一笑。兩人相交多年，對彼此瞭解甚深，因此也不跟他繞彎，說了來意。

「我來找你是想再雇個女護衛。孩子現在大了，要有個人看著，你師姊一個人顧不過來。」說完又加了句。「最好是能識字、寫字的。」

邵明修一聽這要求還挺高，想了下。「功夫不錯，也識字，但不能寫行不行？」上哪兒找那麼多文武雙全的，以為會功夫的都是他師姊那樣的啊？

若孫保財堅持要文武雙全的，暫時還真是沒有。

一般女護衛都是用丫鬟角色來掩飾身分，所以端茶、遞水是起碼的技能，其他的根本不用學。

孫保財聽了連忙表示可以，只要身手好，其他無所謂，剛剛不過是想萬一撞到大運了，再撿到一個屠十三娘呢？

於是邵明修把邵平叫進來，吩咐道：「你去把寶琴叫過來。」又對孫保財道：「這是我母親給我的人，你可以放心用，每個月給人家二兩銀子零花錢，別太摳了。」

孫保財白了邵明修一眼，伸出手比了下。「五兩行了吧？」

邵明修點點頭，趁這會兒人還沒來，又跟孫保財說了下出行安排。

兩人討論了會兒，等人來了，孫保財一看，相貌平凡、侍女打扮，聽邵明修吩咐讓她一會兒跟著他走，以後保護他的夫人，只見寶琴應了聲好，就站到他身後了。

有意思的是，如果他不特意想著這事，感覺隨時忘了身後還站著一個人，這麼低的存在感，不由猜測以前這人不會是幹殺手的吧？

人要到了，孫保財自然不想再多逗留，於是起身告辭。

出了縣衙，本想趕馬車，卻被身後的寶琴接了過去。孫保財心裡更是滿意了，這樣以後錢七出行也方便。

回去之後，錢七安排寶琴先到南屋住，讓她平時隨意行動，要是無聊可以去找屠十三娘說說話。

寶琴聽了，驚訝地看了錢七一眼，又默默低下頭，表示知道了。

她自然知道那位是主子的師姊，沒事去找她聊天？她瘋了才會去。

至於孫保財從縣城回來之後就沒再出去過，整天守著老婆和孩子。有時候他真希望時間過得慢些，奈何該來的日子還是來了。

吃過早飯之後，他在屋裡收拾好行囊，把錢七抱在懷裡，絮叨些有的沒的。「我要是回不來了，也會先保妳平安，但是妳可不能帶著我兒子改嫁啊！妳看我對妳多好，就帶了二兩碎銀子走，把家底都留給妳了，妳要是拿著我的錢，帶著我兒子嫁給別人，我豈不是也太窩囊了？」

他已經跟邵明修談好了，這次出去的吃穿花用全部算是師爺的工資，要不豈不太虧了？

錢七忍不住扶額。好好的離別不行嗎？只得無奈地道：「放心，你要是真把我們娘兒倆扔下了，我把你兒子扔給他師父，到時去找你。如果不想這事發生，你最好還是活著回來。」

雖然兩人說著玩笑，但語氣裡不乏認真。誰也不知道之後會有什麼情況，未來的事誰說得準呢？

孫保財皺眉道：「別這樣說，為了你們，我也一定會回來。」

放在錢七腰上的手不覺收緊，目光不由逐漸深邃。

錢七察覺他的情緒，回過頭在他的唇上深深一吻。

這時，孫屹邁著小短腿進來，看到爹娘便奔過去，睜著大眼睛好奇地看著，奶聲奶氣地道：「爹娘、親親、羞羞……」說完還用小手刮著小臉蛋。平時他要娘親親他，爹就這樣。

兩人聽到聲音立刻分開，錢七一看兒子的樣子，噗哧笑了出來。

孫保財白了兒子一眼。他現在領悟了，生孩子就是多了個電燈泡！看錢七這會兒起來了，孫保財只好把小東西抱起來親了親，跟他鬧了會兒，眼看時間到了也該走了。

出去一看，錢大趕著馬車，已經在門口等著了。

孫保財把孩子遞給錢七。「等我回來。」

說完轉身往門口走，坐上馬車，看著兒子對自己揮手再見，心裡不由一軟。

今天要走，他除了提前跟錢大說了，並沒有告訴別人。他不喜歡離別的場面，此時也只是讓錢大趕著車送他到縣衙跟邵明修會合，兩人再一起出發。

孫保財這麼走了，錢七感覺心裡空落落的，抱著兒子，一滴眼淚落在他的衣服上。

劉氏回來得知孫保財走了，納悶地道：「怎麼走了呢？不是說還得過段時間嗎？」

三娃子說了要出趟遠門，是去京城幫縣令大人辦點事。她兒子有本事她當然高興，就是沒想到走得這麼突然。

錢七眨去眼淚，隨口道：「臨時來人找的。來人找得急，就沒來得及跟你們告別。」

孫屹在旁邊聽了，一臉疑惑。錢七看了，連忙抱起兒子，找了個藉口往屋裡走。這小傢伙正是學說話的時候，還喜歡模仿大人，常常語出驚人。

孫屹被抱進屋裡，小手指著，嚷嚷道：「師父！」

錢七只好先抱他去屠十三娘屋裡。

屠十三娘在看書，錢七揚起笑臉，道：「屹哥兒要來找師父。」說完把兒子放下來。

只見這小子穿著開襠褲，顛顛地往屠十三娘那兒跑過去，然後這小子指著她，奶聲奶氣地道：「爹娘、親親、羞羞……」說完用小手刮著小臉蛋。

錢七的臉唰一下就紅了。我去，這小屁孩還沒放棄說這事！只得強自鎮定，呵呵笑道：「那個……小孩子就愛亂說……呵呵……我先去地裡看看，孩子先放這兒了。」

說完還瞪了孫屹一眼，決定晚上要跟他好好溝通。

屠十三娘看錢七落荒而逃的身影，眼底染上笑意。

孫屹看娘走了，拽著屠十三娘要出去玩。屠十三娘看了，牽起他的小手出去，忽然往某處掃了一眼，冷冷道了句。「出來。」

寶琴硬著頭皮現身。嗯，她是在工作，不是在偷聽、偷看！

屠十三娘看寶琴從角落裡出來，只道：「一會兒錢七回來，跟她說我帶屹哥兒進山了。」

寶琴連忙點頭表示知道了，等她抬頭一看，人已經不見了，耳邊只傳來孩童的咯咯笑聲，一時心裡羨慕。她也想跟屠十三娘學些本事……

錢七去了後院的田地。這裡除了一畝西瓜地，其他的被孫保財長期包給孫家大哥和二哥，畢竟孫保財以後不在家，就她一個人肯定弄不了這麼些地，現在種地只是為了樂趣。

至於買地的事也因為孫保財要上京便擱置了，因他覺得前路未定，還是手裡留錢比較方便。

寶琴看錢七在地裡鋤草，只好往地裡走去。實在沒有雇主幹活僕人看著的道理。孫師爺走之前雖然交代，只要她保護好夫人的安全，其他的事可以不用幹；主子也說讓她暫時跟著孫夫人，但將來的事哪裡說得好？

她走到錢七跟前，出聲道：「夫人，這鋤草的活兒還是我來幹吧。」

錢七聽到聲音嚇了一跳，抬頭見是寶琴。這孩子走路怎麼不出聲呢？不由輕輕搖頭，道：「不用，我就是想活動活動筋骨，妳忙妳的去吧。」

寶琴心底一陣無奈。我的任務就是跟著妳、保護妳，妳讓我忙什麼去呢？一時站在那裡，不知該說什麼，只得把屠十三娘讓她傳達的話，跟錢七說了一遍。

錢七點點頭表示知道了。這段時間，屠十三娘總帶著兒子去山裡，雖然不知道是幹什麼，但她和孫保財還是能細心地感覺到兒子細微的成長。反正知道屠十三娘不會害屹哥兒，索性也不多問。

但是看寶琴還跟著，不由眉頭一挑。也不知孫保財怎麼跟人家說的？

只好一邊鋤草一邊跟她閒聊，見寶琴總是悄無聲息地出現，不由問了她的功夫跟屠十三娘相比，誰更厲害？

這麼一邊聊著，一畝地很快就幹完了，回頭一看寶琴又不見了人影。錢七知道這丫頭又隱身了，肯定沒走遠，正在附近某個角落看著，搖頭一笑。

白日裡有事做還不覺得什麼，到了晚上夜深人靜的時候，錢七躺在床上，忍不住想念起孫保財。

看著已經熟睡的兒子，自己這會兒卻無一絲睡意，身邊沒了個人，竟然覺得有些涼。

她嘆了口氣，強迫自己閉上眼睛睡覺，眼前卻出現和孫保財相處時的情景。一幕幕前世今生的畫面閃過，有歡笑幸福甜蜜，也有爭吵傷心難過……迷迷糊糊間，也不知道什麼時候睡過去的。

# 第六十九章

孫保財和邵明修用了半月時間才抵達京城。

當日上了海船，發現被人跟上後，當晚就被人偷襲——他們這趟上京，肯定有人不願意他們一路順利，出手對付也是正常。

孫保財當時和邵明修、護衛換了房間，並且做好埋伏，人是擒住了，不過咬破嘴裡的毒囊自縊了。

線索斷了之後，他們一路謹慎，不時變換路線，現在進了京城，心才放下些。

孫保財坐在馬車裡，看著外面繁華喧鬧的街道。他也不知道自己什麼時候能回去，心裡總是不踏實。

邵明修在路上被人盯住，來到京城就沒人盯著了？怎麼可能呢！現在的邵明修明顯就是個靶子，要是沒人使絆子啥的，好像都對不起官場的詭詐。

抵達邵家在京城的宅子之後，孫保財基本不外出，一是儘量低調，不想出去惹人注意；二是跟著邵家幕僚瞭解京裡的形勢、各方勢力，還有太子的主要競爭對手等等，知己知彼才能心裡有數。

至於這段時間的邵明修倒是很忙，不是被皇上召見，就是拜訪熟人。

孫保財知道這是為選官走動。邵明修想進六部，也分析過憑自己的政績打點好了，升個兩級或者三級都在情理中。

但是兩人都沒想到，邵明修的官職竟然會是詹事府正四品少詹士。

孫保財一聽，心就涼了半截。

詹事府是負責輔助太子的機構，本來就歸太子管。邵明修已經是太子的人了，還去詹事府幹麼？肯定是不想他進入六部，弄個有實權的官職，關鍵時好能使上力。

也就是說，邵明修進詹事府對他們一點好處都沒有，還被視為太子的人馬，想摘都摘不下來，只要太子不上位，他們全都玩完了。

他揉了揉眉心，看著一臉陰沈的邵明修，出聲問道：「太子怎麼說？」

看來他的預感是對的，有人一直盯著邵明修，沒想到是在選官上出手了。這一招夠狠，直接把邵明修這張王牌給廢了。

邵明修輕吐一口氣，平息了下心情才道：「說是被賢王擺了一道。本來官職是戶部正五品郎中，但賢王跟皇上進言說我功績突出，五品官職彰顯不了皇恩，所以提出正四品少詹事一職，皇上不知為何同意了。」

孫保財聽完，第一個直覺是皇上在敲打太子。是不是太子最近做了什麼讓皇上覺得太過的事了？

邵明修聞言，想了下才道：「前段時間，海貿大商賈孫亭兼在海船上被搜出朝廷禁止的火器，被抄家，並判了終生流放。這孫亭兼是太子的人。」

說完跟孫保財互相看了看，明白他是受了這事牽連，要不以皇上對他的看中，不可能同意賢王的話。

孫亭兼的事，在祖父給他的信裡詳細說了原委。孫亭兼海船上的火器是在西倭國購買的，被海防查獲，賢王直接在皇上面前說了這事，後面就是抄家判刑。從這事上看來，恐怕賢王一直盯著太子。

孫保財這些天不出門，卻不是什麼都沒幹，對朝廷的派系和太子的主要對手都做了一番研究。

賢王以前行事低調，在朝中名聲很好，但這兩年朝廷出現的大事件都顯示有這人的手筆，說明此人心思縝密，一直蟄伏著，並暗中布局。

太子的情況不太好辦啊！現在的太子就是個明晃晃的靶子，能堅持到這會兒也不容易。自己剛來就面對這麼一個局面，只好沈下心跟邵明修商量對策。

邵明修看著孫保財的眼色逐漸深邃，道：「把你安排進六部吧！你現在還沒人注意到，把你順利安排進去還是可行的。」

孫保財怎麼說也是皇上欽賜的員外郎，雖然是個閒職，但在皇上那兒掛了名，而且又有功績在身，太子私下對皇上說說，只要沒人當面攪局，成功的希望很大。

這也是一種試探，試探太子是不是失了聖心？可不管怎樣都得心中有數，才能想出對策，儘快破局。

孫保財明白他的意思，就是把自己扔出去攪局。如今已經上了賊船，他現在也下不來，只能跟著放手一搏，不然還能怎樣？

來之前他已經跟屠十三娘說過，她會保護好錢七和屹哥兒，連萬一失敗了怎麼見面都約好了。要是事敗，他想法子脫身，倒還是有希望的。

古代又沒有攝影機、電視、網路什麼的，通緝令全靠畫的，到時弄幾個路引，他就是穿女裝也要想法子逃走，再想法子把家人接出來，跟錢七帶著孩子、家人逃到海外，不就是重新開始嗎？

這是最壞的打算，如果可以，誰也不願意走到這一步。

忽然聽邵明修咳了聲，孫保財這才收回思緒，點頭應了，讓他看著辦，到時他配合就是。

景禹換了身常服，打算出宮走走。

一路出了東宮，他也沒坐轎子，就這麼一步一步踩在青磚上，莫名感到心裡踏實些。

最近壓力有些大，一想到這段時間跟自己有關的幾件事，裡面都有二哥賢王的手筆。

以前二哥行事低調，處處與人為善，心裡對他的防備最低。沒想到這些年一直在布局，把他的人查了個遍，只要稍有破綻就出手死咬著不放，讓他損失不少人手及勢力。

如今他是被人給研究透澈了，而他卻對賢王都沒查個徹底。

而且五弟、六弟明顯已經跟二哥聯手對付他，還有父皇沒事也伸手攪和，他此時是身在棋局、四面楚歌，不知往哪裡落子才能破局？

本來把邵明修調回來，是想把他放入六部。邵明修的資歷上沒有污點，有的是功績和名聲。如此讓人無從下手的人，放在明面上，誰都怕被他查出些什麼，到時他乘機暗中布局，好各個擊破。

現在邵明修被放在他管轄的詹事府內，賢王成功把他這步棋給堵死了，局面不但一點沒變，他還落入被動，估計他那幾個兄弟現在正在慶祝呢！

念頭一轉，景禹決定去邵家看看。

邵明修聽邵安說有位禹公子來訪，心裡納悶，一邊起身往前院堂屋走。

到了堂屋一看，竟然是太子殿下，忙躬身施禮問安。沒想到太子會來！

景禹笑道：「沒事出宮走走，不必拘禮。你家可有景色好的地方？」

邵明修聞言道：「家中花園裡的景色還能入眼。」便把太子帶到花園涼亭裡坐，讓邵安備好茶水、點心。

跟著的張公公拿出銀針試了下才退下。

邵明修一看亭子裡只有他和太子兩人，知道太子是有話要說。

景禹看了看這地方，能看到花園大半美景，點點頭，喝了口茶水。「說說你的想法。」

邵明修知道太子要問什麼，先表了一番忠心才道：「屬下帶來一人，是屬下的好友，也是謀士，稻田養魚的主意就是他弄出來的，也是皇上親自下旨封賞的員外郎。此人的能力不比屬下差，往往能出奇招。」

既然太子來了，正好把孫保財推出去。

景禹知道他說的是誰。當初父皇擬聖旨時他在跟前，父皇對此人的貢獻予以肯定，還說此等功績將惠及千秋萬代，所以才封賞「利在千秋」牌坊。

他對此人印象深刻的，還有那次拍賣東山石礦採礦權的事。明面上是邵明修做的，但他和父皇都知道，這事是這個孫保財一手策劃實施的。

當時要不是影衛傳回來的消息，他也不信這事會是一個農民所為。

他示意邵明修繼續說，也覺得這法子倒是可行，便讓他把孫保財叫來，他要瞭解下此人，因此讓邵明修先別透露自己的身分。

邵明修明白，找到孫保財時只說要給他介紹一個人。

孫保財也沒當回事，以為是邵明修的朋友呢，到了亭子一看，是個比他年長幾歲的俊逸男子。

邵明修給兩人介紹時只是簡單說了姓氏，他跟禹公子打了招呼，一屁股就坐到他對面，笑著說些閒話。

他這樣是看邵明修也不說話，冷場多難受，三個大男人乾坐著不是有病嗎？

邵明修見他這樣，在背後瞪了他一眼。快被這傢伙氣死了，平時在他面前隨意就算了，怎麼在才認識的人跟前也這德行？要是讓太子留下不好的印象，讓他進六部的事豈不是沒戲了？

景禹看了只是笑，用眼神示意邵明修也坐下，別引起孫保財的懷疑。

景禹跟孫保財閒聊間，見他思路清晰，不時拋出問題相詢，都是關於經濟、民生、吏治等方面。他從孫保財的回答中能感受到，此人的思路確實跟常人不一樣，但細想又覺得他說得在理。

起初孫保財回答得很隨意，後來變得中規中矩起來，景禹知道這是起了疑心，眼看時間不早也該回宮了，便起身告辭。

孫保財滿心疑惑地跟著邵明修把人送走。

這人總有意無意地引導他說些吏治方面的事，看邵明修在那兒坐著也不說話，心裡起了疑惑，所以後來回答得越來越官方。

等人走了，他才問這是誰？

邵明修呵呵一笑。「剛剛不是給你介紹了嗎？而且你們不是挺有話題的？」

也不知太子對孫保財的印象如何？可現在只能等著了。

孫保財等邵明修走了，回到房間，面上才流露出深意。

他跟邵明修對彼此的瞭解之深，從行為上就能猜出一二。

起初他確實沒在意對方，但看到邵明修在禹公子面前顯得拘謹，話也不多，才意會到此人怕是身分不凡。

能讓邵明修這樣的還真沒幾個人，因此對禹公子的身分有了猜測，後面的回話自然都在心裡過濾了。畢竟怎麼向人推銷自己、上司喜歡什麼樣的員工，這些在現代職場時就研究過，所以剛剛自然運用上了，現在想來有點冒險啊！

但他想明白之後就不再糾結，繼續研究京城官員所屬派系，倒還真讓他看出點門道。

賢王派系的人馬簡直遍布朝野，其中以六部最多。就算跟禮王、晉王聯手，其中不乏他們的人馬，但跟隨之人也太多了吧，他是怎麼做到的呢？

很難想像一個人得有多大魅力，才能讓這麼多人願意跟隨。這又不是追星，不是長得帥、有點才華就有人喜歡，官場上打滾的人都是老油條，能這麼輕易站隊嗎？

他有些想不通，這不符合常理。

御書房。

皇帝合上奏摺，喝了口參茶，道：「太子在做什麼？」

德公公恭敬道：「太子出宮了，據說是一路走出去的。」

他整日跟著皇上，沒人比他清楚皇上對太子的關注。

皇帝聽了，眼裡露出一絲興味，拿起一本奏摺繼續看。

# 第七十章

這段時間，邵明修和太子也積極地在為了孫保財進六部的事而籌備。

當然這事還是要看皇帝的態度，他們不過是做些能說服皇帝的準備而已。

因此景禹找了個皇帝看來心情不錯的日子，跟他提起了東石縣的變化，還有現在推廣稻田養魚獲得的成果，以及繼續推廣能造福更多百姓等等。說了一通好話前景後，才跟皇帝提起孫保財。

此等人才不為朝廷所用實在太可惜，經過科舉考試做官的千人裡面，都不見得有個這樣有能力之人。

景禹說完，靜靜等著他父皇的答覆。

東石縣的政績給了一個四品少詹事，那麼讓大景朝百姓收入翻倍的孫保財，給一個掛名的員外郎和一座牌坊就太少了吧？畢竟這帶動的不只是百姓收入，朝廷受益的地方也多。比如稅收增加使得國庫充盈、糧食增產、百姓生活改善、民心穩定、擁護皇權等等。

皇帝聞言，別有深意地看了眼太子。原來在這兒等著呢！

他記得孫保財這人，甚至知道得更清楚些，畢竟當初稻田養魚被這人弄出來，肯定要徹底調查一番才行。

他想了會兒才看著景禹道：「皇兒說得有理，這樣有能力的人是該為朝廷效力才行。皇兒可有好的建議？」

景禹聞言，對皇帝笑道：「兒臣以為讓孫保財去六部鍛鍊一下為好。」

皇帝聽了，認真點頭。「朕考慮下。」

太子便識趣地說起其他事。

但怎麼都沒想到景齊皇帝考慮的結果，竟然是直接把孫保財放到了右僉都御史的位置上。這可是正四品，而且直接歸皇帝管轄。

邵明修把這消息告訴孫保財之後，心裡第一個念頭是：當皇上就是能任性，有錢能任性，有權更能任性！

他納悶道：「皇上把我放到右僉都御史的位置上，那些朝廷大臣就沒意見嗎？」

他這空降得太突然，那些一路經過各種考試上來的官員心裡能舒坦、不反對就怪了。

邵明修忍不住笑。今天朝廷自然是反對聲浪一片，特別是以賢王為首的官員反對最激烈，不過都被皇上幾句話給堵回了。

皇上說，這樣做出功績的人不用、有能力的人不用，難道要用一群只說不幹的人做官，長此以往，是要顛覆朝綱嗎？

這話一出，成功地讓所有人閉嘴，畢竟顛覆朝綱的大帽子，誰也不敢接。

孫保財聽了，對景齊皇帝多了幾分喜歡，可心裡也升起一絲疑慮。這樣的一代賢明君主，會讓自己晚年在皇權交替時，出現不在掌控之中的事嗎？

沒想出個所以然，又聽到邵明修接下來的話，不由詫異道：「什麼？我得要搬出去住？」

邵明修無奈解釋道：「右僉都御史屬於都察院的官職，都察院歸皇上管理；而我現在明面上是詹事府的少詹事，詹事府歸太子直接管轄，你說咱倆還繼續住在一處，不是讓人說道嗎？」

雖然大家都知道怎麼回事，但是在表面上還是要區分，這是態度問題。

孫保財聞言又嘆了口氣。古代的官場就是形式主義太嚴重。

邵明修看著他，忽然道：「我夫人過段時間要來京城，你也把你夫人和孩子接來吧！」

孫保財一陣錯愕。這是什麼狀況？不是說不讓家人過來嗎？

邵明修知道他疑惑，但又不能說自己夫人過來是奉了他娘的意思，為了給他生兒子。他娘親的意思很明顯，要是不想讓清月生，就讓別人生。

因此只能在孫保財耳邊輕聲道：「現在咱倆的身分變了，讓她們帶著孩子在老家，你能放心嗎？還不如放到眼前，有個什麼風聲也好及時做準備。」

這話倒不是騙孫保財，而是家眷在京能讓人放心。會讓他之所以作出這個決定，除了自家原因之外，還是上朝時看皇帝身子骨硬朗，也沒聽說龍體欠安，突然想到他老人家要是不想交權，指不定還要當多少年皇帝呢……

他把這話小聲跟孫保財說了。

孫保財聽了，真想打邵明修一頓。皇上要是十年、八年不退位，他來這裡不是沒事閒的嗎？十年、八年後誰還記得他做了什麼？就算不是太子上位，跟他又有什麼關係？

他冷眼看著邵明修，確定自己被這小子算計了。

邵明修也很無奈。他真的很無辜好不好，他在東石縣怎麼知道具體情況呢？皇位爭奪歷來殘酷，裡面說不上有什麼變化呢！

現在是聖心難測。皇上頭兩年剛露出想讓太子繼位的念頭，就跳出這麼些人阻止，因此皇上現在是什麼心思，真的讓人很難猜測。

孫保財沒理會邵明修，開始分析現在的形勢。

不能再被他誤導下去了，誰知道這小子想得對不對？其他的事不說，先分析把邵明修放到詹事府，還有自己空降到都察院的事。

邵明修的事，大家都站在太子和賢王的角度思考這事的始末，包括他也一樣；但皇上的角度是什麼呢？如果說是被賢王的話說動，這事放在一位明君的身上不太可能吧？皇上順勢這麼做了，裡面有什麼含義？

邵明修是皇上看中的臣子，本就是要留給太子的，被貼上太子派系的標籤，可以說是皇上一手所為。

孫保財心裡隱隱明白皇上還是很看重太子，這麼一想，提著的心放下了不少。

聖心只要在太子這邊，賢王等人就不是威脅。

至於皇上放任局面成這樣，是不是有意為之……他眼裡不由多了一絲瞭然。

皇上恐怕在下一盤大棋，他們都是棋子，就是不知這盤棋局的對手是誰，反正不是太子就是。

賢王等人也不過是對方手中的棋子而已，賢王絕對不是下棋人，畢竟他要是有這能力，皇上早選他當繼承人了。

至於他被空降到都察院這麼有意義的地方，只要做好一個炮手就行。

有了這個念頭，他看了眼邵明修，決定不跟這傢伙說。

就讓他們繼續猜測去吧，算是報了被拖下水的怨氣！

明明能和老婆過著詩酒田園的生活，現在偏偏被拖進了名利場，這口氣他要是不出了，憋在心裡難受。

不過邵明修說對了，現在這局面還是把老婆及孩子放到身邊才安全。

想罷，他對邵明修道：「我現在就修書一封，讓我夫人跟你夫人一同進京。」

兩人達成共識之後，孫保財變得異常忙碌。

謝過皇恩，他開始到都察院上班，還要給自己找房子。

錢七跟孩子要來，還是要找個穩定的住處才行，所以他跟邵明修借了錢，在西城買了處兩進小院。

有句話可以概括京城的階級分布：東富西貴南賤北貧。

權貴之人多住西城，東城是巨賈大商和殷實之家居住之地，南城多是貧民百姓和民間賣藝之人的居住地。至於北面，交通不好，商業也不繁華，住在那邊的百姓也比較貧窮。

他買的兩進小院就花了五千兩銀子，可見西城這裡的房價有多貴。

雖然貴，但這邊治安和環境相對好，街上根本沒有乞丐一類，至於小偷啥的聽說也不敢來這邊。

房子買完也雇了傭人，都是本地人，平日打掃房間、院子啥的；廚娘和門房則在邵明修那裡要的人，因為這兩個地方比較重要，必須是可信的人。

邵明修本來還要給他個車把式，被他拒絕了。以後自己騎馬，至於寶琴也是自己要留下的，不打算還給邵明修了。

錢七接到孫保財的信，滿心詫異，想不明白怎麼才去京城不久，就混了個四品官？難道古代的官員不需要熬資歷嗎？總覺得好兒戲的感覺。

不過對於一家人能去京裡團聚還是很高興，家人總要在一起才像個家。

她把這消息先跟屠十三娘說了，看她沒有意見，只是說知道了，表示徒弟在哪兒她就在哪兒。

孫保財信裡說了，沐清月進京時會路過紅棗村，到時接上她們一起進京。錢七讓寶琴把爹娘、公婆找來，跟他們說了要上京的事，自然也說了孫保財做了四品官的事。

四位老人聽完直接愣住了。啥玩意兒，三娃子現在做了四品大官？不是跟他們開玩笑吧！

但看錢七的樣子，應該不會騙他們。劉氏簡直不知該說什麼？這京裡的官怎麼這麼好當呢？她家三娃子怎麼騙來的！

錢七不由笑著解釋。「夫君是因為稻田養魚的功績，被皇上破格錄用的。」

想著員外郎身分還有村口的牌坊也是這樣來的，大家覺得是這個理，要不然孫保財怎麼能做那麼大的官？

劉氏高興得有點語無倫次，錢老爹和王氏也高興不已。真沒想到孫保財能有這個造化，他家七丫頭是個有大福氣的！

孫老爹拿著煙袋的手都在抖。四品官啊！聽著就是個大官，縣裡的縣太爺才七品官，這次的官跟上次的員外郎不一樣，是個真正的官！

錢七見幾位老人這樣，儘量平撫他們激動的心情。年紀都大了，要是因為太高興而出了什麼事，豈不是憾事？

等他們平復好心情才讓他們離開，也知道他們是跟家人報喜去了。錢七笑著搖搖頭。

孫保財這官能做到幾時還不好說，但古人注重這些，如果隱瞞，被有心人知道了，不定弄出什麼是非呢！最嚴重的估計是問責孫保財對皇恩是否不滿，要不為何會隱瞞鄉里做官之事？因此孫保財雖然沒回來，但她必須在村裡擺流水席感謝皇恩浩蕩。

孫保財在信裡交代了這些事，估計也是別人提醒他的。

她回屋子先收拾行李。雖然沐清月不知什麼時候來，但是先準備好總沒錯。

至於銀票都得帶走，孫保財的信上說了跟邵明修借錢買房，還說京裡花銷極大，讓她多帶些錢。

看到這裡，想著他當初只帶了二兩銀子，真的好笑。這傢伙當初的念頭就是進京吃喝都賴著邵明修，還要跟人家要工錢啥的，現在這樣倒應了那句老話：人算不如天算。

等田村長和村委會的人來了，見他們激動的樣子，錢七笑著跟他們說了要辦流水席的事。

田村長聽她這麼說，終於確定這是真的。天啊，怎麼都想不到孫保財去了京城沒多久就當了這麼大的官，四品官，還是京官啊！這等榮耀能讓十里八鄉仰望百八十年了。

其他人也是一臉笑意。這是紅棗村的榮耀，以後他們村裡的女娃子、男娃子婚事估計能挑著來了，走出去也是高人一等。他們紅棗村因著孫保財，真是受益太多太多。

田村長高興之情緩和一些，才對錢七道：「這流水席就在村口辦，咱們連辦七日，這個錢由村裡出。」

錢七覺得七日有點多，但畢竟是為了感謝皇恩，村長提出來了也不好反駁，但這筆錢肯定不能讓村裡出。他們又不缺錢，村裡的錢還是要造福村裡才是，所以拒絕了田村長的好意，言明這錢他們自己出，就是得請他找人幫著張羅了。

田村長倒也沒有繼續拉扯，把擺流水席的事全部接過去，還問了孫保財這個四品官叫啥？聽錢七說是右僉都御史，只是點點頭，其實也沒明白究竟是個啥官，但總之啥官不重要，重要的是個正四品大官。

錢七給了田村長一百兩銀子，言明多退少補，田村長只好先收下。

哪裡用得上一百兩銀子，山珍野味村裡都能買到，蔬菜啥的一家拿個幾把就夠了。

不過他知道錢七的意思，這是不想占村裡的便宜，既然如此，他也會按照她的意思做。

如今既然不差錢，席面自然往最好了安排。

於是，孫保財在京裡做了大官的消息，沒一會兒就在紅棗村裡傳開了。

大家起初還不太相信，後來聽田村長說了，三日後在村口要連辦七日流水席，才確信這事是真的。

他們紅棗村出了個在京裡做大官的，這以後意味著什麼，大家心裡都跟明鏡似的，所以一時都去孫家恭喜。

三天後，紅棗村連開七日的流水席，十里八鄉的人都來慶賀吃席面。

東石縣新上任的縣令和鄉紳也來恭賀，畢竟孫保財的事都發在邸報上了，想不知道都難。

# 第七十一章

這天，孫保財吃過早飯，換了正四品雲雁緋袍、戴上官帽，到門口時，馬匹已經準備好，上了馬，慢悠悠地往都察院去。

大景朝的都察院和刑部挨得近，都在皇城南面的玄武大街上。他上值的時間是上午九點到下午五點，中午有一個時辰的午休。

去了都察院上任幾天，覺得在古代當個公務員真不錯，有獨立的辦公室，手底下還有三十來個屬下管著，福利待遇也好。

他現在是正四品官銜，月俸二十四石稻米，如果不要稻米的話，折現是每月十兩銀子。要銀子會吃點虧，這點銀子在京城肯定要省吃儉用才能養家，要是同僚誰家娶兒媳婦、生子啥的，指著俸祿，哪裡有銀子送禮？

更別提各種打點銀子了，所以大多數官員都會有些灰色收入，比如收些禮啊，收些商人鋪子的乾股、給人家做庇護等等，來應付這些額外的開銷和自家生活。

大景朝的都察院直接歸皇帝管理，功能類似監察機關，負責監督官吏的綱紀，主掌監察、彈劾及建言，是皇帝耳目風紀之司。這是獨立部門，設有左右都御史二人，其次是左右副都御史二人、左右僉都御史四人。

大景朝共十二省府，又稱十二道，每道省府設有監察御史，分掌地方監察。一道省府監察御史名額為十人，監察御史雖然只是正七品的官職，職權卻是不小。主要察糾內外百司之官邪，有權查究文卷、巡察各營奸弊，及巡視光祿寺、倉房、內庫及皇城等，朝會糾儀的事也都管。

孫保財瞭解之後，心裡感嘆這是多麼好的一個部門，他以後估計要走威風凜凜路線，走出去讓人一聽孫保財這三個字，心裡先抖三抖。

他上任後，頂頭上司右都御史劉冠聞讓他領了三個省的監察院務，說這個是前任右僉都御史負責的，他現在接任，自然要繼續交給他，所以現在手底下有三十來個監察御史。

有意思的是，給他管的三個省都是富裕之省，這種油水大的地方給了他這個新人……都察院既然是監察百官綱紀，自然要以身作則，一旦被查出違紀或者被人舉報屬實，要被皇帝問責治重罪的。

但是當官就是這麼回事，在京城時大家不敢亂來，要是出京去各省府代天子巡察，哪個不收些孝敬銀子？皇上也是睜一隻眼、閉一隻眼，畢竟水至清則無魚嘛！這是他上任前邵明修給他說明的，就怕他不知道規矩會亂來。

反正總歸一句話，在京城時老實點，就是徇私也要做到不被人發現才行。

上任這幾天，眼看其他僉都御史也沒有意見，對他都還和和氣氣的。事出反常即為妖，所以他也按兵不動。

每日瞭解這三個省的卷宗，召集下屬閒聊問事，倒也發現了幾個有意思的人。

孫保財交代他們幾件小事，眼看辦得都不錯，中午有時會請他們一起在小飯館吃頓飯。

他們的權力看著挺大，但是別人送錢啥的也不敢收，所以在京的監督御史其實都過得苦哈哈。

反正在都察院的幾天，他看到的都是高風亮節的言官，每天到點下班走人，一天就這麼過了。

右僉都御史的職責不單是他分領的院務，因著都察院在京城，所以也有監督京城百官綱紀的職責。

像他這樣的四品官，只需要參加初一、十五的大朝會即可，每日的小朝會都是三品以上的官員才能參加。不過要是皇帝召見，他們也能參加。

知道現在有很多人盯著自己，所以進了都察院之後，他就沒跟邵明修見過面。但這兩天得和他見一面，商量一下之後該怎麼走。

孫保財下衙回家換了身常服，一路溜達地往邵家走。

邵家也在西城，差別是他那邊都是五進大宅子，都是些高官或大家族在京的府邸，不像他住的地方都是些沒啥家底的官員。

這裡的住宅代表的是身分和家族的勢力，走在路上不時有轎子經過，像他這樣步行的倒是寥寥無幾。

邵明修坐在馬車裡，聽邵安說前面的人好像是孫保財，從車窗往外一看，可不就是他？讓邵安把馬車停下，邵明修坐在車上，看著孫保財笑道：「請孫大人上車。」

這小子一看就是要去邵家，正好他也有事要說。

孫保財上了車。「你們怎麼才下衙？我回家換了衣服才往你這兒走。」

官員上下值的時間是有規定的，都是朝九晚五，詹事府又不遠，怎麼回來得這麼晚？

邵明修呵呵一笑。孫保財的事他在詹事府都聽說了，下班就走人，比上峰走得都早，作為一個新人這樣行事，肯定是要被人說道的。

孫保財又不是兩榜進士出身，各方人馬對他是極度關注，一天在幹什麼，別人都知道。

他挖苦道：「跟你比不了，我得等上峰走了才能走。」

在詹事府，他上頭就詹士一人，但這官場規矩還不是要遵守，沒法像孫保財這樣任性行事。

孫保財白了他一眼。

他自然知道這裡的官場規矩，第一天上值就有人提醒他，可他瞭解之後果斷選擇下班。

他們都察院的老大之一、左都御史石之昶，每天都要晚半個時辰下衙；至於都察院的人，除了另一位老大、右都御史劉冠閶，其他人都要等到左都御史走了後才下衙。

每天加班半個時辰就是一個小時了，有什麼事不能上班時間辦完，非要等到下班時間才辦，這麼勤勉做給誰看呢？人家跟皇帝賣認真勤勉，他一個空降的沒必要跟著一起表演吧？

再說他是右僉都御史，頂頭上司是右都御史劉冠閶，劉冠閶都走了，他自然也能走了。

他進都察院的這段時間，發現這裡的官員都是磨洋工的高手，白日裡都沒什麼事，還要加班？真是個笑話。

但是透過跟底下人閒聊，他也明白了都察院的人為何這樣。說好聽點，都察院有監察百官之責，但按照他手下的說法，背景深的動不了，沒啥背景的都是夾著尾巴做人；最主要的是上頭的人不出面，他們這些小兵肯定也不會出頭，所以他們這裡只是表面上看著風光。

孫保財當時都不知該說啥了。都察院可是皇上直接管轄的，用得著這樣怕事嗎？

不過事後一想也明白為何這樣了，現在派系爭鬥厲害，都察院也在觀望中。既然不知最後是誰會勝利，還沒有人來招惹他們，自然是先偏安一隅。

但這種不作為是皇上想要的嗎？

兩人去了邵明修的書房，坐下後，孫保財問了自己接管的三個省有什麼可說道的？得知三省的官員半數都是賢王派系，前任右僉都御史林泰是去三省巡視期間遇到山匪遇難而亡。

這麼一說，孫保財也明白了，原來這三省是燙手山芋無人要啊！

林泰為什麼會死，明擺著有問題，但現在全部推給山匪，成了懸案。

想到這裡，他不由皺起眉頭。這處境不好鬧啊，不作為肯定不行，到時連太子這邊都得罪了，更不用說皇上；可作為的話，小命又會有危險。

他望著邵明修。「我該怎麼做？」

還是先確定太子的意思，到時按照他的意思行事得了。

邵明修皺眉道：「太子說，你現在是皇上的人，讓你隨意。」

他當時聽太子這麼說也愣住了，後來卻回過味了。孫保財現在在皇上直接管轄的都察院，太子要是插手，豈不是給人送把柄嗎？

孫保財瞇起眼睛看著邵明修，確定他是認真的，心裡把他和太子罵了一頓。

有這樣的隊友真是不幸！他懂什麼？讓他自己看著辦，氣得他直接就走了。

錢七收到沐清月派人送來的消息，說五日後會經過這裡。

東西都收拾好了，現在主要是多陪陪家人，畢竟他們這一去，也不知什麼時候能回來？

到了臨走那日，沒想到村人都到村口送行。錢七抱著孩子跟眾人告別，最捨不得四位老人，看王氏流淚的樣子，眼角也不覺濕潤。

最後再看了大家一眼，才上了沐清月的馬車。

馬車緩緩行駛後，她才放開兒子，跟沐清月聊起近況。車上還坐著一個漂亮的小姑娘，正是沐清月的女兒。她長得像沐清月，顯然長大後也是個大美女，只是比屹哥兒小了四個月。

看孫屹直接坐到人家姑娘跟前說話去了，錢七和沐清月對視一笑。

屠十三娘則是坐在寶琴趕的馬車裡，偶爾也過來坐會兒。她是邵明修的師姊，跟沐清月自然也熟悉。

一路上幾人有一搭沒一搭地閒聊，再加上有兩個孩子逗趣，倒也不無聊。

那次見面之後，孫保財在回去的路上也明白太子的意思了，心裡感嘆，這一個個都是人精，但既然讓他隨意，他就隨意了。

第二天，他開始召集手下，給每個人都佈置了任務，都是他們作為監察御史的職責。任務也很簡單，身為監察御史分掌地方監察，讓他們三日內，把各自負責的省近一年的案件卷宗全部查核一遍，看看有沒有冤案、官員違紀等事，還派人去了兩京直隸衙門查文卷等等。

吩咐完了，看眾人都不作聲，孫保財不由笑道：「你們也可以跟我玩心眼不去做，但是我今天把話放這兒了，我手底下不需要整日不作為的人，如果不想在這兒待了，請儘早離開。給你們三日時間，把交代你們的事做完。就按照我說的做，責任我來擔著，我這麼說你們懂了吧？」

平日跟著孫保財吃飯的幾人，出來之後互相看了看。他們平日裡交好，曾經也是被前任右僉都御史重用的人，可前任右僉都御史被害，結果不了了之，心中也對官場失望不已，想著就這麼混日子得了，畢竟大家都這樣，不做事的沒事，做事的反而沒命了。

原本還以為新來的上峰是來混日子的，沒想到突然要做事了？幾人打算找個地方合計一下。

等人都走了，孫保財才露出一絲冷笑。也知道這些人不會出力的，這麼做就是為了把水攪渾了，吸引各方的注意，也藉機篩選以後有沒有可用的人。

當然三日後他也要找幾人開刀就是，到時看是誰最不把自己說的話當回事。

他又拿起前任右僉都御史林泰的卷宗看了起來。

一個四品大員代天子巡視時死了，只有一個縣令被問責，凶手沒查到，竟然都是這個縣令的責任……看罷，他合上卷宗。

他此時可沒有把這事調查清楚的能力，要是從這裡著手，估計等到皇帝換人了都不一定能查明白。

太子的意思不過是讓他打亂賢王的陣腳而已，既然這樣，肯定要挑簡單的下手。

孫保財的所作所為很快就傳開了。

左都御史看這個人不知天高地厚，不過笑笑沒理會。這樣不懂官場規矩的人，自會有人教他的。右都御史聽了，倒是希望孫保財能弄出個所以然來，都察院的風氣是該變一變了。

至於皇帝得知，心裡倒有絲期待。知道他有些歪才，這也是他把孫保財放到都察院的原因。

邵明修則是心裡顫了顫。這小子要幹麼？不管幹麼，希望他別把小命折騰沒了，要不然他會內疚的。

三日後，孫保財一個一個召見，把每個人對自己吩咐的事做成什麼樣、做了多少，都登記起來，不管是有一點的，還是推脫沒做的，始終板著臉，說完就讓他們出去。

還以為就這樣了，沒想到那幾個有意思的屬下帶來了驚喜，把他們整理好的東西一一收起來，示意他們出去時注意些；又整理出一點事也沒幹的五個人，直接把人甩給右都御史，言明這幾人不做事，他這裡不要這樣的人。

大家都沒想到他是一點臉面都不給留，這幾人都是吏部任命的官職，哪裡容他這麼弄？

右都御史也有些頭痛。不能這麼幹啊，這幾人之中有三個都是走萌蔭的。只好把這事先壓下，說會找他們談談。

本以為這事就這麼壓下了，畢竟孫保財後來也沒說起這事，一切好像又回到了以前，都察院的人每日繼續磨洋工，心裡對孫保財的不自量力，自然是嘲笑一番。

但讓眾人都沒想到的是，孫保財竟然在大朝會上直接向皇帝進言，一共說了十名官員有違紀情況——三個嫖妓、兩個賭博、兩個教子不嚴、三個因為吃酒做出不雅之事的，皆是五品或六品官職。

在大家看來都是些雞毛蒜皮的小事，但硬生生被孫保財上升到作為官員修身都做不到，不配為官的層次；還公然抨擊現在的官員都不作為，長此以往下去，必為朝廷之禍患。又列舉了自己讓手底下的人去做事，把五個人一點都沒做的事當場說出來，還嫌事不大，把幾個人的家庭背景一一說出，最後還說了一番蛀蟲論，朝廷養著這些不作為的蛀蟲，又強調將來的危害。

如果眼神能殺人，估計孫保財當場都死了幾次了。

賢王等人更是氣憤不已。當初聽到這個孫保財要查三省卷宗時，還以為他要拿三省開刀，他們當時做了防範；沒想到最後這人在大朝會上扯出一堆雞毛蒜皮之事，偏偏要是真去計較，還非常麻煩。

最可恨的是這些人都是跟著自己的，還都是六部之人，雖然官職都不高，卻是中流砥柱。

太子對孫保財的表現太意外了，不過這攻擊可是夠強的……

他看了眼被氣得臉色陰沈的賢王，心裡順暢了不少。接下來就該他布局反擊了。

對於孫保財聽懂自己的意思，自然非常滿意。

現在孫保財明面上是父皇的人，他自然不好去吩咐他做事，只想讓孫保財打亂賢王的陣腳，這樣自己才好下手。

今天孫保財的表現其實挺讓他驚訝，他還以為孫保財會拿林泰被害之事說事呢，沒想到今天拋出了十個六部違紀官員。這些人的事都不大，但是孫保財說得危言聳聽，他聽了都覺有道理。

邵明修聽完，心裡也佩服不已。這小子直接抓住帝王最在意的說，用這麼點小事扯出了蛀蟲論，長此以往，朝廷會被這些蛀蟲啃食得千瘡百孔。

這樣的事不是沒人想不到，而是不敢說出來，他們大多背負著家族，所有言行都會經過思量再思量。

想到這裡，他不由露出一絲苦笑。他們都寧願和稀泥，也不願意做這個出頭鳥。

於是皇帝當廷震怒，孫保財的言論雖然牽強，卻正對了帝王心思，所以責令徹查這些人。

最後的結果大家心裡清楚，官是別想當了，如果查出其他的事，還要被治罪。

快退朝前，孫保財又跪下說有事啟奏。大家被他這一跪，心裡都在顫抖。不是吧，還有啊？

皇帝讓他說。他倒要看看這小子還有什麼話？今天這事對他胃口，正好可以藉機整頓風氣。

沒想到這小子竟然說擔心有人暗害他，言外之意便是，為了做一位忠臣，他已經有了必死之心，如果他死了，求皇上看顧他的家人。

皇帝差點沒笑出來。好個奸猾的小子，不過人家都表明要做個忠臣了，還是個不怕死的忠臣，當即冷眼看了底下的臣子，道：「放心，你不會有事的，繼續做你的忠臣吧。」

說完便起身回宮，眼裡露出一絲笑意。

# 第七十二章

也不知是有意還是無意，退朝時，孫保財身邊空出了很大地方，都察院之外的官員都距離他五步開外。

跟他走得近的官員，不是不想離得遠遠的，而是地方就這麼大，再遠就沒地方走了。

大家的心思很簡單，就是不想讓這個渾人惦記上。

以前他們也不怕那些言官，畢竟除了一些雞毛蒜皮的小事，他們也抓不到什麼實際證據，只要在朝堂上有人幫忙說話，根本不會有事。

但是今天孫保財在朝堂上的一番作為，打破了他們心裡的壁壘。

他竟然用這樣的小事，扯出了蛀蟲亡國論，弄出了這麼大的動靜，而且還得到皇上的支持。這意味著什麼？大家心裡有數，能不離著遠點嗎？

孫保財左右看了看，有點明白，於是對著周圍的官員友善一笑，但看人又離得遠些了，只好收起笑容，目視前方往外走。

大家多慮了，他的職責不過就是負責開局，剩下的事自然會有太子接手。

他在京城人生地不熟，一沒錢，二沒勢，三沒人讓他用，能做到的也就這樣。以後不過就是對賢王派系的人抓到把柄不時攻擊一下，吸引他們的注意而已。

所以只要不是賢王派系的，根本不用擔心。話又說回來，要是事情讓他碰上了自然要管。在其位就要謀其政，這是基本的職業道德，拿人家工資不幹活這事他可做不出來。

走在孫保財前面的其他都察院的左右僉都御史，也注意到這現象了。但他們都是都察院的，自然不能做得太過。

今天孫保財鬧這麼一齣，事先他們是一點都不清楚，昨天還在跟同僚說孫保財不自量力呢，官場的規矩都不知道，還妄想動那些萌蔭子弟，沒想到今天就被打臉了！

孫保財出宮後找到自己的馬，依舊慢悠悠地往都察院去。

回到都察院，他明顯感到氣氛不一樣了。最明顯的是這裡的每個人都變得忙碌起來。他笑了笑，回了自己的地方。這是好事不是嗎？如果一個國家的官員每日都想著混日子不作為，那麼他今天的言論就不是危言聳聽。

國家的治理關鍵在於吏治，吏治腐敗則亡國，因此國家的興亡不單單取決於皇帝，主要還是看官吏是盡職責還是貪污腐化。

經過這次的大朝會，京裡的官員就沒有不知道孫保財的，以前聽過這名字原只是有個印象，現在也都記在心裡。

也不知是誰放出了孫保財的言論，一時在京裡百姓間傳頌，百姓聽了自然為他叫好，畢竟大家都清楚官員的好壞對百姓有著什麼影響。

後來聽說都察院的左右都御史和左右副都御史都被皇帝召見了。談了什麼，他不知道，但是都察院的四位最長高官回來便下達一連串的政令。一時間，都察院的所有官員都忙了起來，監察御史走了近一半，去各地巡視；四位左右僉都御史則領了京裡各衙巡視的任務。

孫保財分到的任務是巡察西山營地，主要巡察有沒有奸弊之事、私役賣放，及未如法操練等事項。

孫保財領了任務，每隔三日便親自帶著人去轉轉，或者派屬下去。

營房的官員沒把他們當回事，來了就派個士兵引領他們到處觀看，然後一句要訓練士兵就閃人。

孫保財對這些武官的行事只是一笑。他能理解這些人為何這樣，估計在他們眼裡，他是個搬弄是非的小人，靠著一些小聰明得了皇上的寵信。武官的思維方式比較簡單粗暴，一貫看不起文官的作風。

孫保財看著偌大的營房，希望這裡是真的簡單，而不是隱藏著污濁不堪……

都察院全員動起來之後，一時京裡的官員都變得老實了，下衙便乖乖回府，不再結伴吃酒、逛妓院。這讓家裡的夫人、小妾倒是心裡竊喜，不過家裡為了爭寵，也鬧出了不少事。

孫保財每日按部就班去都察院上班，做好自己分內的事，終於等到了錢七進京的日子。

因著是休沐日，所以吃過早飯他就去邵明修家，打算兩人一起去接人。

邵明修看了眼，嘲諷地道：「她們最早也要中午才能到，現在去這麼早做什麼？」

最近不單是都察院忙，詹事府也忙著呢，太子已經準備對賢王派系出手，他作為智囊，肯定要參與的。

說來現在每天基本都是天黑後才回家，跟孫保財一比，簡直就是個勞碌命。

孫保財皺眉道：「咱們可以往前接應下啊，反正她們跟咱們來京是一個路線，也不會接應不到。」

自己的老婆、孩子要來了還不積極些，要不是擔心一個人騎馬會出事，他才不會拽著邵明修一起呢。

邵明修簡直不知該說什麼，最後在孫保財的目光威脅之下，只能應好，讓邵平備馬車，出京去接應夫人。

錢七和沐清月正在馬車裡隨意說著話，兩個孩子則坐著玩孫屹的積木。

錢七看著兩個小傢伙，眼裡布滿笑意。真是越看沐清月的女兒越喜歡，她兒子以前看著挺可愛的，相貌上像孫保財，算是清秀吧，但是和邵淩萱坐在一起，永遠是邵淩萱吸引目光，長得太精緻了。

她看了小姑娘好一會兒，偶爾才會把目光放在兒子身上。

以前在紅棗村時，覺得兒子長得還是俊的，現在這麼一對比，真是外表差距好大。

沐清月看了，不由笑道：「喜歡女兒妳也生一個唄，省得羨慕別人。」

錢七喜歡淩萱，她又何嘗不喜歡屹哥兒呢？這孩子既聰明又懂事，小小年紀就知道謙讓妹妹。

錢七聽著有些心動，但這事又不是她一個人說了算，他們的處境如今這樣，應該不太適合生孩子吧，要不然萬一真的事敗了，難道還挺著個大肚子逃嗎？就算把孩子生下來，那麼小的孩子怎麼禁得起折騰，萬一出個好歹，她還不得哭死？

所以若沒有一個安穩的環境，她和孫保財是不會要孩子的。

再說她和孫保財長相清秀，生下的孩子也就這樣，就算拚盡全力也生不出像淩萱這麼精緻漂亮的女兒啊！

想到這裡，她不由看向兒子。如果這小子將來娶個漂亮媳婦，還是有可能改變基因吧？

剛想回沐清月的話，沒想到馬車忽然停了。錢七看了眼車窗外，一片翠綠，明顯沒有到地方，不由納悶怎麼回事？

寶琴遠遠就看到前任主子和現任主子，趕緊下車跑過來，跟夫人說大人來接了。

錢七知道是孫保財來了，趕緊簡單收拾了下，跟沐清月說了聲，抱著兒子下了馬車。

孫保財看她抱著孩子過來，跟邵明修道了句。「馬車我先用了，先送我回府，晚些讓邵平趕回去。」說完便迎上去，接過兒子使勁親了親。

邵明修笑了笑，也往自家馬車走。好久沒見到女兒了，也不知女兒還記不記得自己？

孫保財跟兒子膩歪完了，牽著錢七回到車上；寶琴也把馬車趕過來，跟在他們的馬車後面。

孫保財趁著兒子不注意，偷親了錢七好幾下，笑著問她有沒有想他？

錢七看了好笑，總覺得兩人的角色對調了，不應該是她撒嬌嗎？

她伸手把兒子從孫保財懷裡抱出來，放到旁邊，自己坐到老公懷裡，笑道：「想，很想，很想。」

孫保財聽了，也顧不上兒子了，摟著錢七就說情話。

到了家，他讓人帶著寶琴他們先去安頓，夫妻倆把小東西扔給他師父，逕自回房親暱一番。小別勝新婚，自然有些情難自禁，兒子一會兒再理也不遲。

兩人到晚上才從房裡出來。孫保財聽說寶琴和屠十三娘已經安頓好，也就放心了，晚飯時眾人一起吃了個團圓飯。

吃過飯，他陪兒子玩了會兒，父子倆才沒了生疏感。

錢七在旁邊陪著父子倆，孫保財也說了來京之後的種種，讓她有個準備。他現在不管怎樣都是在官場裡混跡，古代官場結交，一部分也是靠夫人們聚會。

以前家裡沒有女眷，所以跟這裡的官員實際上沒什麼交情，每天除了上值工作，就是下班回家看書、練字，也不外出，讓一些人想跟他打交道都難。

但錢七來了後，應該會有人派出夫人試探，不管是善意還是心懷不軌，這個恐怕避免不了。畢竟他要是連基本的交際禮儀都不顧，會讓人詬病的。

錢七表示明白了，又聽了孫保財給她說了下京城官場的關係，大多數都沒記住，但天色不早，眼看兒子有些睏了，來日方長，先哄兒子睡覺再說。

孫保財也知道她一下子記不住，所以打算每天說幾遍，以後自然能記住。

兩人洗漱完，錢七躺在孫保財懷裡，不覺一陣睏意襲來，本來打算再說些話，沒想到說了兩句就睡著了。

孫保財看著她眼下的陰影，知道這些日子沒休息好，親了下她的額頭，心滿意足地摟著她睡覺。

翌日，孫保財一醒來，看著還在睡的娘兒倆，也捨不得起床，就這麼癡癡望著他們。家人還是要在一起才像一個家。兩地分居的那些日子，總覺得心裡空落落的，現在他們來了，心裡瞬間被填滿。

吃過早飯，他牽著錢七在家裡到處看了看，讓她瞭解他們的新家；又大致說了家裡現有的下人，哪幾個是雇傭的本地人，哪幾個是跟邵明修要的人，也說了他把寶琴要了過來。

錢七不由笑道：「一會兒我給你拿錢，你在邵明修那裡借的錢得還給人家。」

把寶琴從邵明修那裡要過來，她挺高興的。她挺喜歡寶琴這姑娘，兩人閒聊時也感覺她喜歡這裡，嗯，更確切地說是喜歡屠十三娘。

屠十三娘被這丫頭的誠懇打動了，會偶爾指點下，所以寶琴現在每天殷勤地往屠十三娘身邊湊合。在她看來，兩人就是沒有名分的師徒。

兩進的院子一會兒就看完了，錢七覺得總體來說還行吧，比以前住的地方大了一倍多。兩進宅院就是兩個四合院前後組合在一起，區別在於占地面積的大小。格局也不是既定的，有的後院可能不會修建花園，而是隔出幾個小院子，這般修建的一般都是人口多的人家。

至於他們家也沒幾個人，後院就一家三口和屠十三娘、寶琴，中間有個小花園，所以各自院落的私密性不錯，雇傭的下人則住在前院的倒座房裡。

走了一圈看下來，錢七總覺得前院有些浪費，畢竟後院還住了五個人呢，前院的最大用處只是接待訪客。

兩人往回走，孫保財一會兒要去上值，所以回去換官服。

錢七送走孫保財，這才問寶琴要不要當個管家？他們現在這個家裡被孫保財安排得各盡其職，就是少了個總管的人。

寶琴笑著說聽夫人安排。她現在已經歸了孫家，自然是夫人怎麼吩咐怎麼做了。

錢七聞言一笑，召集家中下人——其實全部加起來也才六個人，其中三個雇的，三個跟邵家要的。

她跟他們正式見了一面，給他們介紹了下寶琴，讓他們以後有事直接找她，又說了幾句話就讓他們下去了，逕自回到後院整理行李。

她這次來也帶了些家裡的特產，打算去看看師父她老人家。

分別這麼久，不知她老人家是否已經習慣京裡的生活？她這幾年學醫方面還在紙上談兵階段，實踐的機會太少了，只是把醫書上的方子和醫理背熟。

師父走的時候就給她留了地址，她跟孫保財說了，讓他幫著打聽下。

孫保財到了衙門，先找了個可信的屬下，問他知道莫宸翰這人嗎？

三年前，莫宸翰是在戶部擔任主事，官職都是三年一任，連任的不多，基本都會被調任。

看屬下沒聽過，說三年前還在地方任職，不太清楚。

孫保財示意他下去，自己先去了錢七說的地址打探。沒想到門房說家主不姓莫，他們是一年前搬過來的，對於以前的事不清楚。他只好到吏部詢問。
吏部的人看孫保財來了，新上任的吏部郎中李賀忙上前接待。
這位可是各部特別注意的對象，自從這位一下子讓十位六部官員同時落馬，現在他們就怕被這位抓到把柄，又查出什麼捅到皇上面前，讓他們連個打點的機會都沒有。
但按說他還要謝謝這位孫大人，要不是孫大人，他也不會接任郎中的位置，畢竟上一任郎中可是剛上任不久，沒想到和人逛妓院便被孫保財告了。
李賀請孫保財坐下，讓屬下沏了茶，才笑著詢問何事。
孫保財把來意說了，他就是想在吏部查一下莫宸翰現在在哪裡任職？
李賀聽了便放心了。只要不是來找麻煩就好。當即吩咐人去查這事。
等到孫保財知道莫宸翰被外放到金安府做了同知後，這才謝過，起身告辭。
出了吏部，他臉色晦暗不明。
外放到金安府做同知，用得著賣房子嗎？金安省府是歸屬他管轄的，前任右僉都御史就是在金安府的地界出的事。
想到這裡，他嘆了口氣。希望莫宸翰跟這些爛事沒關係吧，莫大夫夫婦對他們有恩，真不想他們有事。
至於他是哪方勢力的人，到時讓邵明修幫著打探下。他現在只知道賢王派系的主要官員，其他的並不太清楚。
一路亂想中回到了都察院，中午時，他沒像以前那樣跟著大家去吃飯，而是回家吃的。

有些人已經知道孫保財的家眷來京了，對他的行為不過笑笑。
孫保財回去跟錢七說了莫大夫的兒子外放之事，也把莫夫人留的地址變了主家的事一併說了；至於其他猜測，他倒沒說。還未確定的事說出來，豈不是讓她擔心嗎？
看錢七一臉失落，他笑著安慰道：「這次見不到還有機會，官員到了任期也要回京述職。」
既然外放，莫大夫夫婦肯定是跟著兒子上任去了，他們兩位醫術不凡，相信到了地方只要自己願意，過得會很充實。
至於其他，萬一是他想多了呢？反正沒證實就是沒影兒的事。
錢七嘆了口氣。也只能這樣了，可能是師徒緣分淺吧，不然怎麼她來了，師父卻已經走了。

# 第七十三章

這日，孫保財在西山大營巡察。

他領了這裡的任務也有些日子了，來這裡始終是士兵帶著去營房、訓練場這些地方轉悠；至於其他的地方說是涉及軍事機密，沒有西營指揮使大人的軍令不能去。

對此，孫保財也是沒脾氣，因為他已經知道了，西山大營指揮使武謹勝是皇上的人。現在想來，左都御史把這裡分給他，還真是用心良苦了！

這裡是皇上的地盤，他自然不敢亂來。他消停了，好多人都能安心了。

可不管怎樣他也得幹活，要不人家都出去了，就他一個在都察院裡待著，不是給人送話柄嗎？

所以他現在來了就到訓練場觀看，畢竟任務領了，也不能不盡職責。

他找了處略高的地方站著看，訓練場中的士兵們正在進行火銃訓練。

他瞭解過火銃，是大景朝初期時配備給軍隊使用的，不過朝廷一直把火銃控制在小範圍內，對於火銃管制也是非常嚴格。

海貿商賈孫亭兼在海外買回來的，都被判了抄家流放，可見管理嚴格。

以前他覺得這樣也對，現代不是也實行禁槍嗎？古代這樣也在情理之中，要不火銃這樣殺傷力大的武器，被心懷不軌之人濫用，後果非常嚴重。

但如今看了西山士兵的火銃訓練，察覺這裡的問題還真多。

第一，火銃射程沒有想像中的遠，目測好像還不到五十公尺。一個好的弓箭手還能百步穿楊呢！

而且這些士兵使用火銃的方法肯定不對，他這個外行的聽了都知道，火銃這東西打出來不該是一樣的響聲嗎？就算不一樣，相差也不會太多吧？

他又聽了一會兒，這一聲大、一聲小的，明顯是火藥填裝多少的問題，不由失望地搖搖頭。果然耳聽為虛，眼見為實。

西山大營指揮使武謹勝因著今天是火銃手訓練，所以過來看看，就見到一人在檢閱臺上。

只見這人穿了一身文官官袍，他不由皺起眉頭。

不用問都知道是那個右僉都御史孫保財，其他的監察御史還沒有資格站在檢閱臺上。可想著對方怎麼說也是皇上看中的人，還是個正四品官員，平時他不過來就算了，這會兒來了還是見下為好，省得這些文官沒事找事。

走到近前一看，這人竟然搖頭，一臉失望的樣子，心裡不由一陣氣惱。一個文官懂個什麼！

孫保財一看來了個人，也沒在意。這人沒穿官袍，雖然穿了一身訓練服，只知道應該是個武官，身上有股殺氣，長得五大三粗一臉黑，對他有股敵意，也不說話，就在這兒站著。

他一個文官總不至於怕一個武官吧，不管怎樣，武官也管不到他頭上。

所以情況就是兩人誰也沒搭理誰，就這麼站在高臺上觀看士兵演練。

忽然聽到很悶的「砰」一聲。孫保財一看，很好，槍膛炸了，可是看那士兵很有經驗的樣子，竟然沒有受傷，就知道這種事應該時常發生。

武謹勝看這個文官一臉嘲笑的樣子，不由冷笑。「你看不起西山大營的火銃軍隊？」

這幫文官總是一副自以為是的德行，不懂軍事還想指手畫腳一番，不是剋扣軍費就是說預算太多。

孫保財轉頭，身邊的武官臉上布滿對他的不友善及鄙夷。

我又沒得罪你，在這兒站著不說話都是錯了？當即小性子也起了，嘲諷道：「我沒有看不起火銃軍隊的士兵，我看不起的是統領他們的將領，把本該是朝廷一支神兵利器的火銃軍隊，訓練得還不如弓箭手。」

話一落，眼前這大漢的臉色又黑了幾分，陰沈得可怕。

孫保財冷冷一笑。嚇唬誰呢！看這黑臉大漢也是三十開外的人了，對他的說法一臉不服氣不說，還一臉鄙夷，鄙夷他是個文官嗎？

想罷，不由跟他繼續掰扯。他這人一向是說理的，於是繼續道：「你別一臉不服氣，你自己捫心自問，這支火銃軍隊能勝過軍營裡的弓箭手嗎？」

他就是再無知，也知道古代部隊裡的弓箭手基本射程都在一百公尺開外，而且準頭也好。但這些火銃手，他剛剛可是看到了，五十公尺的射程都沒幾個打中靶子。

武謹勝聽了，只能咬牙道：「你個文官懂什麼？」

火銃軍確實不如弓箭手，這點他承認，但那是火銃，要用火藥，不能像弓箭手經常練習。但是在行軍打仗中，火銃的威力不容忽視，更不用說火炮的威力了。

孫保財聽了這話不高興了，當即反諷道：「我這個文官是不懂，怎麼把本應是朝廷神兵利器的火銃軍隊訓練成這樣？」

說完冷哼一聲便走了。管你是誰呢，來西山大營受了這麼待遇，心裡沒氣是假的，所以今兒個藉機都發在他身上了。

跟來的監察御史蕭放一直站在臺下，看自家大人跟西山指揮使吵起來，雖然沒聽清兩人吵什麼，但是也嚇了一身冷汗，心裡發苦。

他們孫大人真是誰都敢得罪，那可是西山大營最大的官啊！

但看孫保財走了，連忙跟上，又隱晦地提醒他，剛剛那人是西山大營指揮使武謹勝。

孫保財眉一挑。原來是他啊，那他活該，這頓火氣發對人了。

孫保財同西山大營指揮使武謹勝吵起來的事，才一個下午就在京城官場傳開了。

大家聽了，心想這渾人真是什麼事都敢做啊，突然覺得六部那十個人也不冤枉，人家連三品大員、皇上的親信都敢得罪，何況五、六品的官員了。

邵明修也驚訝。孫保財跟人家吵什麼啊？不是跟他說了，西山大營指揮使是皇上的人嗎？

就連賢王都被弄懵了。這人難道不是針對自己？可這個念頭剛冒出來就被否定了。哪有那麼巧的事，他扯下的十個都是自己的人。

至於皇帝和太子聽了後，讓人查了兩人吵架的細節，眼裡不由透出凝重。

孫保財從西山大營出來，直接帶著人回了衙門，一直待到下衙，自然不知道外面把他和武謹勝吵架的事傳開了。

對於一下午也沒人來打擾，早就習以為常了。他在都察院的人緣不怎麼好，大家是能避著他就避著，從來不主動往他跟前湊合，就是他的屬下也一樣。

收拾完，剛從衙門出來，他本想直接回家，但被邵安攔下，交代邵明修在泰東酒樓請他吃飯。

孫保財心裡納悶，好好的請他去酒樓吃飯幹麼？想著應該是有事找他，只好讓邵安去家裡通知晚些回去，然後獨自去見邵明修。

到了泰東酒樓，他直接去了邵明修的雅間。

「怎麼還請我吃飯，這麼客氣了呢？」

這人以前都是約在家裡說事，或者在衙門，印象中好像沒請他在外面吃過飯。

邵明修只是笑。「我這不是關心你嗎？所以請你吃頓好的。」

這話聽著有些怪，孫保財納悶地看著他。「此話怎講？你最好有話直說。」

邵明修正色道：「你怎麼跟西山大營指揮使武謹勝吵起來了，不是跟你說過他是皇上的人嗎？」

其實今天請客吃飯就是好奇他倆為什麼吵起來？這事下午聽說了，他就想找孫保財問問，只是忍到下衙前才讓邵安去都察院。

孫保財聽了，眉一挑。「你怎麼知道我們吵架了？」

這事是晌午前發生的，而且發生在西山大營，邵明修怎麼知道的？

邵明修白了他一眼。「哪只是我知道了，是京城的官場都知道了，現在你可是比以前更有名氣了。」

孫保財本來就被多方人馬盯著，在外有點事都能傳出來。

孫保財明白是怎麼回事了，但這事事關西山大營內部，也不可能在外面跟邵明修說。隔牆有耳，還是當心些才好。

他給邵明修使了個眼色，笑道：「沒啥大事，就是我去西山巡察時總是派個小兵帶著我轉，今兒個正好碰到武大人了，對他適當地表現了下不滿而已。」

這話也沒說謊，他是對西山大營那幫武官不滿多時，今兒個也是藉機發火。

邵明修領略了，自然配合。他今兒個就是看看孫保財的狀態，要是有麻煩可以及時跟他提醒。不管怎樣，他的人脈總比孫保財廣些。

菜色上來，兩人隨意閒聊，吃過飯才各自回家。

這兩人一起吃飯之事，很快又傳到各個關注他們的人耳中。

賢王聽說二人聊一些無聊的東西，連若干年後一起到哪兒哪兒遊玩的事都說，心裡明白，是兩人行事謹慎。

而景禹這會兒正在宮裡陪著景齊皇帝用膳，消息傳過來時，他聽了都好笑。

皇帝聽了也只是點了下頭，讓宮女給太子挾了他喜歡吃的菜。父子倆好久沒一起吃過飯，一時氛圍又回到了多年前。

吃過飯，太子跟著皇帝消食，皇帝這才出聲問道：「皇兒覺得孫保財這人如何？」

景禹想了下才笑著回道：「兒臣跟邵明修談過此人，邵明修說孫保財有大才，辦事能力出眾，就是不知為何此人年紀輕輕就看淡名利，總是喜歡窩在家裡過著簡單生活。」

跟父皇自然要如實稟報，可能孫保財的事，父皇比他更清楚呢。

「邵明修說這人根本無意進官場，這次來京也是他讓孫保財來幫忙，畢竟在東石縣時，孫保財是邵明修名義上的師爺，兩人又是好友，所以邵明修把他說動了，跟著進京做謀士。後來的事，父皇也知道了。」

皇帝聽完點點頭，因而這次孫保財進京，太子提出讓他進六部時，他直接把人放到了都察院。

這樣的人真的沒野心嗎？

孫保財並未被吵架事件影響，還是正常上值，卻沒想到會接到皇帝的召見旨意，忙整理官袍，跟著太監一起進宮。

出來前，他看了眼都察院同僚的表情，意思好像是說「你瞧瞧，皇上找你算帳了吧」，讓他心裡也不由嘀咕起來。皇上不能那麼小氣吧，兩個臣子拌了兩句嘴，還要為另一個臣子出頭，皇上應該不至於這麼閒吧？

隨著太監進了御書房，孫保財馬上低頭行跪拜禮。「微臣參見皇上，皇上萬歲萬歲萬萬歲。」

他聽到「平身」二字才起來，眼角餘光看到還有其他人在場，這會兒起身看去，原來是武謹勝。

孫保財當即疑惑地看著他。不會是這傢伙告狀了吧？虧你還是個武將，心眼也太小了。這般想著，眼底便露出鄙夷。

武謹勝看了，心裡一頓氣怒。這人什麼意思？當即也怒瞪著孫保財。

皇帝看了底下兩位臣子的表情，心裡好笑。敢情是性子不合，怪不得能吵起來。

他合上奏摺，威嚴地看著兩人。「說說昨天怎麼回事。」

雖然已經知道大致情況，但還是想聽聽兩人怎麼說。

兩人聽了皇帝的問話也都收斂起來，明白皇帝問的是什麼。

孫保財看這會兒武謹勝倒不說話了，只好一臉無辜地開口。「昨天微臣就在那兒站著看火銃軍訓練，武大人過來就說我看不起西山大營的火銃軍隊。」

這事就是武謹勝沒事找事，他好好在那兒站著，除了笑了一下，什麼都沒做，這人上來就找碴。

武謹勝聽他只說一不說二，頓時氣道：「你怎麼不說你看不起帶領火銃軍的將領呢?!」

孫保財冷笑道：「你不先招惹我，我能把那話說出來嗎？」頂多在心裡想想罷了，畢竟軍事又不能插手，他又不傻，幹麼說出來惹人厭？

武謹勝聽孫保財這麼說，火氣一下子又上來了，可這會兒只能忍著怒火瞪著孫保財。

皇帝聽了孫保財的話，差點沒笑出來。這小子說話太氣人了，不怪兩人能吵起來。

孫保財掃了眼武謹勝，沒再搭理他。他怕繼續氣他，這人會真的動手，到時局面就難收拾了。

自古文武官在朝堂上就是兩大流派，平時都是各不相讓，要是讓皇上難做，他也沒好果子吃。

武謹勝看他的樣子，也意識到問題，馬上也跟孫保財一樣擺出恭謹的樣子。

皇帝看兩位臣子不再劍拔弩張，開口道：「你們對火銃軍怎麼看？」

武謹勝瞄了眼孫保財，看他沒有回答的意思，只好道：「臣覺得，火銃軍隊練習得太少，以後應該多多訓練，所以臣申請增加火藥等軍餉。」

孫保財一聽，心道：很好，直接開口要錢。但看皇上在看自己，知道不能不說話，於是道：「微臣對於軍事不懂，不懂如何行軍打仗，也不懂怎麼訓練士兵，微臣只說說昨天看到火銃軍訓練時的一點想法。」先把話說明，省得惹麻煩。「昨天微臣看到火銃訓練，發現幾點問題。一是火銃的威力有些小，射程還不足二十丈；二是訓練場上的火銃軍，竟然沒有幾人能打到靶子；三麼，聽著火銃射擊的聲音大小不一，明顯是往槍膛裡裝火藥時有的多、有的少，後來看到有士兵的槍膛炸了，也能證明這點。

「透過火銃的槍膛炸了這事，微臣覺得火銃是不是沒有保養好，按理說不該這麼輕易就炸膛才是。這是微臣昨天在訓練場觀看的感想。」

其實這番話裡的意思，還有質疑是不是製作方面出問題了，要不然火銃怎麼會輕易炸膛，射程又不足二十丈遠？

他沒有明說是不想惹麻煩，畢竟軍事確實不該他一個管綱紀監察的文官插手，萬一皇上忌諱怎麼辦？

武謹勝一開始不覺得孫保財能說出什麼，但是越聽越汗顏。一個文官昨天在訓練場看那麼一會兒，就能看出這麼多問題，這教他情何以堪？

皇帝聽完，深深看了孫保財一眼。

孫保財雖然沒有明說，但是話裡的深意已經表達出來了。

他輕皺眉頭想了會兒，才看著他倆。「既然孫愛卿看出這麼多問題，以後幫著武愛卿改進火銃軍的諸多問題。三個月後，我希望看到成果。」

孫保財和武謹勝互相看了眼，只能領旨謝恩。

皇帝又嚴肅地對孫保財道：「孫愛卿以後多去兵仗局走動，有問題直接跟我回稟。」

孫保財只得再次領旨謝恩。工部的兵仗局是製作兵器的地方，平時是嚴禁外人入內，就是他們監察御史也頂多查看卷宗，兵仗局內部是不允許進入觀看的。

現在皇上這麼說了，可見得是信任他。

但這也是把雙刃劍，以後可能因為一時的特殊待遇，而為自己招來禍患也說不定。

畢竟知道得太多，特別是知道了大部分人不知道的事，那是非常危險的。

他有點愁，感覺自己越陷越深了。

話。」

皇帝讓武謹勝先下去，留下孫保財，問道：「聽說你不想入官場，這是為何？朕要聽真

面對皇帝，孫保財也知道自己要是說謊，肯定會被看穿，更不能拿沒參加過科舉當藉口，畢竟他如今都站在這裡，說那些就顯得矯情了。

他想了下，決定用一句話回答。

「三千年讀史，不外功名利祿；九萬里悟道，終歸詩酒田園。」

他用了兩輩子才明白這個道理。

# 第七十四章

孫保財從御書房出來，輕輕吐出一口氣。

古代帝王的氣場就是強大，在皇上面前，總覺得有一絲威壓。

抬頭一看，武謹勝還在外面站著。

皇上不是讓他先走了嗎？這人沒走，不會是在等他吧？但看武謹勝只是斜了他一眼，這才邁步往宮外走。

孫保財知道人家確實在等他，不能在御書房外談論事情，只得跟著武謹勝走。

皇上既然下了口諭，讓他幫著改進火銃軍問題，那他倆就得商量出個辦法，好好把這事辦好了。

不管兩人有什麼矛盾，都得先放下，不然再被有心人告個抗旨不遵，豈不冤枉？

孫保財一路想這事怎麼弄，等兩人出了宮門，走到放置馬匹的地方，他看著武謹勝笑道：「武大人先回軍營忙吧，我這兩天先寫個規則出來，兩日後去西山大營找您可好？」

他這兩天要先去工部的兵仗局看看，找出問題所在才好制定辦法，要不然硬體不給力，他們就算出再多的力，效果也會打折扣。

武謹勝點頭同意，跟孫保財別過。

要是以前，他覺得文官只會紙上談兵，什麼都要先弄個規則照著做，弄出來的根本就不實用。

但剛剛經過孫保財說的那番話，他改觀了，這人能在短時間內就能看出這麼多問題，可見是個有真本事的人。

孫保財被皇帝召見說了什麼，自然不可能被人窺聽。

不過看他和西山大營指揮使武謹勝一起出來，外人猜測皇上是給兩人調節恩怨了。

這麼想也對，畢竟大家都知道武謹勝是皇上的人，而孫保財現在還能說是太子的人嗎？更確切地說應該也是皇上的人吧。

雖然孫保財和邵明修交好，但是給他高官厚祿的人可是皇上。

孫保財自然不知官場上這些人的心思，回去後也沒有馬上去工部，想著皇上讓人傳話也需要時間，決定下午再去。

中午下衙回家吃飯時，路過一間堅果鋪子，隨手買了些堅果回家。看著老婆、孩子吃著自己買的東西，心裡總會有一絲滿足。

孫保財回去時，錢七已經做好午飯。

如今後院幾人的飯菜，只要她有時間，都是她來做。一是她喜歡給家人下廚，二是她覺得在沒有什麼娛樂的古代，把時間分配給廚房，每天能過得充實不少。

孫保財在家吃過飯，小歇了一會兒，和錢七說了會兒話，眼看快到上衙時間才回都察院。

處理完手邊的事，他找了個由頭去了工部，找到兵部侍郎說明來意。

兵部侍郎林政已經收到上面的指示，所以親自帶著孫保財去了兵仗局。

工部內只有兵仗局不得隨意進出，因為那裡是製作兵器的地方，乃朝廷的兵工要地，涉及兵器工藝，這東西要是洩漏了，他們可是要被問責的。

孫保財跟著林政到了一處院落外面，看門上的匾額寫著「兵仗局」三個大字，知道就是這裡了。

大門有四個士兵看守，單單外面看就能感受到這裡戒備森嚴。剛剛路過其他部門時，門口最多站了兩個士兵，有的門口都沒人守衛，這裡確實不一樣。

看林政出示了一個小牌子才被放行，孫保財心裡其實挺驚訝的。管理得這麼嚴格，連工部的二把手兵部侍郎都要拿牌子才能進去。

一進去，繞過影壁，先是一塊很大的空地，北面和東西方是連著的二層樓。每隔一處，樓上都寫了牌子，離他最近的是寫了「弓矢」二字。這個他理解，就是這裡面是製作弓矢的地方。

因皇上交代的事跟火銃有關，所以孫保財直接跟林政說要去看製作火銃的地方。於是林政把孫保財帶到火器房裡，給他介紹了這裡的掌事太監王公公，然後又說了幾句才告辭。

誰知道孫保財要在這裡看多久，他還有其他事要忙，不能在這裡陪同。

王公公也知道孫保財的大名，這位的事蹟估計京城官場沒有人不知道，現在這人來了，心裡也明白絕非好事。

兵仗局可不是誰都能來的，但人都來了也只能笑臉迎接，希望這位要是真看出什麼來，能手下留情。

於是對孫保財笑道：「孫大人要瞭解什麼，只管跟咱家說。」希望這位別逗留太久，最好一會兒就走。

孫保財客氣一笑。「王公公不用客氣，本官來這兒隨意看看，時間可能會久一點，你要是忙的話可以先去忙，我要是有事一定去找你。」

王公公聽了，呵呵乾笑。隨意看看為什麼時間會很久？

但孫保財都這麼說了，他要是非得留下，豈不是說自己沒事幹嗎？這人要是別的衙門倒也不用顧忌，偏偏是都察院的人，還真有些擔心他會拿這個說事。

但是要是就這麼走了，又豈不落於被動？他人在跟前還能解釋一二，再不濟也能知道怎麼回事，好提前有個準備。

王公公一臉正色。「孫大人見諒，兵仗局歷來規矩多，大人在這兒肯定有不懂的地方，咱家雖然事多，但還是給您解說下為好。」

話裡的意思很明顯，兵仗局跟別的地方不一樣，這裡涉及到軍工隱密，必須有本局的人陪著才行。

孫保財聽了只覺得有意思，於是點頭表示聽王公公的。他來這裡就是看看製造上有什麼問題，到時提出些改進的方案給皇上。但看王公公的樣子，就知道這人是誤會他來找碴的了。

孫保財開始一個步驟、一個步驟地看，製作火銃的每個部件都拿起幾個觀看下，也會問工匠師傅們問題。

王公公始終跟在後面，每當他停下時便留意他的表情，看孫保財只是看火銃的製作部件，臉上始終一副感興趣的樣子，一時有些不明白這人是來幹什麼的？

孫保財看了一圈，笑著問王公公。「朝廷有規定兵仗局每年製作火銃的數量嗎？」

大景朝給軍隊裡配備的火銃也叫火繩槍，剛剛看下來，發現製作問題還真不小。

第一，這東西都是手工打造，剛剛拿起來看，每枝火銃明顯做工不太一樣，一個部件薄厚不同，光看著都覺得粗糙，這說明了什麼不言而喻。

每個工匠雖然看著都很認真，但是從做出來的東西看來，很明顯這幫人是看王公公和他來了，在做樣子呢！

他剛剛問了工匠師傅，要是做壞了怎麼處理？那個工匠竟然回答，把做壞的扔到廢品箱子裡，再做下一個。

他開玩笑說難道不扣錢嗎？那人理所當然地說，這都是小事，扣什麼錢？

這說明這裡並沒有追責制度。

其實這裡的事情很嚴重，如果打造過程不認真盡責，那麼品質怎麼會有保障呢？現在看來訓練場上的意外，槍膛炸了跟成品品質有很大關係。

王公公因為擔心孫保財看出什麼，所以一路緊跟著，聽他這會兒問的話，笑著回道：

「火銃每年的製作數量為一千枝。」

孫保財點頭笑笑，表示知道了，也沒說什麼，只是看著王公公道：「我先回去了，明天再來。」

王公一聽明天還要來，只能乾笑，一路把孫保財送出去，臉上的笑容才收了起來。

不確定這個孫保財到底是何意，還是跟王爺稟報下為好。

孫保財從工部出來，一臉若有所思，直接回了都察院。

他一直想這事該怎麼辦？現在事情明擺著是兵仗局在製作火銃上偷工減料。

這東西就是以點窺面的事。能在火銃上偷工減料，其他兵器在製作時能沒這情況？這件事要是繼續追查，說不上牽扯出誰來呢！

當作不知道的話也不現實，火銃品質不改進，三個月後怎麼辦？

而且皇上明顯聽出他話裡的意思，還特意下旨讓他去兵仗局觀看，要是裝糊塗，豈不是欺君？

所以還是得管，就是要想想該怎麼管？他出面沒啥大用，自己危險不說，最後就算查出來，估計也牽扯不出重要人物，頂多是把幾個替死鬼辦了。

這樣的話他和家人就危險了，愁。

想了會兒，最後決定還是把問題丟給皇上吧，怎麼查、想查出多少，他老人家說了算，他只需要把自己看到的回稟給皇上即可。

作好決定後，孫保財心情放鬆了些，開始研墨寫奏摺，字裡行間只是如實稟報自己在兵仗局看到的，以及建議改進的地方。

至於猜測，自然不能寫在奏摺裡。反正如果皇上願意追究，自然能看到裡面的深意；要是不想追究啥的，以後也跟他沒關係。

寫好後，等墨跡乾了，他將奏摺放入懷中，親自騎馬送到大內乾清門，交內奏事處，這樣能直達御前。

大景朝三品及以上的官員是上朝時直接呈上奏摺，像他這樣遞交奏摺的，都是京官三品以下的。如果不用這樣的方式，只能等到大朝會時遞了。

奏摺上交後，他感覺一身輕鬆，眼看快到下衙時間，乾脆直接回家。

皇帝和景禹在御書房內，剛說完孫保財，沒想到德公公就送來了孫保財的奏摺。

皇帝也沒想到他今天就上奏摺。這不上午剛吩咐完事情，不到晚上就上了奏摺，遇到辦事這麼有效率的臣子，心裡也起了好奇，看看他到底寫些什麼？

景禹在一旁想著剛剛和父皇的談話。沒想到孫保財能說出那番參悟人生的話語，但想著孫保財行事與眾不同，有如此感悟也是有可能的。

抬頭一看父皇面色嚴肅，不由納悶孫保財在奏摺裡寫了什麼？

皇帝把奏摺往前推了推，示意景禹看看。

景禹拿過奏摺，面色也變得嚴肅。沒想到孫保財去了一趟兵仗局，竟然發現這麼嚴重的問題。

奏摺上寫了工匠師傅製作出來的火銃部件，薄厚不均、有輕有重，製作粗糙。詢問得知兵仗局沒有追責制度，也沒有檢查人員，做出來的火銃不管好壞，直接發到火銃軍隊的士兵手中。

所以火銃炸膛的事才會時有發生，且火銃的射程、威力比不上弓箭，這部跟製作火銃的品質有很大關係。

又提了一些事件的嚴重性之後，最後說，若要想改變現有火銃軍隊的問題，第一步要先把火銃的品質提升才行。

這些是表面的意思，奏摺裡的深意是什麼，他和父皇自然能看出來。

造成這樣的原因是工匠們偷工減料，還是每年撥給兵仗局製造火銃的銀子被貪墨了？

今天孫保財看的是火銃，那麼其他兵器是不是也是這樣情況？

大景朝的士兵拿的都是偷工減料的武器，要是在戰場上，士兵拿著這樣的武器跟敵人廝殺，能發揮幾分實力？會不會節節敗退、傷亡慘重？想到這樣的可能，父子倆眼裡都透出一絲怒意。

孫保財是怎麼都不會想到，現任君主和未來儲君比他想得更長遠。

他想到的是眼前的事，那兩位已經想到亡國了。

所謂天子一怒，血流成河，第二天的朝會上，皇帝直接下旨命太子領人徹查工部兵仗局，將兵仗局所有人員先行關押，什麼時候查清楚便什麼時候放人。

朝堂上的官員似乎能聞到一絲血腥味。

下了朝，景禹直接帶人去了兵仗局，沒給裡面的人任何時間想對策。

其實昨天父皇就已經派人監視這些人了，不巧的是，正好讓父皇的人撞見兵仗局的掌事太監王公公跟賢王的人有聯繫。

景禹眼底泛起冷芒。這次是你自己送上門的，誰也救不了你。

皇帝的一番作為，讓跟兵仗局事件有關的官員惶恐不安，跟這事沒關係的官員則在靜待結果。

但無疑，這事又把孫保財推到風口浪尖上。大家心裡明白肯定跟他有關，不然怎麼孫保財去了一趟兵仗局，皇上就開始徹查兵仗局了呢？

大家都很納悶，這人究竟是個什麼屬性，怎麼跟個瘟神似的，倒楣的人都是一片！

那些恨不得弄死孫保財的，礙於現在是非常時期，也不敢輕舉妄動，心裡都發狠，等這事過去，第一個先派人把孫保財給殺了。

這天，孫保財一早到都察院上衙後就沒出去，一直在寫火銃軍隊怎麼改進的辦法。

因為要查一些資料卷宗，所以進度緩慢，對於今兒個早朝上發生的事，他自然也不清楚。

後來之所以知道，還是蕭放來告訴他的。

他聽了心裡也詫異。沒想到皇上動作這麼快，昨兒個快下衙時他才遞上的摺子，今天早朝就下令徹查了。

他還以為這程序怎麼也得走幾天，調查一番後才會決定怎麼辦。

蕭放看著他，擔憂地道：「大人，現在大家都說這事跟您有關，您還是小心些吧！」

他家大人厲害，不聲不響地總能弄出大動靜，而且根本沒有預兆，讓人無從防範。最主要的是，他家大人擅長從小事下手，哪個官員沒有點把柄啥的，一點小事在他們大人嘴裡都能扯到亡國的等級，對於這樣的人怎能不忌憚？

現在京城官場上的官員，估計都想繞著他走。

孫保財本來還在想，這事會是怎麼個走向，能讓皇上派太子徹查此事，勢必要一查到底，只能想到這下會牽扯出一大批官員來。畢竟偷工減料為的還不是多貪些銀子嗎？能做成這事的肯定是結夥作案。

聽到蕭放的關心，他不由一笑，點頭表示知道了。

蕭放是那幾個有意思的手下之一，他剛來時，這幾個小子看他好相處，還請他吃飯，可能是出於不好意思或是想討好他，所以跟他說了不少都察院的事，讓初來乍到的他得了不少幫助。

想罷，他吩咐蕭放，下午讓他跟著去西山大營。

這樣的關鍵時期，他覺得還是別在衙門待著為好，反正皇上交給他整頓改進火銃軍隊的差事，正好去西山大營避避風頭。

蕭放聽著差點要哭了。他來這裡提醒大人小心些，怎麼還把自己搭進去了？跟大人走得近有危險呀！

孫保財自然看到蕭放的表情，不過壞心地沒解釋。

跟著他走也不算危險，屠十三娘說過他身邊有影衛保護著，這影衛是誰派的還用說嗎？其實在他看來，現在反而是沒人敢動手的時候，對他出手，不是明晃晃往皇上手裡送證據嗎？有點腦子的人都不會這麼做。

等蕭放苦著臉出去後，他才繼續手邊的事。

# 第七十五章

午飯時，孫保財跟錢七說了這事，叮囑她儘量別出門，要出門的話也讓寶琴跟著。

錢七聽完，凝眉看著他。「這樣你豈不是很危險？」

孫保財聽了一笑，在她耳邊小聲說了影衛的事。

「就算這樣，你也要小心才是，最好帶著點防身的東西。」自己的性命不能完全指望別人，自己也要盡力才行。

孫保財點頭表示知道。他去西山大營之後跟武謹勝套套關係，看看能不能在他那兒弄點防身的武器。

錢七聽說他這段時間要去西山大營，想了會兒，認真道：「那你就在西山大營住一段時間吧。你這麼每天來回跑，路上太危險了；我又不出門，你不用擔心。反正皇上讓你改進西山大營，住在那裡也合乎情理。」

去西山大營要出城，每日在路上的時間太長；而且他的出行時間太好掌握，如果是想對他不利的，還怕找不到機會嗎？就算有影衛，皇上能派幾個人呢？雙拳難敵四手、猛虎架不住群狼，她不覺得一、兩個影衛能擋得了存心要命的人。

孫保財聽了錢七的話，馬上搖頭拒絕。好不容易一家人團聚了，老婆還沒摟幾天呢，怎麼能因為這點事住到軍營去呢！

但錢七沒搭理孫保財，轉身給他收拾衣物去了。又不是要他住下就不回來，不會隔一段時間跟著回京的武官一起回來探望嗎？

孫保財眼看錢七不理他，只好跟在她身後，一路解釋沒這個必要。

錢七把包裹收拾好後，放在孫保財懷裡，異常溫柔地看著他，笑道：「你不想我每日為你提心吊膽，日日惶恐不安吧？」看他搖頭，繼續道：「那不就成了？乖，去軍營體驗一下。我記得你當年軍訓時不是挺能表現的嗎？」

孫保財心道：那不是為了吸引妳的注意嗎？

最後也沒說動錢七，孫保財看上衙時間到了，只好拿著包裹出了家門，臨行前還回頭看了大門一眼，總有種自己被趕出家門的感覺。

其實錢七說得對。他嘆了口氣。真有點想念紅棗村的生活了。

蕭放看自家大人拿了個包裹來了，不由上前詢問。

他們監察御史就算是去地方巡視，也沒有把包裹帶來衙門的，因為跟孫保財走得近，下午還要一起去西山大營，因此不覺就把話問了出來。

孫保財挑眉道：「被趕出來了。」

說完也不再理會蕭放，逕自去找右都御史劉冠聞，跟他說皇上派了件差事給自己，要到西山大營住一段時間，這段時間不能來都察院點卯。

劉冠聞一聽是皇上吩咐的事，自然不會多問，同意後還表示會親自盯著三省的事，讓他用心給皇上辦差事。

孫保財感謝了一番才出來，帶著包裹，叫了蕭放等人一同去西山大營。

但他不知道的是，他跟蕭放的對話被有心人聽了去，沒一會兒就在都察院傳開了，然後蔓延到其他衙門——都說孫保財懼內，還被自己夫人趕出家門，最後愣是把錢七傳成了厲害的母老虎。

劉冠闐聽了不過笑笑。孫保財是奉了皇命去西山大營辦事，沒想到會被說成這樣。他不知道孫保財在這時離開有沒有其他意思，但是至少避開了朝堂上即將爆發的風暴。

這場風暴的醞釀者躲到了西山大營，這是皇上有意為之嗎？要是這樣的話，看來孫保財還真是皇上的人。

要是孫保財是太子的人，還能得到這番待遇，豈不是說皇上始終屬意太子繼位……想到這裡，劉冠闐眼裡透出了悟。原來如此。

孫保財自然不會想到一連串的巧合讓頂頭上司猜到了皇上的心思。

他到了西山大營，直接去見了武謹勝。這會兒這傢伙也不避著了，很容易在營房裡見到人。

孫保財直接說明來意。「我要在這裡住段時間，能給我安排一下住處嗎？」說完把寫好的辦法遞給他，也讓武謹勝明白他的價值，為自己爭取好的待遇。

以後三個月裡既然要共事，肯定不能擰著來，所以他也是有意和解，畢竟兩人本來也沒啥大衝突，不過就是些小恩怨而已。
武謹勝這才明白孫保財為何拿了個包裹進來，原來是想在這兒住啊！
他知道孫保財弄出來的事，要不是皇上親自安排了差事，他都以為孫保財來這兒住下是為了避風頭。
如今武謹勝對他打從心裡改觀了。昨天皇上當著他的面吩咐孫保財去兵仗局看看，沒想到只隔了一天，這人就弄出這麼大陣仗。
按理說，這樣的人這時候來西山大營，他應該防著些才行，免得被這小子賣了……這般想著，接過孫保財遞過來的辦法一看，心裡竟有些壓不住的激動。
真沒想到一個文官竟然懂軍事！他當即找來親衛給孫保財安排住宿。
現在他倒是希望孫保財以後別走了，留在這裡挺好的。
邵明修聽到懼內的傳言，心裡納悶。這都哪跟哪啊？就孫保財寶貝自己夫人的樣子，兩人也不可能吵架，何來趕出門一說呢？清月也說過錢七是個有主見但溫和的人，一時有些想不通，傳言是怎麼傳出來的？
於是派了邵安去都察院問問孫保財是怎麼回事。
邵安回道：「公子，小人去了都察院，那裡的人說，孫大人拿著包裹去了西山大營。小人問了其他人，證實孫大人親口說是被他夫人趕出來的。」
邵明修皺眉想了下，不由一笑。這小子莫不是跑到西山大營避風頭去了吧？

他也是服了，這小子只負責點火，善後的事一概交給別人。

孫保財看住處還不錯，房間是個大間，住宿跟書房的功能都齊全，佈置簡潔大方，是軍隊的風格。

剛剛帶他過來的士兵說，旁邊就是指揮使大人的房間，他覺得不錯，這邊治安肯定好。

他把包裹放到床上便出去了。來這裡是要幹正事的，剛剛讓蕭放他們去巡查西山大營，他要去訓練場找武謹勝，兩人已說定讓他去召集火銃軍。

其實給武謹勝看的規章裡，是把自己知道的現代軍隊射擊訓練，跟古代火銃手的一些狀況整合起來，能夠實際運用的大綱。

火銃手的訓練不外乎是訓練各種持槍姿勢、精度射擊或無精度射擊、打仗時的射擊陣型、移動靶和固定靶訓練等。還有火藥填充要制定固定規格，避免發生因為火藥太多而炸膛、火藥裝得少而射程不足等事發生；以及給他們培訓火銃平時怎麼保養的知識……

現在首要任務是，先把現有的火銃檢查一遍，將品質不合格的先剔除。萬一因為品質問題而炸出人命，豈不是太冤了？士兵沒死在戰場，反而死在練習上，說出去都諷刺。

他這樣不是多慮，而是查過資料。每年因為炸膛而死的士兵有十多人，這也導致了火銃手不願意過多練習的主因，畢竟誰願意拿著生命去做這些事呢？

因此孫保財在西山大營配合武謹勝訓練火銃軍，說是配合，其實是他主導。畢竟訓練規章是他寫的，怎麼訓練他心裡最清楚，因此武謹勝把這事全權交給他，自己也會時常來觀看。

因著火藥有限，所以每日的訓練都是模擬訓練的多。

但是在訓練尾聲時，則會發火藥實彈演練，這樣他們就能得出具體數值。事實證明這樣訓練是可行的，因為不管是命中率還是其他方面，每日檢驗時都有進步。

武謹勝看著火銃手們在練習蹲姿和臥姿瞄準訓練時，心裡對孫保財服了。

起初他看孫保財不讓大家實彈練習，而是一天天做著重複的動作，心裡是充滿質疑的。

但當他把這念頭跟孫保財說了，那傢伙直接說：「不這麼練習，你有足夠的火藥讓他們練嗎？你們訓練士兵，不也是每日枯燥地重複刺、劈、砍幾個簡單的動作嗎？」

當即把他堵得啥話都說不出來。雖然他仍覺得火銃手怎能跟普通士兵一樣呢？但是最後證明孫保財是對的。

現在他理解孫保財這麼做的目的了，按照他的話說，這樣每日讓他們重複練習，會形成什麼肌肉記憶、反射動作。

他看著火銃手每日進步，不服氣都不行。

孫保財這會兒也在訓練場上，跟著大家一樣拿著火銃練習各種瞄準姿勢。要想自保，對於他這樣不會武藝的人，還是火銃最適合。

他從武謹勝那裡弄來了手銃，這東西不像火繩槍那麼長，比較短小，可以手拿。

這可是古代的手槍呢，經過多日的保養擦拭，這把手銃現在看著跟新的一樣。為了這把手銃，他還親自畫圖讓工匠做了個牛皮槍套。

無巧不成書，本來火銃手對於這樣枯燥的訓練，個個怨聲載道。大家看一個文官來主持訓練，心裡怎麼會服氣呢？還淨做些莫名其妙的動作。

但是看人家一個文官每日都來訓練場跟著練習，他們作為武將自然不能被比下去，所以一個個也開始配合，按照要求去做；直到感覺明顯進步後，才變得心甘情願地積極練習。

畢竟火銃手在西山大營都快成為笑話了，儼然成為大營裡最弱的一環，現在能有機會改變這樣的狀況，誰會不願意？

而且指揮使大人不時會過來觀看，大家調整好心態後，更是想好好表現，心裡對訓練他們的孫大人也越來越欽佩。

孫保財在西山大營的這段時間，朝堂上風起雲湧，血流成河。

太子徹查兵仗局，牽扯出數十位要員，發現朝廷每年撥給兵仗局製作兵器的銀兩，被這些官員瓜分走一半。

兵仗局製作的兵器都存在偷工減料的情況，畢竟朝廷劃過來的銀子和產出多少兵器是有定數的，所以這些人為了不被查出，便用偷工減料來堵窟窿。這樣帳面上能做到收的銀子和製作出的兵器數量吻合。

而且兵仗局平時是不准無關人員進出的，監察御史去了，也不過是查些帳冊紀錄，才會一直沒有發現這貓膩。

這樣的情況是從五年前開始的，為此皇帝震怒，涉及官員全部抄家問罪，一時間，京裡菜市口血流成河。

雖然此次事件的所有線索到了賢王那裡都斷了，但皇帝還是對賢王派系進行打壓，賢王派系的人因而開始惶恐不安。

賢王知道父皇是在敲打自己，更讓他不安的是父皇的態度，已經完全傾斜到太子那裡。想到這兒，他眼裡露出一絲狠戾。

景禹心裡也始終不安。在徹查兵仗局時，他發現大量火銃類武器是記載報廢的，由於數量有上千之多，所以挨個兒詢問工匠製作的報廢率是多少？卻發現遠沒有記載的多，那麼這些武器去哪兒了？

還有兵仗局的掌事太監王公公在關押的頭一天，便被發現在牢裡自縊，也讓這些事無從查起。

最讓他擔憂的是，武器都能流失，那麼製作的工藝是不是也流失了？而且他還在火銃庫房裡翻到一批沒有偷工減料的火銃，看那做工，何止是沒減料，簡直就是精緻。

這些武器究竟是怎麼回事，隨著掌事太監的死，已然成謎。

他問過工匠，得知掌事太監是在五年前開始，每年都會讓他們做一批這樣的火銃。他仔細核查數量，發現這些應該是積攢了兩年而沒來得及運出去的，那麼以前的都被弄到哪裡了呢？

父皇之所以在沒有實證的情況下敲打賢王，也是因為這事嗎？

孫保財每隔十日回一次家，陪陪老婆、孩子吃飯，再跟指揮使一起回來，其他時候都是在軍營裡認真監督士兵。

聽到京裡的事之後，他開始訓練火銃手隊形射擊。

皇上給西山大營的火銃軍隊換了一批製作精良的火銃，孫保財讓人試驗了一下射程，發現竟然能射到一百公尺以外，這讓他訓練得更有勁了。

後來他又反覆試驗，得出這批火銃的精確數值，散射射程可以達到一百公尺，要是有基本準頭的，有效射程是五十到六十公尺之間，具備穿甲能力的最佳射程是三十五公尺左右，因此就算基本準頭有誤差，也可以透過火銃齊射來彌補。得出這樣的資料，就能在安排射擊時達到最大效益。

武謹勝看著排列整齊的火銃手小隊——一排十人，一個小隊三十人，這個是孫保財給火銃手分配的隊形。

孫保財喊一聲預備，最前排的火銃手呈臥姿握槍瞄準，中間排的呈蹲姿握槍瞄準，後面一排的以站姿握槍瞄準。

隨著孫保財一聲「放」，砰砰聲接連響起。

前排射擊完的火銃手開始填充火藥，中間排的等前排發射完再接著射擊，然後跟前排一樣裝火藥；接著後排接上繼續射擊。

最後一排放完槍，前排的已經填充好火藥，重新瞄準。如此可以形成完美的循環，只要火藥充足，就一直能保持射擊。

自從給火銃手配備了品質好的火銃後，射程上得到了大幅度提升，再經過孫保財的訓練，不管是在填充火藥還是準頭上，都有很大的改變。

這樣三排士兵都有這效果，那麼其他的火銃手也這樣排列，豈不是能達到大面積射擊？

看孫保財又喊了聲「前進」，火銃手隊形不變地往前走，直到他又喊了聲「預備」，又變成前排臥姿、中間蹲姿、後排站姿的樣子。

用於戰爭上，這樣的殺傷力可想而知。武謹勝壓下心裡的激動之情，看著那個站在士兵中的單薄身影，眼裡浮起一絲敬佩。

# 第七十六章

火銃手的日常訓練情況，每日都有影衛報告給皇帝，皇帝會讓景禹在旁聽著。

孫保財的訓練方法很獨特，現在的火銃軍提升到如此的能力，可以說全是他的功勞。

偏偏他用的方法看著卻簡單，很像是軍隊裡平時訓練的東西，比如方陣列隊、集體穿刺等動作，把這些東西改成適合火銃軍的列隊和練習動作，沒想到效果這麼大。

這些東西要是他憑空想出來的，便讓人忌憚，但是偏偏不是，是他在現有的基礎上改進的，這樣倒讓人安心。

但同時也疑惑，為什麼以前火銃軍的將領沒有想到這樣的法子訓練呢？

皇帝問過武謹勝一次，看他憋得滿臉通紅也沒說出個子午卯酉來，後來想到，應該是武將們腦子都不太活絡的原因吧？

想到這裡，皇帝看著景禹，吩咐道：「安排吧。」說完便示意他退下，一個人坐在龍椅上，眼眸逐漸深邃。

孫保財在西山大營待了兩個月才回家，又在都察院請了沒有期限的長假，理由是他在馬上摔下來，得要靜養。

都察院的官員得知消息，當天來看望時，只見他躺在床上，腿上纏著板子不能動彈，臉色泛白虛弱無力，回去都說他摔得不輕，看來靜養三個月都未必能好，腿腳要能索利走路，還不得半年啊？

這消息一傳出去，讓不少官員放心不少，心裡都在祈禱，最好別好了，一直養著挺好的。

賢王聽了屬下稟報，雖然有些疑惑，畢竟這個時候受傷過於巧合，但是看著屬下確定的神情，還有五弟說親自問過給孫保財看診的御醫，說他確實摔得嚴重，還可能留下病根，這才讓賢王打消心裡的疑慮。

孫保財摔馬一事，皇帝聽到消息，臉色一黯，讓人徹查到底是怎麼回事，還派了太醫去診治。

但景禹懷疑這小子是不是故意的？在這個關鍵時刻，他卻受傷了？雖然所有的事情都是父皇吩咐，但是以孫保財的聰慧，也不排除讓他猜中的可能。

他本來還想著把火銃軍安排完了再找孫保財，畢竟他是自己的人，沒想到這就受傷了。可是等到太醫的報告出來，又知道自己想多了，事情就是這麼巧合……

原來孫保財彈劾十名六部官員時，把幾個屬下對於他吩咐的事一點都沒做的行為，跟官員不作為扯在一起；後面又說了這樣的官員就是大景朝的蛀蟲，這幾個人自然被罷免了。

這幾人雖然是都察院的七品監察御史，但都是走萌蔭之路，身後的背景都不小。其中有兩人記恨在心，所以找人要給他一些教訓，便在軍中找了個族中後輩，乘機給孫保財的馬匹下藥。

因而孫保財在騎馬時，馬兒突然發狂，把他甩了下去。

景禹聽了都氣急。就是這兩個蠢材把他的計劃給打亂了！

現在這兩個蠢材和涉案的人正關在大牢，等這邊的事完了再收拾他們。

此時，孫保財正在錢七的攙扶下，坐上了輪椅。

這是他受傷後，錢七畫了圖紙找工匠日夜趕製出來的，看著就像一把椅子加了兩個大輪子，前面再有兩個小輪子掌握平衡；大輪子外側則有小一些的圓圈，她能推著走，也能自己控制。

錢七在輪椅上放了靠墊，坐上去很舒適，但不管如何舒適，受傷的腿還是會疼。儘管如此，孫保財還是忍著，實在不喜歡整日在床上躺著的感覺。

傷筋動骨一百天，要是在床上躺這麼久，那真是太可怕了，所以他央求了錢七好幾日，她才同意讓他出來曬曬太陽。

錢七推著他到外面曬太陽。為了這事，她讓人把門檻都給鋸了。

回想那天孫保財被送回來，看他疼得額頭全是汗，後背都是濕的，她心疼得眼淚差點當眾掉下來，卻又強迫自己冷靜下來瞭解情況，並按照大夫的叮囑做了安排。

等到晚上時，她坐在床邊守著他，眼淚才敢往下掉。

兩輩子也沒遭過這罪，當時看著一臉心疼地為她擦眼淚的孫保財，她不由開口道：「這官不做了，咱們一家人回紅棗村。」

本來就無意名利場，為何偏偏要在名利場呢？

孫保財聽了，頓時一臉疼惜。「好，不做官了。老婆別哭，哭得我都心疼了。」

錢七把孫保財推到景色最好的地方，旁邊有桌椅，她可以坐著陪他。

「你在這兒待會兒，我去給你端豬腳湯。」

看著孫保財露出一臉苦笑，不由笑出聲。這裡的太醫認為吃什麼補什麼，所以吩咐她每日給孫保財煮豬腳湯。她承認自己故意遵守太醫的話，日日給孫保財喝豬腳湯。誰讓這人這般任性呢，竟然拿自己的生命去冒險。

孫保財看著錢七的身影，對於這次的事，心裡也後怕。萬一要是直接過去了，以後誰護著他們母子倆呢？

那日，馬驚了後，他馬上想起了火銃手這幾天出現的不尋常。

每天火銃手都會少一些人，武謹勝的說法是派出去執行任務。

他訓練火銃軍之後，一直在小訓練場進行，此地看守嚴格，也禁止其他士兵和閒雜人等進入。他每日給他們訓練，心裡清楚有誰沒來，對這事也有了個大致猜測。

那些沒來的火銃手是被秘密調入宮裡了，只是為了不引人注意，所以每天調入少部分。

皇帝這麼做只有一個原因，就是賢王可能要反，卻被皇帝掌握了。

至於皇帝為何沒有直接派武將處理，而是設了一齣甕中捉鱉的戲碼，是想把什麼人引出來嗎？

如果他猜得不錯，這事一般都很狗血，甚至涉及皇室隱密，他要是參與其中真的好嗎？

假如皇子要是弒君，他在跟前，是下令射擊還是不射擊？真殺了皇子，事後會不會被清算？他從來不相信書上說的，為了護駕，把皇子殺了的人還能高官厚祿一輩子的。

他要是皇帝，那個人當著他的面把自己兒子殺了，不管兒子有多不孝，不管那個殺他的人有多少理由，不記恨才怪。

就算當時為了彰顯皇恩，不能馬上發作，但等到有機會了，這件事一定要算帳。兒子孝不孝都要做父親的親自處理才行。他也不知道自己想的對不對，畢竟他不是皇帝，而是站在一個父親的角度思考這個問題。

就算沒有這事，但知道了太多不該知道的人死得都快，特別是涉及皇家。

他本來就不想在官場混跡，如今當官也是不得已。現在眼看太子地位穩固，當初的目的已然達成，那麼他要怎麼才能功成身退呢？

這已經不是他想辭官走人就能走的，皇帝或太子下令讓他進宮指揮火銃手，他也不能拒絕不是？

正在糾結的時候便遇到了驚馬，所以他一時失措，沒抓住韁繩就摔了出去，真的他不是故意啊！只是當時腦子裡想了太多事，甩出去時，腦中也閃過一個念頭：真是天助我也！

錢七端著豬腳湯過來，放到石桌上，端起碗舀了一勺，對著孫保財笑。「來，張嘴。乖，已經不燙了。」

孫保財無奈地張嘴喝了。這東西也不是太難喝，就是喝了幾天膩了，想著還要喝好久，對這東西更是喜歡不起來。

錢七知道他們現在無論說什麼話都要注意再注意，所以她也不說敏感的話了，只跟孫保財說些家常事，諸如兒子最近會背幾首詩、發生的趣事等等。

兩人正說著話，寶琴過來說戶部尚書夫人和大理寺卿夫人來訪。

錢七眼裡露出一絲不耐煩。還沒完沒了了？

她對孫保財輕聲道：「我出去看看，讓寶琴在這裡陪你。」

上次是這兩家的大人來，現在又換成夫人。

孫保財笑著搖頭。「不用，讓寶琴跟著妳。我在這後院能有什麼事，院裡又不是只有我。妳對她們不用在意，只需跟她們說此事由皇上定奪即可。」

他變成現在這樣，兩家的公子就是始作俑者。對於他們這樣行事自然是氣的，但是又因為巧合之下幫了自己大忙，所以也不想出面追究什麼。

因著兩家都是位高權重之人，所以正好讓他擺一番弱勢的樣子，一切由皇上作主。他們有勁還是跟皇上使去吧，這樣對他們幾方都好。

錢七聞言，抬頭看屠十三娘的窗戶開了，表明她也在關注四周，監視別人，保護他們，便對孫保財叮囑幾句，才帶著寶琴去前院堂屋。

錢七進了堂屋，跟兩位夫人客氣了兩句，坐到了主位上，淡淡地詢問兩位夫人何事？

大理寺卿夫人聞言，看了眼戶部尚書夫人，出聲道明來意。「今日我們來是為了表示歉意的。我兒一時衝動做下這等事，確實不該，希望能得到孫大人的諒解，這人參是給孫大人補身子用的。」

說著把面前的盒子打開，露出了裡面的人參。

兒子再不爭氣也是十月懷胎生下來的，不管如何，當娘的不能眼睜睜地看著兒子沒命啊！因此今天和戶部尚書夫人一起來，想求得孫保財的原諒；孫保財要是不計較了，這事就有轉圜的餘地。

錢七看了眼。這個她沒有研究，但是能只拿一樣來賠禮，說明這東西肯定很貴重。

戶部尚書夫人隨後開口也是這個意思，只不過盒子放的是一塊頂級羊脂玉，言明是要給她兒子的。

兩位夫人今天把姿態放得很低，一臉道歉的樣子，一時錢七心裡倒是有些感觸。好像不管在什麼年代，小輩做錯事，都是長輩出來賠禮道歉，給他們善後。

想罷，錢七看著兩人。「兩位夫人的意思我明白了。這禮物我們不能收，夫君的意思是，一切由皇上作主，夫人回去可以跟兩位大人說下這話。夫君這段時間要靜養，我們會閉門謝客。」

說完也沒給兩人多說的機會，起身說夫君吃藥的時間到了，便逕自走了出去。

讓孫保財受傷的是她們兒子，這心裡不氣怎麼可能？雖然是無意間幫了孫保財的忙，但在她心裡，這一碼是一碼。今天是看在兩位為了子女奔走的母親分上，才沒有為難她們。

寶琴冷漠地把人送出去，看著她們把東西帶走，等她們出去之後，直接命令門房關上大門，以後閉門謝客。

不管是有心還是無心，戶部尚書夫人和大理寺卿夫人帶著東西被趕出孫府的消息，不脛而走，一時京裡的人說什麼的都有，反正坐實了孫保財受傷是被人所害的說法。

有心人士聽了這消息，反應不一，賢王卻是安心不少。

孫保財本以為，他受傷了就能遠離各種是非，但沒想到這天入夜，家裡忽然傳出打鬥聲。

雖然只是幾下就停了，但還是把孫保財跟錢七給驚醒了。

正凝神細聽，就聽見寶琴在門外說邵大人來訪。兩人互相看了眼，心底都有一絲不好的預感。

穿好衣服後，錢七去開門，一看外面不只是邵明修，還有幾個侍衛裝扮的人，屠十三娘和寶琴站在他們對面。很明顯剛剛的打鬥是屠十三娘和寶琴發現有人進入院子，雙方交手時弄的聲響。

邵明修上前笑道：「弟妹打擾了，我見一下孫兄。」唉，其實他也不想來。

錢七嘆了口氣。真是樹欲靜而風不止，都受傷躺在床上了還不能放過。

她側身給邵明修讓了路，等他進去，隨後跟著。

孫保財一直想著是怎麼回事，邵明修這時候來……不會老子都受傷了，還要被抓壯丁吧？難道終究躲不過？想到這裡，他看了眼受傷的腿，心裡不由把皇帝、太子、邵明修等人都罵了個遍。

他冷眼看著邵明修，也知道這會兒不是賭氣的時候，沒有出言，只等著他說明來意。

邵明修低聲道：「武指揮使另有任務，太子讓我召你入宮指揮火銃手。」

明白孫保財能猜到幾分，所以直接說了來意。

當時他聽到太子這麼吩咐時，也為孫保財說話，畢竟他腿傷嚴重，要是指揮火銃手時因傷勢出差錯，如何是好？

沒想到太子說：「火銃手一直是由孫保財訓練，武謹勝雖然知道如何指揮，但終究不如孫保財熟練。現在武謹勝另有任務，所以只能讓孫保財過來指揮。」說完還加了句。「就算是他躺著指揮，也不會比武謹勝差。」

太子都這麼說了，他還能說什麼？於是只能把這番話跟孫保財說了。

孫保財一時真不知該如何反應？人家都把躺著指揮這種話說出來，他還能推託什麼？

在古代真是沒有人權可言。他心裡有一絲淒涼，但也知道現在沒時間給他感嘆抱怨，只得讓自己冷靜下來好好思考。

「讓我夫人、孩子和你師姊、寶琴去你家待著吧，還有家裡的下人，也給他們安頓一下。」

他要是進宮了，她們在家裡就太危險了，誰知道會出什麼事？還是跟邵明修的家眷在一起安全。邵家的護衛多，再加上屠十三娘和寶琴，他在宮裡也能安心些。

說完看著錢七，等她點頭了才鬆了口氣。

錢七能不點頭嗎？這可不是隨著自己心意行事的時候。儘量讓孫保財放心，到時才好冷靜行事。

邵明修聞言點點頭。這顧慮得對，孫保財跟他不同，這段時間得罪了不少人，特別是兵仗局的事；賢王現在要逼宮了，很可能因為心中有氣，派一批人來先把孫保財弄死。

邵家已經防範得跟鐵桶似的，肯定比這裡安全，於是吩咐跟著來的侍衛先送她們回府。

錢七走到孫保財跟前，輕輕在他耳邊道了句。「等你來接我們。」

說完，她轉身出去跟屠十三娘說了下，又回房裡抱了兒子，拿了件披風蓋在他身上，幾人跟著侍衛一起去了邵家。

# 第七十七章

孫保財等錢七走了，嘆了口氣，抬頭看著邵明修。「一會兒我怎麼去？」

事已至此，自然要想辦法全身而退。他的目光逐漸堅定。

邵明修挑眉看著孫保財，忽然笑道：「你不是有個有輪子的椅子嗎？坐那個，一會兒讓侍衛抬著去。」

這小子每日的狀況可是都被報到皇上和太子那裡。

孫保財聞言，突然有些明白為何會被惦記上了。他在家裡表現得太自在了，不是出去曬太陽，就是坐在輪椅上遛達，哪裡像個傷重的人該有的表現？

而且屠十三娘每日會用內力給他疏通一次腿傷，明知道有人監視著，還這樣行事，真是要被自己給蠢死！他這是親自給自己挖了個坑。

事已至此，後悔也沒有意義，只能吃一塹，長一智；下次再遇到這事，他一定乖乖躺在床上大聲喊痛。唉，還是經歷得少！

他動手把衣服穿好，讓邵明修扶著坐到輪椅上，然後轉動輪椅來到櫃子旁，打開抽屜，拿出裡面的手銃和槍套。

孫保財把槍套扣在腰上，檢查了下手銃，裝好火藥才放進槍套裡。槍套的小格子裡放了包好的火藥、火繩、火摺子等等。他又拿了件披風給自己披上。做好這些，侍衛還未回來，他問起邵明修現在是什麼情形？知道得多些，他也好分析形勢，到時多做些準備。

邵明修看著孫保財一連串的動作，覺得挺有意思的。「事情有些麻煩。太子發現京衛指揮使沈通治有異動，而他是順王爺提拔上來的，因此猜測天亮前會發動宮變，所以武謹勝才會臨時被派了其他任務，因而太子讓我來接你進宮指揮火銃手。」

他也沒想到賢王背後還站著順王爺，怪不得賢王勢力擴張得那麼快，原來這背後都有順王爺支持。這樣看來，很多事就能說得通了，比如太子為何能被賢王逼成那樣？

孫保財聽著，想了會兒才想起順王爺是當今聖上的親弟弟，應該說是同父異母的弟弟。也不知這順王爺為何要幫著賢王，做出這等大逆不道之事，想著這裡是不是有什麼狗血？皇家人的反目多數跟皇位有關吧？忍不住猜測，這位順王爺當年不會是爭奪皇位失敗了，所以記恨到現在吧？

但是這一想又覺不太對。聽說皇上對順王爺很信任啊，要是當年涉及皇位爭奪，如今皇上能不提防他？再說順王爺只比皇上小幾歲吧，這麼大年紀，有必要做這麼危險的事嗎？他究竟圖什麼呢？

一陣胡思亂想，最後把賢王其實是順王爺的兒子都想出來了。這念頭一冒出來，孫保財都把自己給逗笑了。

皇上會被自己弟弟戴綠帽子？怎麼可能呢！

錢七到了邵府，跟沐清月見了面，說了幾句話就去了給她們安排的院子。

現在大半夜的也不適合說話，再說她們能說什麼呢？左不過是在一起互相安慰罷了。

她把兒子放在床上，看著小東西熟睡的樣子，親了下他的臉頰，才回身讓屠十三娘和寶琴先去休息。現在她們能等的就是結果。

屠十三娘聞言，冷然道：「妳安心睡吧，我和寶琴就守在隔壁，放心吧。」別的事她幫不上忙，但能護住錢七和小徒弟周全。

錢七心裡一暖，笑著謝過她們。現在有她們和兒子在身邊，倒也莫名安心。

等侍衛們回來，在邵明修的帶領下，孫保財被兩個侍衛抬著往皇宮而去。

到了皇宮，孫保財被抬到景禹跟前，非常識時務地表了一番忠心。既然躲不開，自然要尋求最大利益，不能做了苦工還撈不著好。

景禹見了，滿意地讓人抬著孫保財去指揮火銃軍。

到了火銃軍待的院落，孫保財召集十個領隊分配任務，拿著皇宮分布圖，開始佈置火銃手的位置。

西山大營的火銃手一共才五百人，他接管訓練之後，每五十人分成一個小隊，每個小隊設立一個領隊，讓領隊監督他們的訓練情況，這樣便於管理。

在乾清宮前的廣場兩側、日精門和月華門北面的一排房舍裡，孫保財各佈置了一百位火銃手，這些人埋伏在裡面，等著反賊進來後，聽令掃射即可。

他叮囑領隊跟手下傳達好了，射擊時儘量避開謀反的王爺，把這些人留給皇上親自發落，千萬別把他們殺了。

確認大家把他的話聽了進去，他才繼續佈置。他把一百個火銃手放在乾清宮兩側的殿裡，萬一有情況便直接出來護駕，而他跟這些人在一起，畢竟乾清宮的基石高，便於指揮。另外兩百火銃手，各放一百在彩鳳門和龍華門待命。這兩百火銃手是一會兒列隊進攻的主力。

都安排好之後，孫保財看著這些領隊，又鄭重地叮囑一遍，那些王爺都要留下活口；要是情形不對，可以直接射擊他們的腿部，殘廢了不要緊，最主要把他們的命留給皇上。

看大家確實明白了，才讓他們各就各位，也不理會邵明修這個無聊人士，讓火銃手把他抬到乾清宮的偏殿等著。

邵明修看著孫保財遠去的身影若有所思，想了會兒，不由一笑。真是個謹慎聰明的傢伙。

孫保財在偏殿裡乾等，也沒個動靜。因著他只負責火銃手這邊，其他的也管不著，不知是不是被人忘了，也沒人來通個消息，跟他說說現在是什麼情況。

夜深人靜便容易犯睏，尤其他還是個傷患，體力就跟正常人比不了，坐在輪椅上，一不小心就睡著了，卯時初才被士兵叫醒。

孫保財看了眼外面，問身邊的士兵現在什麼情況？一聽上早朝的大臣已經有人在乾清宮廣場候著了，心想應該快了，因此下令讓大家打起精神。

就算京衛指揮使沈通治能調動侍衛，但是從昨夜他能順利進宮的情況看來，皇城內的侍衛應該都是皇上的人才是。畢竟早有準備，肯定要換上自己人才好佈置。

那麼賢王他們發動宮變的最好時機，反而是上朝宮門大開之時。

不知內城是不是被控制了？還是說京裡兵馬司的將領也是順王爺和賢王那邊的人？如果是這樣的話，他有些想明白武謹勝領了什麼任務。那傢伙肯定是回西山大營調動兵馬，到時把這些謀反的來個甕中捉鱉。

這般想著，突然覺得賢王挺可憐的。要謀個反，卻被他老子一步一步算計，那麼皇上這麼做，肯定不是為了抓兒子，而是為了引出順王爺。

想到這裡，他心裡感嘆。都是人精啊，套路這麼深……

他這樣平時不喜歡動腦的，還是適合回農村過著簡單生活吧！

賢王聽皇叔下令行動了，眼裡閃著興奮的光芒，下令讓私養的府兵向皇城進發。隨後又吩咐心腹新河，讓他帶著一隊人馬先去把孫保財給宰了。這人他是一刻都容不下了！

本來他根本不用走上這一步的，都是因為孫保財把兵仗局的事捅出去，害得他失了聖心，惹了父皇猜忌，要不然他還可以繼續跟太子一鬥，最後皇位很有可能傳位給他……

賢王招呼他五弟、六弟上馬，一起帶著手持火銃的府兵快速往皇城前進。

新河看賢王走了，帶著一隊人馬往孫府去。

到了孫府外面，他們直接破門而入，留下幾個人搜查前院，他則親自帶著人奔到後院。

可是每個屋子翻遍了也沒見到一個人，心裡頓時有了不好的預感。

回到前院，聽屬下報告府裡沒人，新河趕緊帶著人去追賢王。

此時，京裡的百姓感受到了不尋常的氣氛，家家門戶緊閉。有那膽子大些的趴在門縫往外看，看一會兒過去一批人，不是侍衛就是士兵的，知道這是又要變天了。

賢王抵達時，看順王爺已經控制住了宮門，跟他打過招呼，兩人一起帶兵往裡面走。

忽然，砰砰聲接連響起，站在乾清宮廣場前的大臣本來還納悶，今兒個早朝的時間怎麼延遲了？現在都比平時晚了一刻鐘，怎麼乾清宮的大門還不打開？

這會兒聽到接連的聲響，一時沒反應過來，還有人想著，怎麼大清早的是哪個在放鞭炮？

直到有人道了「不好，這是火銃聲」，大家臉色才變了。本想往乾清宮裡躲著，但是前面不知何時站了兩排侍衛。

侍衛統領冷聲道：「皇上有旨，諸位大臣在此候著不得亂動，誰再往前一步，格殺勿論。」

這話一出，讓大臣們臉上變了色。

在場的都是三品大員，稍微一想就明白是什麼事了。有人逼宮！現在還響著的火銃聲證明了雙方激烈交手，或者說，謀反的一方手裡有火銃！

這人是誰，大家心裡都明白。這一段時間，皇上對賢王一派的打壓讓賢王慌了，直接逼宮了。

心裡這般想著，但話不能亂說。站在前面的左相程易問道：「皇上可好？」看侍衛統領只是點了下頭，幾位位高權重的大臣互相看了眼，退到一邊，不再說話。

後面的人看了，自然也跟著仿效，只不過臣子裡有好些互相看了看，往後稍微挪了下。

京城的南門，武謹勝領軍跟京衛指揮使沈通治交手，因著西山大營兵將多，他用了一刻鐘就生擒了沈通治。

占領南城門後，武謹勝領兵繼續往皇宮進發。

孫保財聽到聲音，到偏殿門前觀看，掃了那些大臣一眼，目光放到了遠處的乾清門。

等了一會兒，終於看到大批人衝進來。就算看不太清楚，也知道那是賢王和順王爺的人馬。

他命人把他抬出去，推到偏殿的最前面，這樣能看得清楚些。

眼看遠處黑壓壓的人群，他心裡估算對方最少也有一千五百人吧，看得出不少人拿著火銃，可是比西山大營火銃手的三倍還多。

他不由眉頭微皺。不會是皇上讓侍衛放水了吧，怎麼還能進來這麼多人？這裡埋伏的火銃手才五百人，皇上對他是不是太有信心了？

不過他想到剛到西山大營剛接觸火銃軍時的樣子。要是都那個水平的話，再多一些也是不懼的。

還沒接到命令，他自然不能出動，索性在這裡看會兒熱鬧。

當他聽到賢王對著站在廣場中的大臣喊「降者不殺」，抬眼看去，還真有十多人走到了賢王附近，不由冷冷一笑。

這些人應該都是平時跟著賢王的人，恐怕有不少還是順王爺的人。

至於場中站著的其他大臣根本不理會賢王，孫保財心裡為他們點讚。都是聰明人。

賢王帶人衝進來之時就覺得不對勁。太容易了，好像都沒有遇到什麼阻礙，宮中侍衛基本都是反擊了幾個回合就撤走，他起初還自得，那些人這樣是怕了他府兵手裡的火銃吧？

此時看著正前方巍峨的乾清宮，頭腦才冷靜下來。父皇是一代賢明君主，會對他的行動沒有察覺嗎？

想到這個，他脊背發涼，卻又目光堅定地看著乾清宮。

事已至此，也只能繼續走下去，因為他已經沒有回頭路了！

順王爺看著乾清宮的正殿，對賢王道：「咱們快點行動，先把皇上抓了才能安心！」

賢王一看，過來的大臣都是跟著自己的，再看著其他那些傲然站立的朝臣，他冷冷一笑，下令府兵攻進去。

此時，孫保財接到命令，看下面的人要進攻了，下令射擊，一時砰砰聲響起，他又趕緊指揮在彩鳳門和龍華門待命的火銃手列隊。

此時站在乾清宮前的大臣也看到孫保財了。只見他坐在一把帶輪子的椅子上，高聲喊了「射擊」，不絕於耳的砰砰聲就乍然響起，而賢王的人一個個接著倒下。

他們被眼前的一幕震驚了，有的人在心裡想著，孫保財在這裡昭示著什麼？他還指揮著火銃軍，這一幕明顯是事先安排好的。

有的人還沒回神明白怎麼回事，就看到兩側的彩鳳門和龍華門裡衝出不少手持火銃的士兵，隨著一聲「預備、放」的命令響起，只見廣場中間的逆賊開始一片片地倒下。

這一幕不只是讓大臣們看傻了，就是賢王和順王爺也傻了。

火銃聲一直持續響著，沒有停下，最後，空中瀰漫著濃重的火藥味。

皇帝和景禹正在乾清宮裡，聽著德公公稟報外邊的情況。

聽到西山大營的火銃軍沒給賢王的府兵反擊之機，外面簡直是一場單方面的屠殺時，父子倆互相看了看，眼裡帶著深思。

景禹知道賢王手裡擁有持火銃的府兵，兵仗局那些消失的火銃，應該全在賢王那裡。

賢王想來是對火銃寄予厚望，估計他怎麼都不會想到，用了那麼多心思弄出來的精良火銃，最後竟這般不堪一擊。這樣一對比，更是顯出孫保財的不凡，短短九十日，竟然把一支西山大營最差的軍隊，訓練成這樣一支奇兵。

這樣的人才不為朝廷所用，豈不是太可惜了？

等火銃聲停了，皇帝才吩咐宮人打開乾清宮宮門，帶著景禹緩緩走出，直至走到臺階前才停下。

看朝臣們還扭頭看著遠處，他也沒在意，抬眼望去，遠處地上躺著一大片人，還有四個人站著。皇帝吩咐侍衛把他們帶到近前。

這時孫保財被人推過來，先給皇帝跟景禹問安，讓身邊的士兵扶著他要下跪行禮，才被皇帝抬手免了。

孫保財忙謝過，把輪椅推到一邊看熱鬧。

現在除了還站著的四個人，剛剛投奔賢王的大臣也躺在那裡了。

他真的不知該說什麼？他給火銃手的軍令是不能射殺皇親，現在看來火銃手們任務完成得很好，皇親都活著呢，但誰能想到這些大人會奔過去，當時要更改命令也不可能啊。

大臣們聽到動靜，忙回身給皇帝行禮，高聲道：「吾皇萬歲萬歲萬萬歲！」又給景禹千歲見禮，心裡都明白，這位的皇位已然穩了。

皇帝道了句。「眾位愛卿起來吧，今天讓你們受驚了。」

隨著身邊的人一個一個倒下，賢王兩眼通紅地看著兩側和前方出現的火銃手。射擊就沒停過，耳中的砰砰聲不絕，可眼裡看到的竟是他的人不斷倒下……

他不明白，為何府兵手裡也拿著火銃，有的僅僅放了一槍就倒下了？還有的根本沒來得及放，往前衝了幾步也陸續倒下。

一時想不透，大景朝的火銃手這般厲害，怎麼他從來不知道呢？他也是按照軍中訓練火銃手的方式訓練府兵，怎麼從來沒有見過這樣的部隊?!

心裡怒極卻不敢動彈，知道自己要是敢有異動，很可能就跟這些倒下的人一樣。直到耳邊聽到他五弟、六弟的嘔吐聲，他忽然也開始泛起噁心。

順王爺看著眼前的一切，深深嘆了口氣。時也命也，不是你的，爭也爭不過。

他看了眼身邊的賢王，有些後悔他母妃過世時答應要幫他了；如果不幫，他也不至於走到今天這一步吧？像他一樣做個有實權的王爺不是也挺好？

因此侍衛過來時，他也沒有反抗，只是道了句。「我自己走。」

皇帝看著被帶過來的四人，三個是兒子，一個是弟弟；他沒理會兒子，只是看著順王爺，意味不明地道：「有意思嗎？」

見他搖頭，不由笑了。幾十年的恩怨，了了也好……

賢王眼眶發紅地看著站在皇帝身邊的景禹。這人文武皆不如他，就因為是皇后所生，所以皇位就注定是他的嗎？

他不服！

賢王一把奪過旁邊侍衛的長刀，連躲過兩個侍衛的攔截，施展輕功，一刀就向景禹劈去。

只聽砰一聲，拿刀的手忽地一痛，長刀掉落在地，發出哐噹一聲。

他還沒反應過來就被侍衛擒住，抬頭看去，只見孫保財坐在一張有輪子的椅子上，手裡的手銃還冒著煙。

他瞪著孫保財，眼裡戾氣濃重。這傢伙怎麼還沒死?!本想掙扎，奈何被壓得死死的。

孫保財看著賢王，無辜地眨了眨眼。幹麼這樣看著自己呢？總不能眼睜睜看著賢王把他千辛萬苦護著的太子砍了吧？

景禹知道，如果剛剛不是孫保財用手銃射傷了賢王拿刀的手，很可能這會兒自己已經身負重傷，畢竟賢王從小尚武，身手極好。

他看著被壓制在地的賢王，眼色不明。

皇帝震怒。當著自己的面行凶，這個逆子！當即下令把賢王等人先關押到天牢。

# 第七十八章

武謹勝帶著西山大營的人進了乾清門，抬眼看去。

天……全是屍體。

屍體身上的傷痕都是火銃打的，心裡明白這是孫保財指揮的。

他命令手下留在乾清門外，自己在皇帝面前跪下。「請皇上恕罪，微臣救駕來遲，京衛指揮使沈通治已然生擒。」

皇帝聞言讓他平身，下令讓景禹留下善後，在眾人的恭送中回了後宮。

景禹下達了幾個命令後也回了東宮。

孫保財眼看沒人理他，想著自己應該也可以走了，武謹勝已經接手火銃軍，也沒他什麼事了。坐在輪椅上好幾個時辰，不說受傷的腿，就是屁股都麻木，於是招來士兵讓把他送下去。

沒想到卻被景禹的近侍安公公攔下，說太子有請，又被抬去了東宮。

到了東宮，他直接被抬到書房。

景禹看孫保財要行禮，笑道：「你現在受傷，禮就免了吧！」

今天要不是他，後果還不知如何。輕則受傷，重則殞命，說是孫保財救了他一命也不為過。

「今天你救了本殿下，有什麼要的只管說。」高官厚祿、榮華富貴皆可成全他。

孫保財聞言，忙表示保護殿下是自己應該做的。

景禹聽了好笑。好一個應該做的！讓他只管說，救了他必須要賞。

孫保財聽他這麼說，也知道不能再客氣。君要賞臣，臣也不能拒賞不是？

他笑道：「微臣唯一的心願就是帶著夫人、孩子，過著詩酒田園的悠閒生活。」

說完一看景禹臉色變了，不太明白自己說錯了什麼？想著他的話沒問題啊，不求名、不求利的，也沒向他要高官厚祿榮華富貴的。

景禹平復了會兒心情才招來侍衛，讓他們把孫保財送回去。

孫保財被人抬著出宮時還一頭霧水。這究竟是幾個意思？不是說要賞他嗎，怎麼又什麼都不說就把他送出來了？

出了宮，他讓侍衛先去邵府，到了邵府也沒進門，直接讓管家通報，說他來接家人了。

邵明修正在幫著太子善後，沒在家，他就不進去了。

錢七聽說孫保財來了，臉上終於露出笑意，趕緊跟屠十三娘和寶琴說：「咱們回家了。」又去跟沐清月道別，抱著兒子出來。

出了大門，只見孫保財正張開手臂，笑看著她和兒子。

錢七走上前，瞧他跟臨走前一樣，一顆心才徹底放下。

孫屹看著爹，笑著要抱抱。

孫保財伸手，小心地把他抱坐到腿上。孫屹知道孫保財的腿受傷了，所以只是摟著他的脖子，乖乖坐著。
錢七笑著讓孫保財先回去，她帶著其他人一起走。這會兒被安頓到這裡的下人也出來了，這樣分開走也方便些。
孫保財只好點頭同意。他想跟錢七一起走，但是太不方便了；讓錢七推著他走回家，他又捨不得，只得跟她揮了揮手，讓侍衛抬著輪椅，他抱著兒子先回家。
因著兩家都在西城，錢七等人在兩刻鐘之後也回到家了。
進門就看屋裡被翻得凌亂，知道這是有人來過，看來昨天她們去邵家待著還是對的。
她讓屠十三娘和寶琴先回後院，她安排了人在前院和後院清掃，最後才回去。

最近，京裡的菜市口那裡，每隔兩天就砍一批人，整日漫著血腥味，還沒等散去呢，這又開始砍了。
賢王跟順王爺謀反也是大家議論紛紛的事，因話裡有忌諱，所以說的時候，對於皇室從不指名道姓。倒是對這些被砍頭的大臣們，說的是非多些。
有那心善的直道作孽，好好的官不當，非要去謀反，最後害了自己也害了家人；有那些想得通透的聽了這話，心裡不以為然。成王敗寇歷來如此，這些跟著謀反的，不過都是在求個大富貴罷了，想要那擁立之功，就要做好失敗的打算。
至於邵明修每日忙得團團轉，但就算再忙，也會把最新消息遞給孫保財，每當這時，看著那傢伙悠閒的樣子，心裡真有那麼一絲羨慕。

雖然孫保財現在在家養傷，但相信當日在乾清宮外的大臣們，必定對孫保財印象深刻。簡單的幾個口令，就讓叛軍全部躺在地上，再也起不來。特別是在關鍵時刻，還救了大景朝的下一任皇帝，這已然是平步青雲的架勢。

現在大家心裡對孫保財也有了新的印象。

這次平定宮變，要是論功行賞的話，孫保財必然是頭功，現在很多人也好奇著皇上要如何獎賞他？

不過奇怪的是，當日護駕有功的人都賞了，偏偏沒有賞孫保財，弄得大家在心裡各種猜測。

對於這點，邵明修也疑惑，打算有空問問孫保財，他是不是又做什麼事了？

孫保財因著腿傷在家養著，宮變前就已經閉門謝客，所以倒也圖了個清靜，除了邵明修之外也沒人來打擾，他的消息也都是邵明修跟他說的，兩人的來往也更緊密。

他覺得這樣挺好，兩人相處時不用端著，在古代有個能完全放鬆說話的朋友，其實挺難得的。

至於那日參與謀反的大臣，全部抄家問斬，家眷送進教坊，其他人等被判了流放。

而那四位景家人則被削爵，終身幽禁皇陵，去守靈了。

不知那些跟著謀反的大臣知道了，後不後悔？人家有皇室血脈，就是犯了謀逆大罪，照樣能保住小命。跟著他們謀反的臣子倒是個個被砍了，女眷被送到教坊，本是貴夫人、千金小姐，以後卻要過著一雙玉臂千人枕的日子；成年的子嗣全部斬首，年幼的雛兒全在流放的路上，可又能活到幾時呢……

孫保財當時聽邵明修說完處置的結果，愣了下。難道真因為有血脈關係，皇上才會作出這樣的決定？

想完又覺得以前對皇家有些誤解，還跟邵明修說，原來皇家也顧念血脈親情啊……結果被邵明修送了好大一個白眼，留了句「好好想想」就走了。

他還真琢磨了會兒，想明白後，感嘆帝王就是帝王，作出的每一項決定都有深意。就像這次的處理，對於皇上來說，賢王等人殺不殺沒有意義，終身幽禁皇陵豈不是更折磨人？沒有了錦衣玉食的生活，也沒有人伺候，在空曠的皇陵過著苦日子。古人都迷信，常常心裡有鬼、自己嚇自己，畢竟皇陵說得再好聽不也是墳地嗎？這樣整日擔心受怕、惶恐不安，時間久了還不得把人逼瘋了？

這樣想完覺得皇上哪裡是仁慈，簡直就是鈍刀子割肉！

如此人也懲罰了，皇上還得了賢名，誰人不說皇上仁慈、顧念親情血脈，真乃一代賢明聖主……

至於嚴懲那些跟著作亂的臣子，不過是殺雞儆猴，讓世人看看這就是跟著謀反的最終結果，這麼血腥，肯定能有警示作用。

皇上展現出來的仁慈，沖刷了狠厲帶來的血腥。孫保財感慨，他們不過是皇家手中的棋子罷了，要放在哪裡，端看人家心情。

也可以說這顆棋子的價值，決定了執棋之手要放在哪兒。

這日，孫保財正在書案前畫圖，錢七進來，好奇地走過去觀看，不由笑了。孫保財在紙上畫了好多枴杖。

她出聲道：「怎麼想用枴杖了？」還畫了那麼多，孫保財的腿傷暫時還不太用拄枴杖吧。

孫保財放下毛筆，摟著錢七，笑道：「反正沒事，畫出來選個喜歡的先製作看看。」有了這東西，最少不用被攙扶著坐輪椅了。

錢七一聽，覺得也對，跟孫保財一起選了個兩人都喜歡的。等孫保財又重新畫在一張紙上，才叫寶琴過來，把圖紙給了她，讓她找人製作出來。

寶琴自從當了管家，不管什麼事到她手裡都能漂亮地完成，錢七現在是越來越喜歡這丫頭了。

晚上吃過晚飯，錢七推著孫保財在院子裡遛彎。

孫屹拿了個蹴鞠在院子裡踢，孫保財看了，讓兒子去前院踢。後院都是花草哪裡踢得開，前院全是空地，既平整又寬敞，去那裡踢，小傢伙能踢過癮。

等孫屹高興地去了前院，孫保財也讓錢七推著自己去前院。

雖然不能親自上場陪兒子，但也可以在旁邊鼓勵他嘛，親子關係是重在參與。

到了前院，錢七把輪椅推到堂屋前，進去拿了把椅子出來，擺在孫保財身邊坐下，笑看父子倆互動。

孫保財把錢七的手握在手裡，給兒子一通瞎指揮。

父子倆玩了一會兒，孫保財才看著錢七道：「我看咱們在這院子裡弄個球門吧，教兒子一些踢球的規則，這樣他玩起來也有意思。」

嗯，還是弄兩個球門，到時他們父子倆一人守一個門，再弄個小板子記分啥的，想著就挺有意思。

錢七看了眼空空的院子，點頭應好。這主意好，本來她就覺得前院的空間有些浪費，現在給兒子弄個小球場也不錯。

前院地面鋪了磚石，夠平整，而且這小子自從跟他師父學了什麼吐納方法，就沒看過這小傢伙摔倒，所以也不擔心他磕著、碰著。

在紅棗村時，村裡靠山，屠十三娘沒事就帶小傢伙去山裡轉悠，那時兒子的活動空間可是很大的。來到京城之後，小傢伙的活動空間就只剩這個小院了。

出去人多，也不能帶著孩子整日逛街，再說屠十三娘是喜愛自然寧靜的人，並不喜歡城裡的喧囂，讓她帶著兒子逛街是別想了，尤其她來了後，正是是非之時，基本不出門。

小傢伙懂事，不吵不鬧，但當母親的總想給孩子最好的。

兩口子正在商量如何佈置球場，還打算給兒子再弄些其他玩意兒，討論熱烈之時，邵明修來了。

錢七打過招呼便回了後院。

孫保財看邵明修自覺地坐在旁邊的椅子上，挑挑眉。「你怎麼又來了？」

說完也沒搭理邵明修，只顧著看兒子玩球。

邵明修挑釁一笑，道：「這不是來看看你以後還能不能站起來嗎？」

他也明白孫保財的意思。以前避嫌是為了不讓賢王拿著說事，徒惹事端，現在賢王都去守墓了，誰會沒事吃飽了撐著，拿這事去說？現在聰明點的都不會找孫保財麻煩。

他目光落到孫屹身上。這孩子長得還真像孫保財，看著那小身影踢球的勁道，還有那不時出現的提速，看得出來師姊對屹哥兒付出了大心力，這小娃娃是個有福氣的。

他現在還沒兒子呢，膝下就一個女兒，想著要不要給女兒提前把這小子定下來呢？

孫保財聽邵明修說「要不咱兩家結個兒女親家時」，當即搖頭拒絕。

開玩笑，他兒子雖然將來不一定能自由戀愛，但是總要選一個真心喜歡的過一輩子吧？他現在給這小子定下來，萬一將來不喜歡怎麼辦？與其到那時弄出一堆事，還不如現在不扯這些。

再說這事就算他同意了，錢七也不會同意。

他聽錢七說起過邵明修的女兒，言談之中是喜歡得不得了，可就算這麼喜歡，她也沒說過要結親，頂多就是纏著他說還年輕，想生個女兒。

邵明修看孫保財這樣，當即生氣道：「我都沒嫌棄你兒子長得像你！」

就憑自己女兒的長相，將來邵家門檻都能被踏破，孫保財竟然還敢嫌棄！

這話孫保財一聽自然不樂意了，什麼叫不嫌棄兒子長得像他？他兒子不像他，難道要像邵明修啊?!

但意識到這邏輯不對，趕緊打住，又看邵明修生氣的樣子，知道他是誤會自己意思了。想著剛剛是拒絕得有些太直接了，人家家裡的畢竟是女兒。

有了這個念頭後，他心氣也就順了，看著邵明修認真地道：「孩子們將來有自己的選擇，咱們給他們提前定下來，要是他們不喜歡怎麼辦？與其以後兩家因為孩子鬧得不愉快，還不如先這樣，一切順其自然，等他們長大了要是彼此喜歡，那時再定也不遲。」

話落，一看邵明修詫異的樣子，也知道他說的話不太符合這裡的風俗民情。

邵明修看著孫保財，確定這傢伙是認真的，一時不知該說什麼了。

自古都是父母之命，媒妁之言，哪有像孫保財這樣，要看孩子喜不喜歡的？但也知道這小子的念頭總是奇怪，靜下心細想孫保財說的話，又覺得好像有道理。

他想了會兒才道：「剛剛的話，你當我沒說過。」

孫保財笑著點頭。「你過來不會就為了說這事吧？」

很難想像邵明修會為了兩個小朋友訂親的事特意過來。

邵明修這才想起自己為何而來，又想到剛剛跑偏的話題，不由好笑，怎麼扯到了兒女訂親的事了呢？

「這次護駕有功之人都被賞賜了，就連我都被賞了些金銀等物，怎麼就沒有你的呢？你是不是又做了什麼討打的事？」

要不然也不應該啊，他們都是一起被封賞的，他從頭聽到尾就是沒有孫保財的名字。要說皇上把孫保財忘了，怎麼可能？但要是單獨獎賞的話，都過去五日了，怎麼也沒個動靜呢？

孫保財聽邵明修說連武謹勝都被賞了，心裡也納悶為何沒有自己？可想了會兒沒想明白，只覺得君心難測，誰知道皇上心裡在想啥呢？

只是笑道：「我怎麼知道為何沒有我，我都傷成這樣了，還能做什麼？」

他的腿要是不用枴杖行走，最少得兩個月吧，且還要復健一段時間才能正常行走，這還是最樂觀的情況。

他現在整天都不出門，能做什麼討打的事？宮變那天見過太子之後，他就直接被送出宮了——

想起見太子，他不由皺起眉頭，把那天的對話又想了一遍，覺得沒問題啊。

本來想把這事放下，但看到邵明修，想著古人的思維方式不同，索性把自己和太子的對話說了。

說完卻看他一臉恍然大悟。難道自己和太子的對話有問題？等著邵明修給他解惑。

說實話，他回想那天說的話，都佩服自己不求名利、高風亮節的節操。

邵明修立刻明白問題出在哪兒了，孫保財展現出來的才華可是非常難得，作為下一任君主，自然不想放過這樣的人才。他又救了太子一命，有這個情分在，幾乎可以說只要他不故意找死，定能一路榮華到死，還能萌蔭後代子孫。

偏偏這樣的人，竟然想過詩酒田園的悠閒生活，他要是站在君王的立場，也會氣得把他先擱下，等心氣平復了再處理這事。

邵明修看孫保財還是一副不明所以的樣子，只好拍了拍他的肩膀，笑道：「皇上和太子想給你榮華富貴。」不想給你詩酒田園。

這話只能在心裡說。不過孫保財終究是救了太子的，最後會怎樣，還真不好說。

# 第七十九章

經過邵明修這麼一說，孫保財明白了，怪不得那天太子聽他說完，直接讓人送他出宮了。

剛剛還覺得自己高風亮節呢！唉，突然覺得挺好笑的。這就是思想差異啊，他行事大多還是帶著現代氣息。

邵明修看他明白了，笑道：「我估計你這封賞也快了。」

皇上不可能拖太久，畢竟滿朝大臣都看著呢！而且他覺得不久之後，皇上就會傳位於太子。

雖然現在還沒有發明旨，但是從詹事府到禮部這一段時間陸續接到的差事來看，這事估計不遠了。這時是禪讓的最好時機，作亂的都治罪了，朝堂上的大臣是最老實的時候，太子接任順理成章。

等新皇登基，大赦天下，既能沖刷血腥，又能收攏民心。

他在太子跟前當差，知道一些皇上的身體狀況。太醫給皇上的建議是得靜養，那時他才明白，皇上為何從幾年前就為太子鋪路，若不是賢王、順王爺，皇上應該早就禪讓了。

可以想像他們過一段時間會很忙……想到這裡，他看了眼孫保財。很好，這傢伙估計會因為腿傷，又把這事避過去了。

有時候想想，自己跟孫保財一比，好像就是個勞碌命。這傢伙一蹦一跳的，愣是混成了這般，而他還要繼續在官場沈浮……

孫保財只是笑。他也知道賞賜一定會有，就是不知會給什麼？既然皇家不想放人，那以後的路要如何走，還真應該好好想想了。

現在的情形對自己有利，他應該還有些選擇。

正想著，感覺有道影子撲過來，還沒等他閃開，飛過來的東西直接啪一聲砸到腦門上，孫保財只覺腦子嗡嗡直響，好一會兒才緩過來，耳邊便響起邵明修的笑聲。

孫屹一看惹禍了，頓時噔噔噔跑過來，一臉擔憂地看著孫保財，奶聲奶氣的聲音響起。

「爹，呼呼，屹哥兒不是故意的。」

他剛剛用了師父教的法子，沒想到會踢這麼遠。

孫保財沒理會還在笑的邵明修，看著屹哥兒的小模樣，笑著安慰他沒事，又讓他幫著呼呼，摸著兒子的小臉，笑道：「爹爹好了，屹哥兒去踢球吧，爹跟你邵伯伯說會兒話。」

等兒子顛顛地跑了，才白了邵明修一眼。這傢伙絕對故意的！他才不信以邵明修的身手，會擋不住飛過來的蹴鞠。

腦門還是很疼，他忍不住用手揉了下。真是個小心眼的男人。

邵明修看著院子裡玩耍的小傢伙，對孫保財道：「你這兒子不錯，將來比你有前途。」說完又是一陣輕笑。

孫保財厚著臉皮接下這話，挑釁一笑。「那是，我兒子將來肯定錯不了。」

邵明修衝著孫保財拱手，對這臉皮厚的人是真心佩服。
兩人又說了會兒話，邵明修才告辭。孫保財等人走了，讓人去後院告知錢七。
錢七正在跟屠十三娘說話，多數時候都是她說，那位逕自擺弄自己的琴弦，偶爾嗯一聲。
兩人主要是說些對小東西的管教問題，孫屹昨天又打碎了兩個花瓶。
屠十三娘聽完，眼裡布滿無奈。就沒見過這樣的母親，自己兒子打碎幾個不值錢的花瓶也要斤斤計較？於是冷然道了句。「以後不用給我錢了，給我徒弟買花瓶吧。」說完不再理會錢七，逕自回了房裡。
錢七聽完這話愣了會兒，才反應過來屠十三娘的意思。敢情她剛剛說了半天，屠十三娘就是這麼理解的？真的沒法溝通。
這時聽邵明修走了，只得平復了下心情，去了前院。
錢七過來看孫保財額頭紅了一大塊，不由納悶道：「怎麼磕到了？」還在原位坐著，想不明白他怎麼弄的？
等聽了孫保財的解釋，才知道原來是小傢伙的傑作，便輕輕給他揉著；眼看沒有腫，這才放心地道：「你沒說說他嗎？」
小傢伙惹禍的機率現在是直線上升。也不知是不是男孩都這麼好動，只要是醒著，他沒有一刻是老實待著，後院花園裡的花沒有被他全部蹂躪，還是她打了一次小東西的屁股才保住的。

就這樣，每天要是不碎個花瓶、杯子啥的，好像都不習慣了。還好現在家裡擺放的都是廉價瓷器，廂房裡還放了好多備用的。

屠十三娘說這是正常的，屹哥兒還小，力道掌握不好。

她一開始覺得屠十三娘說得有道理，可是後來看小傢伙打碎的東西越來越多，一點都沒有減少的意思，她才不時跟屠十三娘溝通，意思很簡單，讓她配合她管管小東西，可結果是——毫無成果。

她能做的就是防患未然，把易碎物品都換成廉價的，這樣就算打碎了也不心疼。她也知道兒子品性沒問題，就是好動，因而只能先這樣了。

孫保財聞言笑道：「說什麼啊，他又不是故意的。妳沒看剛剛那張擔憂的小臉呢，一個勁兒地給我呼呼，我哪裡忍心說他？」

自己被兒子抱著呼呼，心都要融化了，那會兒恨不得把自己所有的都給他。

錢七白了他一眼。這家裡好像就她教訓過小傢伙，其他人都這德行。在紅棗村時這情形更甚，四位老人對屹哥兒寵溺得更嚴重。

唉，離開好一陣子了，現在對他們只能透過信中的隻言片語，猜測他們過得好不好。

對著孫保財，她把心裡的念頭說了。孫保財只笑道：「現在危機解除了，咱們給家裡去信，請四位老人來京城，看看他們能不能來？」

老人年紀大了，要按照他們的意願來，但他還是希望四位老人能來由他們倆照顧。

錢七笑著應了。一會兒她就去寫信，如果他們同意來，到時派寶琴去接。

第二日，孫保財就讓人找來木匠做球門。這要是有球門，屹哥兒也不會亂踢了。

孫屹跑到他身邊一臉好奇地看著，孫保財跟兒子解說，以後踢球往球門裡踢，這樣能練習準頭，也不會像昨天一樣把球踢到別人身上。

又乘機給小朋友講了會兒道理，看兒子一臉認真地聽著，忍不住抱著他親了兩口。

跟邵明修聊完的第三日，封賞聖旨來了。

當時，孫保財正在院子裡指揮木匠安裝球門，一看是皇上的近侍德公公親自過來，趕緊寒暄兩句，吩咐下人準備香案等物，又讓人去後院叫夫人、公子過來接聖旨。

他看著德公公笑道：「德公公請，裡面坐，我這坐著輪椅不方便進去，請見諒。」

家裡已經把他屋裡和前後院連著的門檻都拆了，就是前院堂屋的沒拆，所以他不方便進去。

德公公瞇眼笑道：「孫大人客氣，咱家就在這裡等會兒沒關係。」

這位可不敢得罪，他整日在皇上跟前伺候，皇上對這位的看重自不必說，最主要的是他還救了太子，在皇上和太子心裡，這位注定不一樣。

孫保財聽了，讓人進去拿了把椅子給德公公，跟他說些不需要避諱的話題，等錢七領著孩子來了才一起接了聖旨。

值得一說的是，皇上免了孫保財跪著接旨。

可孫保財覺得也不能坐著接旨吧，不管怎樣，這會被人詬病。因此謝過皇上後，還是讓錢七扶著他單膝跪下，這樣既沒有違背聖意，也表達了對皇上的尊重。

德公公看了，笑著暗暗點頭。孫大人這樣行事甚好。

他打開聖旨，尖細地朗讀道：「奉天承運，皇帝詔曰：右僉都御史孫保財，天惠聰穎，機敏過人，護駕有功。得此能臣幹將，朝廷百姓之福，因身負腿傷，朕心不忍，暫時停官，傷好時即起復。特賜湯山溫泉莊子一處讓其休養。欽此。」

德公公等孫保財領完聖旨又說了幾句，大意就是皇上已經安排好伺候的人員，孫保財只管帶著家人去住即可，還笑著叮囑，身契和莊子的房地契都在盒子裡。

這可是他第一次見到皇上賞莊子，還安排人員的，可見孫保財有多不同。

孫保財和錢七領著兒子領旨謝恩，接過聖旨以及德公公遞過來的小盒子。聽了德公公的話又謝了一番，對於德公公的提點，同樣笑著謝過。

他怎麼都沒想到皇上會給自己一處溫泉莊子養傷，對這樣的獎賞，心裡還挺喜歡。湯山的溫泉很有名氣，如果不是大富大貴之人，在那裡根本沒門路弄到地蓋莊子。湯山的地，全部都是當年作為獎勵而賞給有功績的大臣。這些人拿到地、蓋了莊子，有的後來因為家道中落，變賣了莊子，但是買主無一不是有權勢之人，其他商賈富戶也很難買到，除非是在大景朝數一數二的大商賈。

對於停官這事，他倒是沒啥念頭。朝廷規定請病假最多三個月，超過即停職，他這腿養好了肯定要超過這個時間。

再說皇上聖旨裡都說了傷好當即起復——雖然他不希望加入後面這四個字，心裡打算如果皇上想不起來，他就一直養著好了。

送走德公公後，孫保財和錢七拿著聖旨回到後院，孫屹早不知跑哪兒去了。

錢七接過聖旨放好。對於這個賞賜，她跟孫保財的念頭差不多，湯山在游記裡看過，能去那裡住一段時間想來也不錯。

泡溫泉還是上輩子的事，她來這裡之後更沒奢望過還能泡溫泉。

孫保財打開盒子一看，裡面是莊子的房地契還有一疊身契；再仔細瞧了，沒想到莊子竟然這般大，周邊有三千畝田地都是屬於莊子的。

他揚了揚手中的地契，道：「光是周邊的土地就有三千畝是莊子的。」

錢七聽了，接過地契看了眼，又拿過莊子上的房契看，是個五進院落的房契。這蓋得可夠大的啊，也不知這莊子是誰建的？

她拿過身契大致看了下，感覺沒有一百也得有八十張吧！

把房地契、身契收好，兩人商量著什麼時候去，最後決定明日便啟程。既然聖旨上都說了讓他去養傷，肯定要遵旨才行，絕不承認其實是他倆已經迫不及待想去那裡體驗一番了。

雖然他腿受傷，不能現在泡溫泉，但是心裡終歸好奇，想去看看是什麼樣的？

錢七先去跟屠十三娘和寶琴告知，讓她們也整理東西，隨後回房收拾兒子和自己的衣物。

去了溫泉莊子，兒子應該也很開心，玩的地方可大了。

孫保財讓人去詹事府給邵明修送個信，讓他下衙後來家裡一趟，請他吃飯。臨走前怎麼也要跟他告個別，順便打聽點八卦。

他又看了莊子的房契和地契，覺得這莊子絕對有來歷。能在湯山地界擁有這麼大面積的莊子，權勢肯定小不了。

三千畝地的莊子在別的地方可能不算大，但是在湯山這個地方就不一樣了。

記得在都察院時，有一位同僚跟安國侯有些親戚關係，去了一次安國侯在湯山的莊子，回來就這話題說了三天。

那時他說，安國侯在湯山的莊子是一千畝，這個絕對沒記錯，所以這莊子必然來歷不小。

邵明修接到信之後思索了下，讓屬下去打探皇上賜給孫保財的湯山莊子的相關事宜。

他聽說了孫保財得封賞的事，知道皇上把孫保財的官職停了，賞了孫保財一個溫泉莊子讓他去養病，心裡還想，不會是皇上真默許孫保財過著詩酒田園的生活去了吧？

不過這念頭剛冒出來，就被自己否定了，他還在想著其他可能時，便收到孫保財請他吃飯的信，知道他想知道什麼，這才讓屬下去打探。

他們邵家在京裡、湯山那裡都沒有莊子。

雖然湯山莊子珍貴，但是從孫保財救了太子一命看來，這賞賜還是輕了。他覺得賞賜應該還沒完，估計剩下的要等孫保財起復時了吧？

因晚上要請邵明修吃飯，孫保財跟錢七商量，最後決定吃火鍋。

錢七也覺得好久沒吃火鍋了，到時她在後院擺一桌，幾個女人弄一桌也能吃過癮。

這般想著，於是寫了封信，讓寶琴去邵府請沐清月，讓她帶著凌萱來吃火鍋。反正她相公晚上也要來，明日他們就要去湯山莊子了，應該跟她當面辭行。

等寶琴走了，她又吩咐廚娘去買青菜、羊肉，還有羊骨等等。待廚娘買完東西回來，她親自熬湯底，讓廚娘在旁邊看著，交代要注意的事項，等她懂了後才讓她看著火，其他材料等晚飯前處理就行。

沐清月聽寶琴說錢七要去湯山莊子常住，隨即吩咐人備馬，回後院換了身外出的衣裳，拿了些滋補的東西，就帶著女兒去了孫家。

兩家離得不遠，馬車一會兒就到了。錢七把沐清月請到後院，孫保財自覺地去了前院，把後院的空間留給女人家。

孫屹要去踢球。爹爹今天讓人把球門安好了，他正是新奇的時候，但是又想跟著凌萱玩，於是邀請凌萱一起去踢球。

錢七聽了瞪著孫屹說不可以。這小子踢球沒輕沒重的，前幾天還把孫保財砸到，再砸到凌萱怎麼行？

沐清月只是笑著說：「沒事，讓凌萱去玩吧，讓她的婢女跟著就成。」一說完還示意錢七沒事，凌萱身邊丫鬟的身手都不錯，看著個孩子還是沒問題的。

錢七再次跟沐清月確定，還隱晦地說了孫屹踢球很容易砸到人，但看沐清月堅持，也只好同意。

是不是凌萱也跟她家屹哥兒一樣，學過了什麼吐納、功夫？這麼一想也覺得很有可能，邵明修和屠十三娘是師姊弟。

孫屹一看娘同意了，高興地拉著凌萱的小手去了前院。

錢七看了眼牽著手跑遠的小朋友。這才三歲，牽手應該沒事吧？一邊收回視線跟沐清月閒聊，帶著她到屠十三娘那裡一起說話。一會兒她要去準備調料，放著沐清月一個人在房裡也不好。她們倆都熟悉，就算不說話也不至於尷尬。

於是幾人說了會兒話，她起身出去準備火鍋蘸料。

看錢七出去後，屠十三娘才看著沐清月冷聲道：「妳婆婆該急了吧？」

沐清月點頭道：「是啊，要不然我也不會這麼早進京。」

成親五年只有一女，婆婆自然要急了。特別是其他幾房明顯子孫旺盛的情況下，偏偏他們正宗嫡系還沒有男孩。

邵家其他幾房已經不安分了，甚至傳出大房至今沒有後人，不能掌管邵家當家主的說法，弄得婆婆壓力也大，可這事怎麼也得等局勢穩定了。

唉，她壓力也大，這般想著，眉宇間便染上了一絲輕愁。

屠十三娘只是冷聲道了句。「一會兒讓錢七給妳看看吧！」說完看沐清月一臉疑惑，又道了句。「我知道妳身體沒問題，但錢七對於身體沒問題卻懷不上孩子的，好像有法子。」

她也說不清楚具體如何，只聽她跟身體好，卻沒懷上孩子的女子交代過在什麼時候行房，三個月後差不多就有信兒了，她看了錢七的嫂子好像過沒多久都懷了。

沐清月一聽還有這事，也打算一會兒去問問錢七。對於屠師姊的話，她自然不會懷疑，因為她從來不會開玩笑。

錢七在廚房忙完，眼看時間還早，先回去跟她們繼續閒談。

聽了沐清月的話，便示意她把手伸出來，一手搭在她的脈搏上，靜心感受脈象。從容和緩、不浮不沈、節律均勻是常脈，身體確實健康。

想著沐清月和邵明修也有過孩子，顯示邵明修身體也是健康的。嗯，只要近幾年沒受傷，那就是仍有生育能力。

但兩人也是屬於長期分居的人，便跟沐清月說了，儘量在兩次癸水之間幾日多行房，還跟她說了事後用枕頭墊著臀部半刻鐘。

看沐清月一臉疑惑，她笑著解釋這是獨家秘方；至於有沒有效果，三個月便知。

沐清月想著又不用吃藥，試試又何妨？於是點頭應了。

幾人說著話直到要準備晚飯了，錢七起身到廚房，安排下人把東西陸續擺上桌，才去叫兩位女士入座吃飯。

# 第八十章

邵明修派了親信回去通知自己要去孫府吃飯，下衙後便直接來了孫保財家。

誰承想進了孫家院子，竟然看到自己女兒在院子裡跟著屹哥兒踢球。

看她那小臉紅撲撲的，應是踢了一會兒。

凌萱的侍女給他施禮，他擺擺手，等女兒看到他了跑過來，抱起凌萱說了幾句話，詢問侍女，知道兩個小傢伙玩一會兒後便會歇一會兒，並未累著，這才放下女兒進了堂屋。

堂屋中間擺了個大桌子，上面擺著一盤盤洗好的菜和切好的羊肉，桌子中間放了個炭盆，盆上放了個銅盆，此時銅盆裡的湯已經翻滾，散發陣陣香氣。

他看著坐在主位的孫保財，挑眉問：「這就是你要請我吃的東西？」說著一邊坐到孫保財附近的椅子上。

孫保財笑道：「是啊，我家的火鍋保證比外面的好吃。」

他知道京城裡有火鍋，還去了據說最好吃的一家酒樓吃過一次，之後就再也沒去吃，因為不管是湯底還是蘸料，都跟他老婆做的差遠了。

邵明修挑釁道：「這個不好說吧？你看看你這炭盆上放個銅盆，看著就沒人家講究。」

孫保財聞言只是笑了笑，把羊肉放裡面，又放了一碟菜，等湯重新翻滾後，才對著邵明修道：「用筷子挾著，就著碗裡的蘸料吃。」說完做了個示範。

邵明修看了便用筷子挾了些食物，放到碗裡蘸了蘸，吃了後點點頭，確實比外面賣的好吃多了。

孫保財看了一笑，又給邵明修倒酒。他不能喝，可知道邵明修偶爾會喝些。

兩人邊吃邊聊，孩子們這會兒也被叫到後院去吃飯了，孫保財才問了莊子的事。

邵明修並沒有馬上回答，又挾了一筷子羊肉沾了些蘸料，吃下了才有空理孫保財。

「你這蘸料和湯底味道是好，以前吃外面的還行，吃過你這一頓，外面的是吃不下了。」

這小子太不夠意思了，這麼好吃的東西，以前都沒請他吃過。

孫保財聞言一笑。「行了，一會兒給你寫個方子，這東西都是我夫人沒事做著玩的。」

邵明修聽了呵呵笑，拍了下孫保財的肩膀，道：「夠意思，先謝謝了，回頭我也找幾個我們家的老方子給你送過來。」禮尚往來嘛。

喝了茶水潤潤喉，才對孫保財道：「你那莊子是順王爺修建的，據說莊子修下來，光銀子就花了小三十萬兩呢，你小子賺到了。」

這修下來的銀子是順王爺自己掏的，實際上可不止這些，加上別人送的木料和其他東西，也值不少錢。

孫保財一聽是順王爺的，心裡放下了，只覺得這次皇上賺翻了，抄了那麼多大臣的家，估計國庫都差不多滿了吧？一邊胡思亂想一邊跟邵明修吃飯閒聊，兩人聊得興起時，還會辯論一番。

翌日，吃過早飯收拾完，一家人往湯山莊子出發。

寶琴負責趕車，錢七和孫保財坐在前面的馬車，屠十三娘和孫屹坐在後面的馬車裡。之所以這樣安排，是孫保財的腿要平伸著，孫屹要是跟他們坐一車會很拘束。

孫保財聽說路程要將近兩個時辰，忍不住道：「不足百里要走這麼久？」

湯山在京城北邊，因著那邊不但有權貴人家修建的莊子，還有皇家別院，路況自不必多說。

以前他無所謂，但是腿受傷之後，長時間坐在馬車裡搖晃，想著就不舒服。

錢七不由笑道：「以前要是遇到堵車，出城也要這些時間啊。」

孫保財一想也是，何況因為他腿傷，馬車還不能趕太快。

錢七看他無聊，索性擺上五子棋讓兩人玩會兒。

一行人在中午時才到了莊子，錢七讓寶琴把輪椅拿過來，扶著孫保財下了馬車。

她推著坐在輪椅上的孫保財在莊子不遠處停下，看上面寫著「湯園」二字時，忍不住笑了出來，孫保財看著這個名字也是一陣笑。

這時大門開了，出來了一批人，領頭的是個宦官，看著年紀快五十了吧，至於跟他出來的人，細看一個個都有三十開外。

德全到了近前，對孫保財見禮，細著嗓子道：「屬下德全是湯園的總管，見過老爺、夫人。」一說完其他跟來的人也齊聲給兩人見禮。

孫保財知道這是皇上選的人，這把年紀來當這裡的總管，想來有些來歷，便說了幾句場面話，在德全的帶領下進了湯園。

德全一路引領著新主家，給他們介紹湯園的情況。湯園裡除了前院之外，後院一共六個院子，分為桃、荷、菊、梅、竹、熙和，每個院子裡都有溫泉，前後院則是用一處大花園隔開。

每到有臺階的地方，德全會讓人抬著輪椅，等過了門檻或臺階再放下讓錢七推著。孫屹被屠十三娘牽著在後面跟著，錢七看了眼，孫屹正滿臉好奇地張望，寶琴則跟在他後方。

這一路上碰到不少僕役，起初錢七和孫保財也沒在意，以為這些都是皇上安排的，但是一路看下來，總覺得哪裡不對。

穿過花園，德全問他們想住在哪個院子？

錢七看著屠十三娘，問道：「屠姊姊打算住哪個院子？」

他們會住在主院熙和院裡，這麼問是屠十三娘喜好清靜，想來她更願意自己住一個院子。他們一共就來這麼幾個人，一人單獨住一個院子都夠了。

屠十三娘想了下，選了荷院。剛才介紹荷院裡有個荷花池，這是她選擇的原因，屹哥兒以後也能用到這裡。

錢七提醒了下，現在荷花都要謝了，但看人家只是冷冷地點頭表示知道，只好讓德總管安排下人領著屠十三娘去荷院安頓。

看兒子也要跟著去，她沒有阻止；至於寶琴，不用問都知道會跟屠十三娘一個院子。

等她們都走了，德全才帶他們去了熙和院。
熙和作為主院，地勢是最高的。這裡跟其他幾個院子不同之處在於，後院高處修建了一座露天湯池，四周被奇石竹林遮擋著；而室內溫泉也是必備的。
錢七聽了心裡挺嚮往的。晚上泡著溫泉，遙望天上的星星，再品著酒，得多愜意？
進了熙和院的主屋，她讓德全先下去，這會兒行李也搬來了，她要收拾下。
至於要來幫忙的侍女，她說了自己不習慣身邊有人，讓她們先出去，有事她會喊她們。
等人都退下了，她才反應過來有什麼不對，不禁和孫保財對視了一眼，看他也發現問題了。
孫保財為了印證心中的猜想，無奈地道：「老婆，妳去把那些身契拿過來。」
錢七點頭應了，去箱子裡翻出了裝契約的盒子，拿過來遞給孫保財。
她現在心裡已經有底了。這莊子裡就連主院裡的侍女都看著有四十了，加上他們一路看到的，最年輕的竟然是跟著德全出去迎接他們的十來個人，可看著也有三十開外了吧？
想罷，她跟孫保財說了要去後院看看，便從主屋裡出來。
看著在外面站得筆直的侍女，確實是侍女打扮，雖然年紀應該挺大了，可這樣的裝扮只能說明她們至今還是姑娘。
錢七笑著讓其中一人帶自己去後院的露天湯池看看。她這會兒出來也是想瞭解這裡是什麼情況。
芯娘恭敬地引領錢七往後院走。她們這些入宮多年的人被皇上安排到這裡，心裡自是感激不盡。

會來這裡的最少都在宮裡待了十五年以上，有些人當時都是因著各種原因，沒有選擇在三十歲時被放出去；還有些正趕上今年被外放，但無親無故的，所以都是求了德公公來這裡當差。

他們這樣的年歲，不適合再到貴人跟前服侍，多數是在不重要的宮殿裡當差。能來這莊子應該是她們最好的結局，不然在宮裡等到老了，也會被發放到安樂堂等死。

她們這些人進宮之後，只有一次被放出來的機會，就是到了三十歲的時候，可以自由選擇是否要出宮？只是一般當時要是有好差事的或者跟著的主子好，都不會選擇出去。

因為出了宮能不能找到家人都不好說；要嫁人麼，年齡也大了，還有很多也不是完璧之身。出去之後的老人，聽說有些人做了尼姑、道姑，還有少部分被兄嫂、騙子賣去了妓院，這都是她們不願意出宮的原因。只有那些有家人的，出宮之後的命運會好些。

錢七一路跟芯娘說著話，詢問了一些她在宮裡的事，倒也知道了不少訊息。得知以前她是在一位娘娘跟前服侍的，後來那位娘娘薨了，她去了寶華殿當差，直到被派來這裡。

錢七心裡一陣唏噓。聽了芯娘說的話，可見進宮做宮女如果不能上位，或者成為某個得勢妃嬪的親信，在宮裡活著得多艱難？耽誤了嫁人不說，離家十幾、二十年，就算哪天出宮了，爹娘在不在還兩說，跟家人根本沒有感情，又怎麼會被善待？

兩人到了露天湯池，這兒只有一條鵝卵石鋪的石階路能上來。這樣一看，只要派人守在下面的臺階處，就算是泡露天溫泉也是非常安全的。

聽了芯娘的介紹，錢七心裡浮現了「奢侈」二字，到了上面一看後，心裡浮現出三個字——真奢侈！

這池子是用墨玉堆砌的蓮花形狀，有上下雙層臺子，現在池裡沒有放水，池子中間則是玉石雕刻的花心。

芯娘說那裡有個拉桿，拉一下，花心就開始出水，還能調整水量大小。錢七能想像得到在這裡泡溫泉真有身臨仙境的錯覺，出水時的熱氣能把這個小空間弄得霧氣騰騰。

池子周邊是一片竹林，裡面又有一層奇石遮擋，平臺上還擺放了好多玉雕。

錢七看過之後，讓芯娘找人再多清洗幾遍，這才往回走。

至於孫保財是等錢七出去了才打開盒子，拿出裡面的身契挨個兒看。

等他看完之後，在心裡給皇上豎了個中指。真是太奸詐了！這哪是好心給他安排人員啊，他看根本是宮裡伺候的人已經開始老化，放到這裡一百來人能解決不少事。

畢竟等太子登基，肯定要選一批年輕的進宮，扔到他這裡來能疏散一些還能幹事，但已經不再年輕、不適合放在主子跟前伺候的人。

有了這個念頭，心裡忍不住吐槽。真是親爹，連這事都能提前做準備，不知道是不是只有他這裡是這待遇？皇上能做到這樣，他也是醉了。

錢七回來看孫保財一臉不忿，瞄了眼還在他懷裡的盒子，走過去推著他去了房裡。

「怎麼樣，要不要去床上躺一會兒？」坐了一上午的馬車肯定累了。

孫保財搖搖頭，把懷裡的盒子遞給錢七，看著她無奈地道：「最小的也三十了，而且就十來個人是在三十這個階段的。」

這是什麼概念，皇上往湯園放了一百零三個人，其中有將近九十人是四十以上，做皇上的是不是都這麼不要臉……

錢七看著他的臉色，不由笑了會兒才道：「都是些可憐人。」又把剛剛在芯娘那裡打探來的跟他說了一遍。

孫保財聞言深想了一會兒，才嘆了口氣。年紀大就大吧，再說皇上都把這些人的身契給他了，就是讓他自由處理。

他現在也有些想明白了，宮裡有些制度，就算是皇上也不想打破，現在把人放到他這裡，也算是迂迴地放人吧？

便想著召集他們問問，有沒有人要離開的？幹滿一年就算給自己贖身了。

他把這個念頭跟錢七說了，得到了錢七的支持。

兩口子這般決定之後，又在湯園裡熟悉了三日，瞭解現在莊子的田地是雇傭長工在管理的。這裡全部是旱田，其中有近百畝地做了火室，他聽了火室的面積，一問才知，原來以前火室的出產是要供應順王府的。

待孫保財瞭解了大概後，才讓德全召集眾人到前院，跟他們說了，有誰要走，只需現在說出來，做滿一年便可以還給身契放人離開。

但是這話一說出之後，竟然沒一人回應。他心裡納悶，這是為何呢？他們不喜歡自由嗎？

眼看大家都表示不願意走，最後也只能讓他們散去。

德全等人走了，看主家一臉疑惑，才跟孫保財解釋了大家的念頭。「主子，您想想大家都這把年紀了，出去了能做什麼呢？在這裡伺候人，這活兒我們熟悉，都做了幾十年，月錢還高，在您這兒幹個十年、二十年的幹不動了，也能攢下些養老錢不是？」

孫保財聽了也覺得在理。既然大家都不想走，那就留著吧。

接下來的日子，兩口子開始接管湯園，主要是錢七出去接洽，孫保財負責看帳本、算開銷。

但這一算簡直嚇一跳，原來皇上給他這一百來人都是按照在宮裡的月錢算的，最少的都要每月二兩，小管事是三兩銀子，再大點的管事是四到六兩不等，德全這總管則是每月十五兩銀子。

這樣算起來，光是每個月發給他們的工錢就要近二百五十兩銀子，怪不得那天德全說這裡月錢高，就這樣的工資，他們這些人除了少部分的人精之外，出去在其他地方還真賺不到。

再說在這裡工作還有四季衣裳、供吃供住呢。

孫保財拉回思緒，繼續算帳。

莊子光是工錢就要三千兩銀子，等看了這院子的日常維護，還有各項費用加起來，他算完之後嘆了口氣。

很好，跟這三千畝地的收支正好持平！

晚些時候，他把這個結果跟錢七說了後，錢七一聽持平，也覺得這還好，至少不用搭錢，不過也知道要開始琢磨怎麼賺錢了。

兩人最後商量的結果還是把主意打到火室上，決定在冬天高價賣菜，畢竟京裡的官員沒有幾家有火室的，可誰家不想在冬天吃些新鮮蔬菜？湯園現有的火室種出來的蔬菜他們一家能吃掉多少？與其閒置，不如賣了呢！到時可以賣給那些有錢，但家裡沒有火室的。

至於怎麼賣也都想好了，到時他們派人找幾家去問，有需要的可以預定，他們只接長期訂單，這樣也好送貨。

兩口子在湯園裡琢磨怎麼賺錢之時，京城的皇帝下了聖旨，宣佈退位，一月後舉行新皇登基大典。

這麼重大的消息，孫保財知道時，已經是發完明旨的三日後了。

孫保財聽了，心裡挺為太子高興。三十歲之前登基不容易，相信皇上心裡也應該沒啥遺憾才是。在位三十五載，開通了海運，平了周邊不安分的鄰居，讓百姓過得安穩，改進民生，也從未加過稅賦，在退位前還給太子清理了一番。

他感嘆了一會兒就把這事放到一邊了。還是好好養傷吧，總之一個月後的新皇登基大典，他也參加不了。

# 第八十一章

這天，孫保財把德全叫來詢問莊裡的人都會些什麼，有什麼獨特之處。

湯園占地雖然大，但要不了這麼多人幹活，他每次走出去，廊上都站著人。後院的每個院子裡都配了十人，按照他們以前的生活習慣，這樣太浪費人力。

一個院子一天能有多少活兒，哪裡用得上十個人？其實大家一般都沒什麼事，幹完活不是站著，就是去別處消磨時間。

可關鍵是現在他要開工錢，要是皇上給這些人開工錢，他也就睜一隻眼、閉一隻眼了。

他和錢七從來都不是奢侈浪費的人，所以琢磨著在這裡挑出一部分人，看看能不能幹點啥？他覺得莊子裡留下五十人足夠了，其他人呢，給他們找個出路，或者做個營生，能多些收入也好。

德全聽了主子的問話，雖然心裡不知主子想幹麼，但是自己能做的就是在新主子面前做到不隱瞞。

來到這裡的人，其實彼此都很熟悉，畢竟有的一起待在宮裡二十來年了，能完好地活著出來已經很不容易，如今有機會，自然也會給他們多說些好話。

他想了下，恭敬回道：「來湯園的這些人，每個都能讀寫，有十來人文采頗好；另有一大半的人曾經伺候過宮裡的貴人；少部分的做過管事，最熟悉的就是各種宮規禮儀和梳妝打扮，以及各種飲食入口穿戴等事上的忌諱。」

他們入宮都是經過訓練，能在宮裡熬下來的，哪個不是好學機敏之人？可如今只能這麼簡單地說，因為細節會的可是多了，但每個人跟的主子不一樣，學到的東西也不同。

孫保財想了會兒，讓德全列出剛剛說的這些做得最好的五十人，讓他在人名後面標注入宮年限、職務特點等等。

說完又問道：「什麼時候能寫好？」

德全笑著回道：「屬下現在就能寫出來。」

本來他都知道這些人的底細，對於每個人的特點、會什麼自然都瞭解；何況作為總管必須做到這點才行，如果主子一問三不知，那這總管也做到頭了。

孫保財便示意德全去桌子上寫吧，心裡一邊感嘆真是專業，每月十五兩銀子還真不是白拿的。

等德全寫完，他看過之後點點頭。這些人其實都是人才啊，他們會的東西可是很有價值的，便先讓德全下去，他到案前開始寫計劃。

他想弄個平臺，讓這些為奴多年的人發揮自身價值，也想讓他們知道，年紀大了還能做很多事，而不是像他們以為的那樣，出了這裡便找不到好活、賺不到錢。

錢七在荷院陪著兒子玩耍。這小傢伙自從來了這裡，活動空間大了，每日瘋跑，要是不過來特意找他，都見不到他的人。

現在是寶琴每日跟在孫屹身邊，畢竟屠十三娘不可能整日追在小孩後面跑，她只會等孫屹跑得太遠了，冷冷地出現，把小傢伙提回來。

錢七看著孫屹認了十個字才放他去玩，等小東西帶著寶琴跑遠了，她無奈地看著屠十三娘道：「屹哥兒什麼時候會消停些？」

她懷疑這孩子是不是過動，不然怎麼總想往外跑，沒有閒著的時候？有時候她真的很好奇兒子都不累嗎？

屠十三娘淡然地看了眼錢七。「我怎麼知道，他不是妳兒子嗎？」

看錢七臉上凝固的表情，眼中的笑意一閃而逝。

錢七回過神，白了屠十三娘一眼。

從荷院回來，她看孫保財正在案前寫字，好奇地過去看了眼，原來是在寫計劃書。她瞄了眼內容，知道他要做什麼了。最近兩人沒少議論這個話題。

看孫保財停下筆看著自己，錢七示意他繼續寫，一邊逕自把旁邊的名單拿過仔細看，心裡感嘆這些確實都是人才。

這份名單上最小的年紀都在四十開外，在宮裡的年資最少都有二十五年，二十五年的時間在宮裡學到的，肯定不是紙上三言兩語能描述。

而且他們如今還能全身而退，想來都不是簡單的人物。

他們的出處是大景朝權力最高之處，伺候過那裡最尊貴的人家，按照這個想法，簡直就是現成的廣告嘛！

就像芯娘表現得進退得宜，隱現的時機總是掌握得剛好，有時她都驚奇芯娘是怎麼做到的，總是能按照她需要的時間出現，不需要時便隱身？能做到這樣需要高度的觀察，還要足夠細心才行。

這樣的人，就是她這樣不習慣讓人伺候的都覺得舒服，由此可見這些人的本事。在現代，這些人就憑著一身資歷都得被高薪搶著聘請，換了個地方，差距怎麼這麼大呢？

因此她全力支持孫保財想做的，把這些人的價值挖掘出來，讓他們展現，進而相信能影響一些人的觀念。

能做一點改變就做一點，他們能力有限，多了也不奢求，但求在這裡問心無愧吧！

孫保財寫完後，將計劃遞給錢七。「看看還有什麼改進的地方？說說妳的看法，覺得這方案可行不？」

他想打造一個類似培訓的平臺，可跟別人不同的是，他這裡的培訓師資都是宮裡出來的，再做一點包裝，肯定能吸引人。比如可以給人培訓禮儀規矩、妝容、穿戴搭配、入口吃食方面的各種忌諱等等。

把一些東西細節化，把一件事做到精緻極致，這樣就算好多人家都有這樣的僕役，但是永遠也比不上他這裡的專業。這樣始終跟他們家裡的不同，何愁沒有生意呢？

比如穿戴搭配及妝容等等，名單上有十來人當年都是跟著宮裡寵妃做過妝娘的，她們會的，有心人一聽便知；那些寵妃連皇上的寵愛都能得到，試問哪個女人不想得了夫君的寵愛呢？現在有人能教她們寵妃的穿戴搭配，不差錢的人家有幾個會不樂意的？

錢七看過後，點頭認同。寫得挺好，孫保財把這些人的包裝方式都寫進去了，比如不能再用侍女打扮，畢竟年齡有了，再扮嫩看著都怪異，以後會統一培訓師的妝容和服飾，畢竟她們的資歷在這裡，莊重、顯老都沒關係，獨獨不能裝嫩。看來孫保財考慮得已經很全面。

放下計劃書，錢七看著他笑道：「月錢是底薪加抽成吧！多勞多得，也讓他們多賺些養老錢。」

這樣的薪資能避免一些時間長久之後產生的弊端，也讓他們多些動力。

孫保財聞言覺得可行，兩人又商量了一會兒，打算先去京裡繁華地帶找個鋪子租下來，然後把名單上的人召集起來，做個簡單的培訓。錢七負責侍女培訓，孫保財負責太監這裡，鋪子的話交給德全去找。

大致分工後，錢七才想起一事。「你現在是官身，能做這個嗎？」這也算是經商吧，孫保財現在就算被停職了，四品官位還在吧？

孫保財聞言道：「其實沒事。朝廷規定在職官員不得經商，我現在是停職階段，沒有俸祿，還不讓我弄點營生賺錢養家啊！再說這個跟這裡認知上的經商不一樣，不過還是放在妳的名下吧，省得一些言官拿這事說嘴。」

要是有人告還好，大不了他不起復就是了，那樣正合他的心意。

兩人又商量了下細節，才開始各自行事。

錢七先去召集名單上的侍女，跟她們大致說了要做的事，又讓芯娘幫著統計她們擅長的活兒，到時再細分。

在這期間，錢七自然說了一些鼓勵她們的話，還給她們畫了好大一塊餅，讓她們心裡充滿希望！

這些人就是活得沒希望才會對人生沒有多大的嚮往，以後要時常給她們打氣，增加一下她們的自信。

她打算放一些現代的觀念進去，做到始終是最特別的。

孫保財找來德全，讓他帶人去京裡找鋪子，又把要做的事簡單跟他說了下，等德全走了才召集選中的人，跟錢七的行事差不多。

德全坐在回京的馬車裡，心裡還在激動呢，這事要是做成了，可是給他們這些做了一輩子奴才的指了一條明路。

他找到的鋪子在東城，是個二層樓帶後院的，以前是座酒樓，由於鋪主急用錢，租的話要五年起租，租金要一起交付，可也有出售的意思。

孫保財讓錢七去看看，適合的話便直接買了，五年租金一起交也不是個小數目。他們現在危機也解除了，可以置辦些產業。

錢七覺得在理，做營生還是有個固定場所比較好，京城的鋪子買到手也不會虧，就算將來換地方了，租出去也有個租金收入。

於是她去看了，也挺滿意的。後院是個小套院，可以住人，這樣這些人過來了也不用另外找住處，而且離著近些，平時也可以回去休息。

鋪子是沿街的二層樓，因著以前是做酒樓的，二樓是一個小廳，剩下的全是包間。這樣的格局挺不錯，不用做太多改動，只要做點裝飾即可。

一樓倒是要好好設計一下，總體來說，裝修要一個來月，因此當日就讓德全約了鋪主，雙方簽了契約，去衙門辦了變更手續。

如今鋪子正在裝修，怎麼也要等新皇登基之後一個月左右才能開業。

這段時間，孫保財的腿傷恢復得不錯，雖然不能使力，但是能拄枴杖了，這讓他每日的活動範圍寬廣了不少，閒暇時就陪著老婆、孩子，這樣的生活真心不錯。

因京裡都在為新皇登基的事忙碌，也沒人關注已經去了湯山養傷的孫保財，現在唯一能想起他的，就是即將退位的皇帝。

現在逐漸把政事交給太子，他一時清閒下來，突然想起孫保財了。

主要是想知道孫保財去了湯山莊子，看到的全是上了年紀的奴才，心裡會有什麼念頭？他承認這事自己是故意的。

當時聽了太子說，孫保財要的獎賞竟然是想過詩酒田園的生活，他們父子倆心裡鬱悶。榮華富貴對他們來說就是一句話的事，詩酒田園才是他們最不想給的，賞賜聖旨遲遲不下，也是真的有點被氣到了。

後來賞了湯山溫泉莊子，也是想著先讓他過一段詩酒田園生活，這樣也算讓他過了想過的生活不是？但心裡還是有氣，才挑了些上了年紀的宮女、太監放到湯山莊子裡，雖然這些人也是經過篩選的。

後來他聽說孫保財在京裡找了個鋪子，每日給那些老宮女、太監上課，一時倒是起了好奇心，看看他到底想幹什麼，因此讓人每日給他彙報。

他現在知道孫保財要開個給別人授課的鋪子，授課師傅便是那些老宮女、太監。這事他琢磨之後，心裡感嘆，孫保財這小子在人事上，都能找到有利的地方加以利用。就像拍賣會、稻田養魚、訓練火銃手，這會兒給他一些老太監、老宮女，都能找到他們身上的價值。

等景禹過來時，皇帝把這事當笑話跟他說了。

景禹聽了笑道：「孫保財的念頭總是跟常人不同，可能正因為這樣，往往做的事才能出其不意、事半功倍吧……」

要是其他人，估計只會看到這些人的缺點，覺得他們年齡大、不適合在主子跟前當差，又有幾人能真正意識到這些奴才可是在深宮裡待了二十幾年，還全身而退的人？他們任何一個人都有資格在那些外面人家的小姐、公子跟前指點。

皇帝聞言點頭微笑。「等你登基大典結束，朕要去湯山的行宮住一段時日。」看景禹想說什麼，他擺了下手，笑道：「我想歇歇了。」

做了三十五年皇帝，其實早就累了。世人都羨慕做皇帝的，可誰知當皇帝可是連個睡懶覺的權利都沒有。

他現在每日跟愛妃沒事便下下棋、賞賞花，不用為了處理政事熬夜耗神，突然覺得這樣的生活挺好，也有些理解為什麼孫保財想過詩酒田園生活了。

景禹只得應了，但是他對於皇帝為何選擇湯山行宮，還真有些好奇。

新皇登基的前一天，邵明修來了。

孫保財接到消息時，正在給挑出來的太監上課。

主要是給他們進行日常鼓勵，增加他們的信心，去去身上的奴性，還有講解一些培訓師不能碰觸的道德底線等等。

他覺得既然要做就得做好，口碑、道德必須守好。他對這些人的要求，就是不管對誰家的事都要守口如瓶，出了人家的大門，不能說人家的是非。這也是最基本的職業操守，他們只要做到在宮裡給主子保守秘密的程度即可。

聽說邵明修來了，心裡還是挺詫異。明天就是新皇登基的日子，他這會兒來幹麼？不會是來帶他回京的吧？

這般想著，便拄著枴杖到門口坐到輪椅上，讓人推他去前院見邵明修。

「你怎麼有空過來？」說完逕自拄著枴杖坐到主位。

他現在其實能拄枴杖走過來，就是動作很慢，還要歇幾次，剛剛是怕邵明修等急了，才又坐輪椅過來的。

邵明修看他狀態不錯，能拄個奇怪的東西行走了，臉也看著胖了不少，看來是真用心在養傷。聽了孫保財的話，只是笑道：「奉命接你回去參加明日的新皇登基大典。」

太子明日登基還能想起孫保財來，可見這傢伙在新皇心裡的地位。

之所以派他來也是由於兩人熟悉，孫保財又受傷，太子也有讓他照顧孫保財的意思。

孫保財一聽還真是來接自己的，雖然心裡其實不樂意。去參加新皇登基大典說得好聽，還不是在乾清宮外的廣場上站著，等儀式走完、對新皇朝拜，然後直到結束後才能出宮。

他特意問了德全關於登基大典方面的事，得知新皇登基的一些儀式只有禮部和宗室才能觀看。像他們這些大臣，只能站在外面等著完事，待皇帝穿戴袞冕禮服端坐在御座上，文武百官才要拜賀行禮，然後新帝會向全國頒發繼位詔書，同時宣佈改元和大赦天下。

可以想像明日的登基典禮極為隆重，奏樂、舞蹈、賜宴等儀式結束之後，臣子才能出宮。他要是去的話，拄著枴棍支撐一天，想到這個情景，只感覺自己好苦逼。

皇家這兩人怎麼就不能把他給忘了呢？就算記著，也要想著他是個受傷人士好不好？

孫保財讓邵明修等會兒，回了後院跟錢七說一聲。他自己回去就成了，他們母子倆就在莊子裡，他參加完登基大典的隔天就回來，就不讓他們跟著折騰了。又不捨地抱著錢七。弄得錢七哭笑不得，只是回一趟京城用得著這樣嗎？不知道的還以為要離別幾個月呢。

邵明修等孫保財出去了，端起茶杯喝了口茶，一邊想著新皇登基後的事宜。

他這少詹事暫時還要繼續做，畢竟以他的年紀做到四品已經很高，不管出於什麼原因，皇上暫時不會讓他動地方。

等到任滿了，也不知皇上對他是個什麼安排，是留京還是外放呢？本心來講，他本人想外放，但是家族裡的人希望他能留京。

想到這裡，邵明修嘆了口氣。還是羨慕孫保財，不用顧慮那麼多。

# 第八十二章

孫保財回到前院找邵明修，兩人一起出門，坐在馬車裡說著話。

邵明修問他，以後起復想去哪裡？這個最好提前跟皇上通個氣，要不只能吏部讓你去哪兒你就去哪兒了。

雖然吏部作的決定也是皇上的意思，可如果皇上事先知道他的念頭，還是會斟酌的。

孫保財聞言一笑。「皇上讓我去哪兒，我就去哪兒。」

他對官場沒啥想法，起復的話就做好皇上手裡一桿槍，他指哪裡，他就瞄準哪裡，總之沒啥好想的，畢竟又不能按照自己的意思活。

邵明修聽了這話，對孫保財不禁高看一眼。原來他竟然已經有了這番覺悟。

不過看他一臉不以為意的樣子，又覺得有可能是自己想多了。

孫保財想著登基大典，看著邵明修道：「明天我站在哪兒啊？是老位置嗎？」

他現在是停職，讓他去的話，站在哪兒還是提前問好了，別到時鬧了笑話。

邵明修道：「你跟著都察院的位置，或者跟著我都行。你那個右僉都御史的位置已經有人頂了，反正都是四品官服，去哪邊站都行。對了，太子說了，你可以拄著你的枴棍，不會算你失儀的。」

現在他明白孫保財拄著那個奇怪的東西是「枴杖」，這人行事奇特，用的東西也奇怪。

孫保財沒想到右僉都御史這位置這麼快就有人上任，想來他以後應該不會被安排到監察部門。

想了下，最後還是決定跟邵明修站著，要是他站不住了，還能讓邵明修扶著些。

兩人一路說著話，到了西城的宅子，孫保財被德全扶下馬車，等邵明修的馬車走了才進院子。

屋子雖然長時間沒有人住，但是家裡原本就留了人，每日都會打掃，屋子裡倒很乾淨。

坐下後，孫保財跟德全說了兩句話，道：「德全，除了你，誰最適合當湯園的總管？」

他想把德全調到東城鋪子裡當大管事，才有此一問。

他很信任德全的能力，德全在這些人裡也有威信，去了東城鋪子，不管是管理還是對外接洽都適合。

德全聞言，心裡猜到了是何用意，想了下便回道：「連副總管適合接替，他跟屬下的資歷差不多，心性、能力都行。」要不然也不會被直接任命為副總管。

孫保財點點頭，表示知道了，看著他道：「那這樣等回去後，你把手上的事交接給連副總管，你以後當培訓師主事。」

又把即將開業的培訓師鋪子詳細跟他說了一遍，還有以後的經營策略等等，也把他以後的薪資待遇說了下，也是底薪加抽成，底薪按照五兩計算，拿每月總收入的千分之一。

說完笑看著德全，問他可有意見？

其實賺多賺少，起初要看他的能力，等鋪子步入正軌、穩定了，賺得自然會更多，怎麼都比他現在的月錢高，他相信德全有這個遠見。

德全聞言笑道：「謝謝主子抬愛，屬下一定會幫著主子管理好，定不負主子的期望。」

他頭次聽說這樣的月錢方式，可心裡稍微一算就明白，這是變相的加工錢呢！

孫保財聽德全一口一個主子表忠心，心裡不由好笑。這人都成精了。

於是又說了些鋪子的事，等德全領會了，才讓他下去。

東城的鋪子以後會全權交給德全管理，他和錢七頂多就是監督，況且他以後要是起復了，哪裡還有心力顧及到營生？

翌日一早，吃過早飯、穿上官服，等邵明修來，孫保財便坐著他的馬車一起去了宮裡。

卯時初，兩人到了宮門外一看，已經有不少官員在外面站著了。孫保財下了馬車，拄著枴杖跟在邵明修旁邊，自然引起了別人的注意。

等大家看清是孫保財時，多數人的心裡驚訝不已。這人不是去湯山養傷了嗎？

可這會兒來到這裡，有些人也已經想明白了，再聯想到此人救過新皇，以後的造化還用說嗎？大家心裡多少也有些嫉妒。

孫保財對於大家瞧自己的目光，還以為是看他拄個枴杖很怪異呢！也是，估計這情景不太容易遇到，因此碰到認識或面熟的，也會跟他們打招呼。

他跟著邵明修站到平日的位置，周邊的人很友好，畢竟邵明修怎麼說也是詹事府的二把手，又是新皇的班底，地位、前途在這兒擺著呢！

孫保財想著自己走得慢，小聲跟邵明修說了顧慮。

邵明修示意沒事，一會兒慢些走就是。

於是等宮門開了後，出現很奇怪的一幕：從四品大臣這裡開始，行進的速度異常緩慢。一向臉皮厚的孫保財，這會兒都忍不住臉紅了，走了會兒便停下來，站到一邊，示意邵明修等人先走吧，他自己在後面走。總不能為了他，讓這麼多人跟著失儀吧？這是在新皇登基之時，鬧大了可就不好收場了。

邵明修也意識到不妥，跟孫保財點點頭，帶頭快步追趕前面的人。因而又出現了跟剛剛截然相反的一幕，行進的速度又變成了小跑，這讓後面的官員一時不明白這是在鬧哪樣？

孫保財等大部隊都過去了，才開始拄著枴杖慢慢往前走，心裡對皇家人行事的怨念直線上升。這樣的恩典能不能不要啊！

等他進了乾清宮的宮門時已經滿頭大汗，只得在侍衛的注目下，緩緩向大部隊走去。等走到邵明修跟前，孫保財終於鬆了口氣。他這一路儘量沒讓受傷的腿用力，所以腿部還好，就是胳膊痠疼。

邵明修看他的官服都被汗水浸透，還在用袖子擦汗，忙示意他注意，又給他遞了塊帕子。

這小子竟然敢在這裡用官服袖子擦汗，被那些言官逮到又是個事。

但邵明修想多了，都察院的自然有人看到了，不過都把頭悄悄轉到別處。

再怎麼說，兩個月前孫保財還是都察院的人呢，在他們心裡還是自己人，何況他現在是養傷停職階段，還沒到別的衙門報到，就是以前看不上孫保財的左都御史，都目視前方，當作沒看到。

都察院的人都這樣，其他人更不願意管這閒事。明眼人都知道這位在新皇心裡的不同，停職期間都能站到這裡，有一天起復的話，說不上這人到哪個衙門。

孫保財知道新皇要先去宗廟祭拜，據說過程繁瑣，因此直到巳時初，新皇帝才坐到乾清宮的龍椅上。

已經有些迷糊的孫保財，在邵明修的提醒下，跟著大臣向新皇行三跪九叩大禮。接下來就是頒發詔書、宣佈改年號為明德、尊景齊大帝為聖皇太上皇、大赦天下等等……

孫保財站在乾清宮廣場上，感受古代最大的儀式，這一刻忽然打從心裡感謝皇上，能讓他來參加這麼莊嚴的典禮。他何其有幸能見證這一切，可能此生僅此一次吧！

儀式完事後，孫保財立刻回家，躺在床上便不想動了。

德全上前看主子睡著了，輕輕把他的鞋襪脫下、褲腳挽起，把藥酒瓶子打開，輕輕塗抹在孫保財受傷的腿上，塗抹完了又把被子蓋上，才悄悄退下。

翌日，孫保財感覺雙腿好了很多，又看了被脫下的鞋襪，知道是德全脫的。

吃過早飯後，他便帶著德全回了湯園。

錢七看著他有些腫脹的腿，心疼得不行，愣是讓他在床上又躺了兩天，等腿部消腫後才讓他下床，但是不許用柺杖，只能坐輪椅。

雖然被老婆嚴管，孫保財心裡還是很歡喜的。

這樣的生活過了十日，沒想到德公公來了。

孫保財到前院見了才知道，太上皇如今在湯山行宮，召他過去覲見。於是讓人跟錢七說了聲，自己跟著德公公去了湯山行宮。

一路跟德公公打聽，得知太上皇已經來了三日，最近太上皇迷上釣魚，這次找他去陪著釣魚。

孫保財聽到這個答案，心裡只剩呵呵。

錢七在後院聽到孫保財去行宮見太上皇，心裡不由氣悶。這皇家人都這麼閒嗎？就算惦記著孫保財，不能等他的腿傷徹底好了嗎？

到了行宮，孫保財被直接帶到湖邊水榭，一看太上皇還真坐在那裡釣魚，就是姿勢像是在睡覺，這樣真的能釣到魚嗎？倒有點姜太公釣魚的意思，願者上鉤。

他上前給太上皇見禮問安。

太上皇見孫保財來了，讓他過來陪著一起釣。

他在這湖裡釣了兩天魚，一條都沒釣上來，心裡鬱悶，想起了孫保財就在這附近，所以才讓德公公把他找來。

現在兩人離得這麼近，應該多見面才是，他對孫保財腦子裡的念頭一直很有興趣。

孫保財一看還真給自己拿了魚竿和椅子，自然不能違背太上皇的意思，所以謝過之後便直接坐下。

他也很久沒釣魚了，拿了點魚餌放到魚鉤上，然後甩竿，一看位置還行，離太上皇的有一段距離，這才放心坐下。

太上皇看他這套動作自然流暢，隨意地問道：「以前總釣魚嗎？」

孫保財正專心看著魚漂，聽到太上皇的問話，轉頭笑道：「是啊，以前我家後院有半畝地的魚塘，沒事時我和岳父總一起釣魚。」

回完話，看太上皇正看著魚竿，他也繼續盯著魚漂。

忽然魚漂動了，他立即收竿。

釣上來的這魚還挺大的，孫保財滿臉笑意，把魚扔在岸上，只是一看沒人來幫忙，只好自己動手放到魚簍裡，又對著太上皇笑笑，重新上餌甩竿，一邊心想這魚也太好釣了，簡直比他家魚塘的還容易，根本沒注意周圍過分安靜。

這時，太監、宮女們真是大氣都不敢喘。他們在這兒看太皇上連著釣了兩天，一條魚都沒釣到，把他們給急的，就連總管讓人晚上偷偷放魚都沒效果。

這會兒孫大人來了就釣到魚，心裡感嘆，這魚都傻的嗎，不知道該往誰的魚鉤上咬嗎？

太上皇看孫保財輕輕鬆鬆就把魚釣上來，不由板著臉，看著自己的魚漂。

等他接二連三地釣到魚，太上皇不僅板著臉，眉頭都開始緊皺了。

等孫保財又釣上一條大魚後，他忍不住站起來，說要換個地方。

孫保財聞言點頭應了，看太上皇坐到自己的位置，便走到太上皇方才的位置，低頭一看，他的魚簍裡一條魚都沒有，這才意識到，剛剛太上皇好像一條都沒釣到……

他抬頭白了德公公一眼。這人不會提前跟他通個氣嗎？太上皇這樣明顯是不會釣魚嘛！

想罷，他開始跟太上皇嘮叨，說自己剛開始時也釣不到魚，後來是岳父給他講解了釣魚技巧，也沒管太上皇有沒有聽進去，逕自說了一通。

德公公看到孫保財白了一眼，不由苦笑。哪是他不想說，是太上皇不讓他說太多。剛剛他一個勁兒地使眼色，奈何孫大人根本不往他這兒看哪！

太皇上聽了孫保財的話，眼裡閃過一絲笑意，卻板著臉道：「這麼說不怕我治你罪？」

孫保財笑道：「太上皇，您是盛世明君，臣要是把您想成氣量狹小之人，那臣才是罪該萬死呢！」

他雖然沒跟太上皇相處多久，但能成為一代賢明君主，在自己的工作崗位上兢兢業業三十五載，這樣一位帝王，氣度胸襟自然不凡。

太上皇頓時笑了。果然找孫保財過來是對的，這小子想的東西確實有意思！

德公公聽了孫保財的話，又看到太上皇高興的樣子，心裡不禁感嘆，孫大人這也太會拍馬屁了！

孫保財索性也不釣魚了，讓德公公拿了把椅子坐在太上皇身邊，等太上皇釣上魚之後，看他高興的樣子，也跟著笑了。

看，這就是退休老人在給自己找樂子。想明白後，他還會說些趣事給太上皇聽，比如以前跟岳父釣完魚，會在魚塘的棚子裡烤魚，伴著晚霞，兩人喝著小酒吃著烤魚，日子多愜意……

太上皇聽了孫保財說的話，覺得挺有意思，也讓德公公找了御廚，按照孫保財說的做烤魚。他也想體驗釣了魚便烤來吃是個什麼滋味，便讓孫保財繼續說家裡的事，只管暢所欲言，今天無論說什麼都不會治他的罪。

德公公也高興地應了，今天是太上皇這些日子以來最開心的時候。

孫保財聽太上皇讓自己隨意說，還說無論說什麼都行，那他就說了些在紅棗村的事，也說說紅棗村現在的樣子。

因為有些小私心，便努力地描繪田園生活有多美好，力求讓已經退休的太上皇愛上田園生活，進而讓他兒子放過自己。

如果太上皇知道孫保財是這樣的念頭，一定會跟他說「你想多了」。

作為大景朝最尊貴的人，普天之下都是他景家的，他不也是到了花甲之年才過上悠閒的生活？年輕人一定要做年輕人該做的事，詩酒田園生活，等到他這年紀再過也不遲。

# 第八十三章

太上皇對紅棗村開辦村學的事有印象，當時覺得挺有意思，後來政事一忙，也就把這事給忘了。

現在聽孫保財說起，紅棗村從六歲到十二歲之間的男娃，都要在村學讀完啟蒙書，紅棗村的村學夫子除了啟蒙書籍，還會教孩子們算學，如今村裡的男孩子都能讀、能寫、能算，一個小村子能做到這樣，心裡還是挺驚訝的。

這樣下去，豈不是以後全村的男子都能讀寫算？

想著紅棗村能做到這樣，最主要是村學是村裡蓋的，而且對本村的孩子不收取費用，請夫子的銀子也由村裡出；不但如此，村裡還會給去村學讀書的孩子們提供一套啟蒙書籍。為了鼓勵孩子們讀書，亦設立了各種獎勵。村裡能做到這些，是因為當時邵明修當知縣時，批了一塊荒地給紅棗村作為集體用地。這地還用了什麼分期付款，五年內把這荒地的銀子給衙門付清。

村學和村裡修路的費用，就是從集體用地出的。有意思的是，村裡為了監督集體用地出產的去處，還成立了村委會，光是聽著這村子，簡直就是大景朝村子的榜樣嘛！

這些奇怪新穎的方式，不用問都知道，大多數跟孫保財有關，當下便來了興趣，讓孫保財詳細說說當時為什麼這麼做？

孫保財看太上皇想聽，就詳細說了一遍，想著如果能引起皇家人的重視，也是一件好事。全民開啟民智對朝廷有利，也能促進社會快速發展，至於能發展到什麼程度，到時就真的很難說了，或許會出乎所有人的想像吧？

現在大景朝的盛世景況，是太上皇一手締造的，新皇如果沿用現今的模式，要突破太上皇的政績很難，頂多只能維持吧，這樣下去的弊端就是某一代皇子太過平庸，那麼國力衰弱便是必然的。

但話又說回來，想要教育普及，不能只靠現在的官學。大景朝的官學還是縣學、府學、太學三種類型，每縣一所、每府一所，到太學這裡已是全國一所。

整個國家只有一所大學，這真的正常嗎？這樣的教育環境，成本高不說，還完全不利於社會的發展，只能讓少數人讀書、少數人做官，大部分百姓還不是過著苦哈哈的日子？

可能是太上皇一開始時說了，今天可以暢所欲言不治罪，所以孫保財把這些放在心裡很久的話都說了。

他從來不認同古代的封建統治，使用不開啟民智、愚民政策的手段達到王朝長足發展的目的。哪個王朝的興衰不過兩、三百年，愚民政策愚弄的不過是勞苦百姓，最後推翻王朝的領頭人，多數還不是那些勢大的家族？

看太上皇被自己的言論說得愣了，孫保財才意識到自己剛剛說得太高興。嗯，是說得有點多了。

孫保財一看太上皇此時正若有所思地望著自己，當即呵呵一笑，解釋道：「太上皇恕罪，以上不過是臣的個人觀點。」一真尷尬，雖然說可以暢所欲言，但是他好像太實在了。

太上皇看著他，認真問道：「你真覺得開啟民智對本朝有利嗎？說一說為什麼？」

孫保財的話語中，給他描述了一個自己沒想過的盛世先河。

當了三十五年的皇帝，他自然最清楚眼下的情形，和將來要面對的問題。在退位前一晚，這些都跟皇兒徹底聊過，相信皇兒對孫保財說的話也會感興趣。

孫保財觀察太上皇面色並無責怪的意思，輕輕呼出一口氣，笑道：「臣認為開啟民智教育，應該作為一個國家長久的大事來做。開啟民智是在為朝廷培養人才，一個國家的教育強，綜合國力則強。要想使國家人才濟濟，各項事業繁榮、蒸蒸日上地發展，就必須建設開啟民智的教育事業……」

如今的科舉制度能為朝廷培養的是官吏，但是不利於其他行業的發展。古語有云：三百六十行，行行出狀元，現在的手藝之人過於敝帚自珍，很多好的工藝不但得不到發展，還面臨著失傳的風險。

如果全民開啟民智，也多一些教授農民手藝的學校，這樣讓各個階層的人找到自己定位不是很好？有天賦、願意讀書的繼續讀書，沒有讀書天賦的也能學一門手藝養家，如此這些人只會對朝廷皇家感恩戴德。

孫保財看著太上皇認真地道：「一個國家要依靠各種行業的人才支撐，才能夠做到真正的繁榮富強。」

說完這話，只見太上皇笑了笑，也沒說話，又去釣魚了，不由眉一挑，心裡納悶。這是聽進去了，還是沒聽進去呢？

說了這麼多，也是想這位能聽進去，到時跟他兒子說說，如果這事能成，他也算是為這裡的百姓做了點事。

可太上皇這樣平淡的反應，感覺一拳打在棉花上，孫保財心裡升起一股無力感。

他整理了心情，看德公公帶人把燒好的炭火拿到水榭裡，跟著的人陸續把燒烤的東西搬過來，瞄了眼太上皇還在專心釣魚，他索性起身走過去，讓德公公給他再弄一套烤具炭火。

等德公公吩咐人去做了，又在德公公耳邊小聲吩咐，讓他去問太上皇要不要把他釣的魚烤了？說完順便讓旁邊的人把自己釣的魚先去收拾，一邊看御廚把各樣調味料擺上，小聲問著這都是什麼東西？

等會兒他打算自己烤。雖然他烤的魚沒有錢七烤的好吃，不過這東西在他看來，要的是過程，感受的是親自動手的樂趣。

德公公聽了孫保財的話，覺得太上皇要是吃了自己釣的魚，肯定會高興，想著還是孫大人懂得聖心。

於是過去詢問，果然看太上皇高興地應了，招呼小太監拿著盆子過來，把太皇上釣的魚裝走。

德公公看太上皇釣上了三條魚，心裡對孫保財更是佩服。

孫大人要是不來，太上皇要是始終釣不上魚，後果簡直不敢想像；這要是再把身體氣壞了，他們這些人的好日子也到頭了。

皇上給他們的旨意是盡心伺候太上皇，不得出現一絲岔子，所以剛剛看太上皇釣上魚時，心裡真的是鬆了口氣。

孫保財等自己的魚收拾好了，炭盆和烤架也送來了，拿了個小扇子，開始搧火烤魚。

他們在下風處，煙氣是往下走，不會飄往太上皇那邊，等會兒頂多只會聞到魚香味，心裡佩服這些人的細心，連這麼點小事都能注意到。

那邊的御廚也正在精心烹飪，兩人不時交流心得。

等魚烤好了，先給太上皇送去，孫保財拿過一條魚再接著烤。看他們烤的魚先被內侍嚐過才端給太上皇，知道這是在試吃，雖能理解，就是覺得有些怪異。

如此美味竟然是別人吃剩的……噗，他想得有點多了。

太上皇嚐過後，覺得還是御廚做的好吃，讓人把這話傳給孫保財。

孫保財哪裡用人傳話，總共就這麼大的地方，太上皇說話又沒有刻意壓低聲音，聽不到才怪。於是笑道：「臣做的自然沒有御廚的好吃，臣享受的是烤魚的過程。」

他要是比御廚的好吃，那御廚也該失業了。

太上皇聽了他的話，覺得也有道理，於是起身走了過來。

孫保財乖覺地起身，把位置讓給太上皇，自己拿了個小凳坐下，在旁邊指導下太上皇怎麼烤；又讓人把太上皇親自釣的魚拿過來，讓他老人家親自烤。

主要是讓他感受自己動手的樂趣。被人服侍的生活自然很好，但是偶爾動手體驗一番，也會覺得挺有意思的。

太上皇嚐了一口親自烤好的魚，雖然不好吃，但是心裡頗有滿足，有些明白孫保財的意思了。

這般又烤了一條魚，讓德公公給蕭愛妃送去，起身對孫保財吩咐。「明天你吃過早飯過來，咱倆還釣魚聊天。」說完便擺駕回去。

在這裡一上午也是累了，回去午休會兒，休息了再找愛妃下棋。只是午休之前，又讓影衛回宮一趟，把他和孫保財說的話跟皇上複述一遍。

孫保財聽太上皇這麼說也只能應了，恭送他老人家走了之後，才拄著枴杖往回走。

上了馬車，想到太上皇對他下達的命令，明白這是要做一段時間的陪聊了。

新皇此時正在御書房裡批閱奏摺，看父皇身邊的影衛來了，放下奏摺示意他說話。

聽完影衛的話，他不由陷入深思。

他沒想到孫保財能說出這番話。他至今都沒弄明白，到底是什麼養成了孫保財這般奇特的思想？

開啟民智談何容易，但是一旦持續地做了，那麼成果確實非常可觀，他承認這事很有吸引力。

不管是誰做皇帝，都想成為千古一帝，哪個皇帝不想皇朝綿延千秋萬代？但要做到這樣又是何其難，就像他想做得比父皇還好，幾乎是不太可能的事。

但是現在，孫保財給了他一個希望。

想到這兒，他眼眸裡閃過一絲笑意。孫保財最擅長給人畫大餅，如今竟然給他也畫了一個！

孫保財就這樣陪著太上皇聊了一個月，直到腿都不用拄枴杖了，這樣的生活才結束。其間的培訓師鋪子開業等事，都是由錢七出面，在開業前，給各大有名望的大臣或權貴家中發了請帖。

錢七回來說，凡是發帖的人家都送了賀禮，當日還有一些沒送請柬的宗室也來送禮。對此孫保財也知道，這是自己一直做陪聊的回饋。

對於太上皇這樣行事，他心裡自然感激。上位者能善用取捨之道，是這裡百姓的福氣。如今東城鋪子的生意很好，也明白有些人是看在天家的面子，在照顧鋪子的生意。

一個月後，孫保財送走太上皇，本以為能好好陪陪家人。這段時間他忙著陪太上皇，忽略了兒子，小東西奶聲奶氣地說想他，把他的心都弄軟了。沒想到剛陪了兒子兩日便接到旨意，讓他兩日後恢復上朝。

皇家這對父子這麼剝削人，這是要鬧哪樣啊！剛把老子送走，小的又來信了，他心裡忍不住嘀咕，陪老子一個月也沒見兒子給個工錢！

可對於這旨意，就是有再大的意見也不能說出來，孫保財平復了會兒，回去跟錢七說了回京的事。

錢七看他一臉鬱悶的模樣，有些好笑。都多大的人了還這般孩子氣。又想著最近的身體狀況，忍不住笑道：「回去也好，這裡待的時間也滿久了。」

兩人來這裡之後，一開始時泡溫泉泡得勤了些，後來有了備孕的念頭，就停止泡溫泉。最近就算孫保財纏著她，都被她用各種藉口給推了。

孫保財聞言，一臉疑惑地打量錢七，眉頭微皺地看著她道：「妳是不是有什麼事瞞著我？」

仔細想了下錢七最近不對勁的地方。明明以前願意泡溫泉的人，怎麼自從他腿好了後就不泡了呢？好像就剛來時泡了幾次，後來便沒了，他以前沒多想，現在想來處處透著怪異。

錢七嘻嘻一笑，瞄了眼孫保財，只道：「你猜。」說完不再理會他，逕自收拾東西。

孫保財皺著眉，前前後後想了一遍，猛然睜大眼睛，難以置信地看著一臉笑意的小女人。

我去，被這個小女人給算計了！怪不得那幾天……

他走過去摟住錢七的腰，在她頸部吻了一口才道：「多久了？」說完忍不住將手放在她的小腹上。這裡又有小寶寶了……

「一個半月吧，脈象還不太明顯呢。」

但是她確定自己有了，就是心裡有一種感覺。兩人也該再要一個孩子，她想要個女兒，這樣就沒有遺憾了。

孫保財只能寵溺道：「妳啊，拿妳沒辦法。」

他本來不想要孩子，覺得一個孩子就可以，過了當爹娘的癮，也留後了。多一個孩子就是多一分牽掛，可就算不想再要，這會兒有了，自然只能歡迎了，想著到時多做些準備。

兩人黏糊了會兒，孫保財才幫著錢七收拾東西，除了讓她整理衣物之外，其餘的都交給他來弄。

錢七無奈，可這會兒不能違背這傢伙的意願。

等孫保財收拾完東西，又把兒子找過來叮囑一通，就怕這小子沒輕沒重地傷到錢七了。

孫屹一聽以後要有個弟弟或妹妹了，高興得直嚷嚷要跟弟弟一起踢球。

錢七好奇問道：「那要是妹妹怎麼辦？」

沒想到孫屹亮出小胳膊，說要保護妹妹，誰要是欺負妹妹就揍他，惹得兩人一陣笑。這都跟誰學的啊?!

孫保財抱起兒子親了下，表揚道：「屹哥兒說得對，妹妹要保護。」

一家人笑鬧了陣，吃過晚飯，在莊子裡逛了逛，第二日便踏上回京的路，趕在午時前回到了家。

德全如今主事東城培訓師鋪子，湯圓也有連總管照顧，以後他們會每月來一次做彙報。

錢七懷孕了，他也不想她操心這些事，兩人都是宮裡出來的人精，該怎麼做他們明白，反正他現在是挺信任他們，希望以後也能信任他們。

回來整了行李，一家人簡單地吃了午飯，孫保財把家裡安頓好，等錢七午睡之後，才去詹事府找邵明修。

皇上的旨意是讓他明天開始恢復上朝，但他現在有點不懂這是啥意思，所以想著找邵明修問問。

到了詹事府，這裡的人知道他和少詹事的交情，所以也沒有通報，讓他直接進去找邵明修。

邵明修聽到腳步聲，一看是孫保財，見他自顧自地坐下，納悶道：「什麼時候回來的？怎麼來這兒找我了？」

皇上現在有五個兒子，兩個仍在襁褓中，看不出資質；其他三個開蒙的，資質都一般，所以這太子人選有得等了，可以想像未來幾年，詹事府會是最清閒的衙門。

他們詹事府每日這麼清閒，竟然還有人羨慕，聽吏部的人說不少人想進詹事府。但沒事幹就代表沒政績，到時考評時最好的就是個平，也不知那些人腦子裡在想什麼？

孫保財給自己倒了杯茶，喝了口才回話。「今天中午剛到家，吃過飯就來看你了，你別太感動。」

邵明修白了他一眼，道：「說不說隨你，不說就喝茶，茶水管夠，你別太感動。」

孫保財朗聲一笑，也不開玩笑了，跟他說了來意。「皇上讓我明天上朝，我這不是沒底嗎？所以來問問你。」

明天是大朝會的日子，讓他上朝，也不知會是什麼事？

邵明修皺眉想了會兒才道：「明天朝會完事，如果皇上不派人找你去御書房的話，那就是提醒你，傷養得差不多就回來吧，別以為窩在湯山莊子，皇上就想不起來你了。」

說完看孫保財瞪著自己，對他挑釁一笑，然後才正色道：「如果叫你去御書房，那就說明有事。至於是什麼事，明天你就知道了。」

又想到太上皇在湯山行宮待了一個多月，問孫保財被召見了嗎？聽了邵明修的話，孫保財多少對明天有個底了，聽他問起湯山的事，簡單說了下當了一個月陪聊的經歷。

陪著太上皇說話聊天、釣魚、下棋，其實也挺有意思的。這一個月裡，讓他感受最深的，是這位睿智老人說的隻言片語總是蘊含著深意，讓他受益匪淺。

邵明修聽孫保財跟在太上皇身邊一個月，太上皇是喜歡他才頻繁召見吧？想到這裡，他仔細瞧孫保財，怎麼看自己都比孫保財俊逸。這小子長得頂多清秀，沒看出有什麼出奇的地方，怎麼就這麼招帝王待見呢？

孫保財得意笑道：「這叫人格魅力，你啊，沒有，所以不懂。」說完笑著起身。「明天見。」

翌日，孫保財睜開眼時，外面的天色還未亮。

他親了下還在熟睡的錢七，又在床上賴了一會兒，不得不起了才輕手輕腳起身。早上四點起床，對他來說真是件痛苦的事。

在莊子時，太上皇沒召見，每日都能睡到自然醒，就是後來每天去陪太上皇，也能睡到六點再起。

洗漱好穿戴整齊，他簡單吃了點早飯，出門時天色剛矇矇亮。

往皇宮的一路上，孫保財也遇到不少騎馬、坐轎的人從身邊過去，特別是有些騎馬的官員，還會回頭看他一眼。

他也知道他們為啥回頭看，還不是因為自己的馬太慢？但他騎馬的技術水平一直沒提高，貿然提速要是再摔下去，他的腿就白養了這麼長時間了。

到了宮外，把馬交給內侍，他緩步往前走，一直走到邵明修身邊才停下。這時，宮門開了。

邵明修對孫保財表示佩服，這時間掌握得剛剛好。

孫保財也挺詫異，心裡道了句好險沒晚了，明天還是早些出門吧。

之所以又站到邵明修跟前，是他確實也不知道自己該站在哪裡？他現在也沒個官職，只能在四品這裡找個地方站著。

很多人都注意到孫保財來了，看他腿傷好了，也明白這會兒應該是要起復了，只是猜測孫保財會去哪個部門？

說心裡話，誰都不太願意跟他一個部門，就怕跟他太近了，再被抓到把柄。

等到朝會結束，孫保財剛想往外走，皇上身邊的全喜公公便過來了，只道：「皇上召見兩位大人去御書房覲見。」

# 第八十四章

孫保財和邵明修對視一眼，也看到邵明修眼裡的疑惑。

邵明修沒想到還跟自己有關，不知道會是什麼事……

兩人來到御書房叩見皇上，聽到皇上說了平身，這才起身。

景禹看著下面兩位年輕的臣子。這兩人都是他當太子時的班底，可以說有了他們，登基的路順暢不少；特別是孫保財還救過自己，本該重賞，不過他想到父皇說的話，決定還是再等等。

「前兩日，太上皇回宮跟朕長談一番，朕想了兩日，決定採納孫愛卿的建議，開啟民智教育，應該作為一個國家長久的大事來執行。所以今日叫兩位愛卿前來，就是把這事交給你們。」

父皇回宮後，兩人主要是討論孫保財提出的「開啟民智強國」觀點。他和父皇從多個方面假設，最後得出的結論跟孫保財說的差不多。

起初，他也想不通孫保財怎麼會想得這麼遠？這完全不像一個在村子裡長大的人能有的遠見。不過後來父皇說，有些人能早早看透人生的真諦，過多糾結又有何意？

想到孫保財一直表現出來的通透，年紀輕輕已然看透功名利祿，心裡也就釋懷了，可能有些人天性如此吧！

孫保財說過一句話，開啟民智是在為朝廷培養各種人才，一個國家的教育強，則綜合國力強，這話觸動了他，他和父皇細想過之後也都認同。

綜合國力的意義讓他和父皇談了半夜，這個詞很陌生，卻形容得相當貼切。

父子倆商量的結果，就是把這事交給孫保財和邵明修執行。

孫保財是提議的人，自然少不了他，沒人比他更瞭解這差事該如何做；指派邵明修則是因著他近兩年會比較閒，與其讓他在詹事府閒兩年，還不如讓他跟孫保財一起做這事，兩人也能商量著來。

孫保財聽了這話，心裡真是喜憂參半。喜的是皇上採納自己的意見，對全民開啟民智普及教育，也不枉他跟太上皇說了那麼多。

憂的是，為什麼把這事交給他呢？而且他心裡有個不好的預感。

邵明修一聽跟孫保財有關，暗自瞪了他一眼。

昨天這人說了一通廢話，這麼重要的事都沒提前跟他通個氣，弄得這會兒他沒徹底明白究竟是何意？

不過即使雲裡霧裡也要領旨謝恩。兩人跪下謝恩，表達了一番忠心，定當全力做好皇上交給他們的差事。

雖然現在還不是太明白這事該如何做，心裡自然希望皇上給個明確的指示，最好有個辦法啥的。不過隨著皇上接下來的話，也知道自己想多了。

景禹看著兩位愛卿，滿意地點點頭，跟他們說了差事的內容，說完便把聖旨給他們，讓他們回去準備下，三日後啟程。

至於如何做，讓他們兩人自己制定辦法，他只看結果。

這般決定也是想看看孫保財的提議是否可行？如果可行，他自然會大力支持。

孫保財同邵明修捧著聖旨出來，臉上沒敢表現出什麼，但心裡對皇上不斷吐槽。景家這對父子是他見過最不要臉的！剛剛皇上封他和邵明修為欽差，負責大景朝的開啟民智教育、建設等事，這大帽子扣的，他第一次知道欽差這種臨時任命的官職，還能做這種短時間根本做不完的事。

除了一張聖旨，其他什麼都沒給，聖旨的內容除了任命他們為欽差，就是點明可以讓地方官員協助等等，一不給錢，二不給人，還讓他們先找個地方開展，等做成了，朝廷自會頒布政令，讓其他地方仿效；到時兩人可以分開，各自去其他省府監督。

兩人出宮，去了詹事府商議。

邵明修讓人沏了壺茶，等人出去後，才看著孫保財道：「說說吧，你都跟太上皇說什麼了？」

這差事接得莫名其妙，雖然他有點猜到皇上為什麼讓自己跟著孫保財辦這差事——還不是因為他在詹事府太閒了，加上還考慮了他跟孫保財的關係等等。但他不知道這差事的具體內容，皇上只說了那麼幾句，所以這事只能問孫保財了。

孫保財把自己跟太上皇說的，關於普及教育興國的論調說了一遍。

雖然如今看著像他給自己挖了個坑，但他也沒後悔跟太上皇說這些話。對於教育普及這樣利國利民的事，不管成不成都該去試一試。剛剛心裡吐槽皇上，也是一時不忿，忍不住在心裡叨咕幾句。

邵明修聽了，陷入深思，越想越覺得這是對百姓、對朝廷都有利的事，要是做成了必然會福澤後世。

想明白後，他笑道：「這是好事啊，怎麼還愁眉苦臉的？」這小子腦子怎麼長的呢！

孫保財無奈地看了邵明修一眼，忍不住道：「我知道這是好事，可你不覺得這事靠咱倆，什麼時候能做成啊？」皇上就不能給一些人力、財力的支持嗎？更讓他糾結的是，這差事就跟出差似的，要長期在不同地方奔走。

錢七現在又懷孕了，不可能跟他走，兩人豈不是從此過上分居的日子？最主要的是老婆懷孕，自己不能陪在她身邊，讓他心裡非常不好過。要是分娩時他沒趕回來，萬一再……想到這裡，他也不敢再想下去。

但也知道事已至此，不能改變，只能想法子解決。

他覺得走之前有必要先跟皇上請好假。不管如何，錢七生孩子時他一定要回來陪著她。

邵明修聞言一笑。「皇上不是給了聖旨嗎？而且咱倆還是欽差，是在代替天子做這事，不管到哪裡，各地官員都得配合。」

皇上並不是沒給支持，給了他們欽差身分，那道聖旨便能發揮尚方寶劍的作用。

孫保財眉一挑，看著邵明修道：「你的意思是，各地衙門會出錢蓋學堂了？」要是這樣那還行。

邵明修想了下，搖頭道：「朝廷沒撥這筆銀子的話，各地衙門怎麼有錢蓋學堂？」就算有錢，人家也不會出，銀子要他們自己想辦法。

對於這個他倒不太擔心。孫保財有弄錢的辦法，再說這事只要他們拿出詳細規章，皇上肯定會支持的。

孫保財聞言也不再糾結這事。船到橋頭自然直，到時再想辦法吧！只是跟邵明修說了錢七懷了身孕，讓他跟他夫人說一聲，到時照應一下。

因而得知邵明修的夫人也懷上了，自然是一番恭喜才又言歸正傳，開始說起這差事如何做？

兩人先互相溝通下想法，到時也好制定辦法。按照邵明修的說法，到時缺錢了，可以用這個跟皇上要錢。

大致溝通好，孫保財也跟邵明修說了，自己回去寫份章程，明天進宮給皇上看看，說完便起身告辭，他還要回去跟錢七說這事。

皇上給他們三日的時間準備，能陪著家人的時間就這麼一點了。

回了家，錢七聽完孫保財的話，認真地拍了拍他的肩膀讓他好好幹，一定要做出成績來。

如今皇上等同於把變革的機會交到孫保財手裡，可能這樣的機會也只有這一次了。

孫保財在回家的路上也想了不少，就是沒想到錢七是這個反應，忍不住上前把她的嘴堵住，真是氣得他小心肝都疼。

他抱著錢七坐下，忍不住開始跟她嘮叨他走了後要注意的事。錢七靠在他懷裡，眼含笑意地點頭應著。

她不想孫保財因為自己而放棄。這麼多年，孫保財為了她、為了家，做得已經夠了，如今有這樣的機會，她能做到的就是全力支持他，不讓他有後顧之憂，讓他完成想做的事。

孫保財說著說著，看錢七始終好脾氣地應著，不由深深嘆了口氣。「妳記住，千萬別讓自己有事。」

錢七在孫保財唇上輕輕一吻，眼裡盡是柔情地看著他。「放心，你也放開了手腳去做，別讓自己後悔。」

孫保財等錢七午睡了，獨自坐在椅子上深思，久久才嘆了口氣，攤開宣紙，開始寫起教育普及的辦法。

錢七說得對，這樣的機會可能只有一次，如果他不能把這事做成了，那麼即使別人不知道，他心裡也會背上沈重的負罪感。因為沒有人比他和錢七更明白這意味著什麼，他也是打從心裡感謝景禹皇帝能作出這樣的決定。

翌日上午，孫保財帶著寫好的計劃，進宮裡見皇帝。

在御書房裡，他把自己寫的辦法遞給景禹。

在這份普及教育的辦法裡，闡述的是針對普通百姓開啟民智的方式與方法，是他結合大景朝現在的情況，制定了一份執行度較高的辦法。

皇上看過之後，如果認同，那麼教育普及的實行就成功了一半。畢竟皇上認同了他，自然會去搞定他的臣子。

景禹仔細看了孫保財寫的東西，很滿意，對現有的制度沒有多少衝突的地方，便讓全喜遞還給孫保財，讓他按照自己寫的去做。

孫保財看皇帝滿意，心裡也鬆了口氣，便乘機提出想在夫人生產前趕回來，陪夫人生產的事。

景禹聽了，怪異地看了孫保財一會兒。女人生產他要陪著？可最後仍是准許他回來陪半個月。

孫保財從宮裡出來，回家後就不再出府，整日在家陪著錢七和孫屹。

只是即使再不捨得，離別的日子也到了。

走的這一日，孫保財沒讓錢七送別，自己坐著馬車到了城外。

不遠處有一隊人馬，便是邵明修帶的人。兩人約定好，由他帶著護衛和一些得力屬下；而孫保財不想帶官宦和侍女，畢竟帶了用處也不大，就帶了個趕車的人。

兩人乘邵明修的馬車出了城，孫保財把寫好的辦法遞給邵明修，等他接過，自己看著車窗外想事情。

邵明修看他的意思是先找個縣做試驗點，試驗點的意思在辦法裡面有寫，先把一個縣做好教育普及，然後在各府裡全面推廣，跟東石縣當初推廣稻田養魚模式有點像。

合上章程，他看著孫保財，把這疑問問了出來。

孫保財解釋道：「對，咱們要做的就是以點蓋面。選擇縣城主因是縣城小，咱倆比較好掌控，相對來說也比較容易。而且縣城最具代表性，咱們只要把縣城的試驗做好了，到時按照這個成功模式再去複製。」之後由朝廷出面便會容易許多。

他進宮時也給皇上看過這辦法了，到時開辦的縣級學校會由官府接管，他打算取名叫綜合官學，由官府統一管理。這些建設好的綜合官學類似現代的九年國民義務教育，區別在於學校前期教授啟蒙書籍，後期教授的是各項技能，有點像古代的技職學校。

以後的課程會比較複雜，所以叫綜合官學比較好聽，也較好理解。

如果成績優異且想走仕途的，也可以去私塾或去縣學繼續讀書。這樣做也是考慮到大景朝的科考制度。科舉制度被沿用了上千年，可不是兩張嘴皮一碰，說廢除就能廢除的。

何況科舉制度根深柢固，朝廷所有的官員全部是士族，百分之九十以上的官員都是透過科舉制度做官，這些人要是真鬧起來，估計連皇上都頂不住，到時教育普及也就是一句空話。

得先把這件事做好，至於以後的事誰說得準呢？

任何事情發展到一定程度，改變是必然的，只是不知道他還能不能趕得上？所以他制定的教育普及制度跟現行的科舉並不衝突，還有些相輔相成，這樣實行起來的阻力會小些。

至於各地村子仿效紅棗村，由官府核售集體用地，費用採取分期付款方式償還。取得的收益主要用於村學開銷，餘額可以建設村子，到時也會像紅棗村一樣建立監督問責制度。

邵明修聽了，點頭表示明白。皇上雖然是封了兩人為欽差，但是這事明顯要以孫保財為主，到時不懂再問他吧！

至於試行地點，孫保財第一個想到的就是金安府的安縣。也沒啥特殊原因，就是印象深刻，因為那裡是前右僉都御史林泰遇害的地方。

他對其他地名也沒印象，也不可能回去臨安府境內找哪個縣城試驗，所以當時並沒多想，就把安縣寫在辦法裡了。

還有一個原因就是金安府的同知是莫宸翰，有時間的話，他想去看看莫大夫夫婦。

孫保財走了，錢七一時好不習慣，身邊沒個人纏著，寂寞感特別強烈。

屠十三娘已經開始教孫屹一些簡單的招式，現在他每天都要練習，只是對他來說，這更像是做遊戲。

反正他沒事時就練習招式，那副認真的小模樣特別可愛，特別是知道自己可能會有個妹妹之後，明顯玩的時候少了，練習的時候多了。

錢七看不下書，只好到案前鋪上宣紙練字，寫了幾張，心裡才沈靜下來，直到寶琴進來才停下筆。

一聽是老家來的信，她高興地打開，沒想到內容是公婆帶著祥子來京城，由她五哥相送。

她看信上的日期，是在十天前出發的，說會走水路過來，心裡算了下他們的路程時間，應該還有五日左右才會下船。

她跟寶琴大致說了下情況，讓她收拾下，到時去港口接人。

等寶琴走了，她又出去吩咐人收拾房間。祥子和五哥肯定要住前院，祥子今年也該有十四了吧，大小夥子住在前院比較適合。

前院的房間一直空置，也要好好打掃一番，還要通風才行，到時再拿些東西佈置一下。至於後院空置的房間都是三日打掃一次，因時常通風，只要再佈置下就可。

對於爹娘沒來，心裡還是挺遺憾的，明白他們跟公婆的想法不同，也有可能是不想離開村子長途跋涉吧？上了年紀的老人講究故土難離，不知公婆怎麼想通了，是不是跟他們寄的信有關？

當初去湯山莊子前給家裡寫過信，想讓四位老人過來京城跟他們同住。當時她在信裡表明，如果同意了，來封信，他們派人去接。沒想到現在他們自己過來了，多少有些感傷。孫保財沒見他們一面就走了，也不知這人什麼時候能回來？

不會真要等她生產時才能回來吧？那樣的話豈不是一走就是八、九個月……

劉氏這會兒正在船上，她是第一次搭船，心裡新奇，倒也沒有暈船的情況，和孫老爹每日都要到甲板上看看。

他們這次出來，打算在老三家養老了。

她和老頭子之所以作出這個決定，也是因著家裡事多。

自從老三當了官以後，村裡有些人沒事總往他們跟前湊合，他們老倆口要是幹點啥吧，總有人搶著幫他們幹，還說他家三娃子現在是四品大官了，作為四品大官的爹娘，怎麼能幹活呢？

不管他們怎麼拒絕，這些人就跟聽不見一樣，弄得她和老頭子彆扭，總覺得現在的紅棗村跟以前的紅棗村不一樣了。以前雖然窮，但是那裡是家，現在卻讓他們這把老骨頭想逃離。

跟他們相比，親家那邊還好，他們孫家就像被一幫人盯上了似的。

而老大和老二家也有人去吹捧，那茶寮攤子如今整日人流不斷，都是村人沒事就過去找老大、老二閒聊，弄得生意反而難做，偏生老大和老二還不好意思拒絕，說都是鄉里鄉親的得留情面，他們的媳婦也被村裡那些婦人給捧得快找不到南北了。

一個個都說不聽，說了也沒人聽，正好老三媳婦來信，親家說讓他們來老三這裡，他們一合計，索性就作了這個決定。

就像親家說的，來這裡最少能得個清靜。

至於祥子，是這孩子自己要求跟來的，他爹娘捨不得，說這馬上要訂親，來京城要再耽誤了。但這孩子一心想出來看看世面，最後老大兩口子沒拗過這孩子，只好同意祥子跟來。

她心裡是樂意帶祥子過來的，這孩子要是跟著老三，說不定還能有個出息。

錢五這會兒正跟祥子說話。這小子的書沒白讀，現在說話一套一套的，聽他說以後想跟著他三叔多學學，不想回紅棗村了。

對此他支持，人往高處走嘛，祥子能有這念頭不錯。

錢五拍著他的肩膀道：「你三叔肯定會管你，這話我以前都聽他說過，但是你也要爭氣些，別學村裡那些目光短淺的人，總想著走近道。」

他也不好直接說是祥子他爹娘，只能這麼提醒他。

祥子聞言，點點頭表示明白。他也是受不了村裡有些人對他們家的態度，夫子擔心他受影響，早就提醒過他，還跟他講了好多道理，他一直記在心裡。

# 第八十五章

這天，寶琴正站在碼頭，留意著從船上下來的人。

這趟從臨安府過來的客船是五日一趟，所以主子的爹娘過來的話，必是坐這趟船無疑。

等她看到劉氏，立刻笑著迎上去，表明是錢七讓她來接他們的，幾人寒暄了幾句，便帶著他們上了馬車。

錢七算著日子讓門房盯著些，要是看到寶琴趕著馬車，立刻回來稟報。

這幾天，她讓廚房多備些菜，人沒回來就讓大家分著吃了。

家裡能來人，她心裡高興，總想著準備最好的。也不知這是個什麼心情，按說她也沒出來多長時間，就是心裡惦記他們，特別想知道家人的情況。

這會兒她跟兒子正在堂屋裡；也是這幾日才養成的習慣，這樣要是人來了，她才能第一時間知道。

她正拿了本三字經圖冊給孫屹，讓他給她講故事。

孫屹正努力找書上認識的字和圖案，找到認識的，回想錢七給他講的內容，然後磕磕絆絆地說給錢七聽。

錢七看兒子雖然說漏不少地方，但是能說出大概意思。這樣就可以了，她不強求屹哥兒能全部說對，只是想讓他加深印象，也讓他練習語言能力。

等孫屹講完一個故事，錢七就會誇獎他幾句，然後等他高興地找下一個故事來講。

孫屹也喜歡玩這個遊戲，努力把自己想起來的都講給娘聽。

這時忽然聽到一陣腳步聲，只見門房匆忙跑來，錢七知道這是人到了，起身對孫屹道：「走，先跟娘去接爺爺、奶奶他們。」說完牽著兒子的小手往外走。

他們到門口時，寶琴剛好停下車。她笑著跟先下車的錢五和祥子打招呼，讓孫屹叫人。等祥子扶著孫老爹下來，打過招呼後，又親自扶著劉氏下了馬車。

劉氏在路上聽寶琴說了，老三領了個出京的差事，前幾日剛走，心裡雖然有些遺憾，但是更多的是高興。能得到皇上的重用，可是三娃子幾輩子修來的福氣。她想著三娃子能有如今的造化，晚上睡覺有時都會笑醒。

又笑著跟錢七說了兩句，看到孫屹，忍不住抱起來一陣稀罕。聽他奶聲奶氣地喊奶奶，心裡更是高興，臉上笑開了花。孫子還記著她呢！

錢七招呼大家往裡走，把人迎進了堂屋，讓人把行李放到準備好的房裡。

錢七看老倆口稀罕孫子，沒空理她，索性轉過身跟錢五和祥子說話，主要是問些家裡事、爹娘身體如何？這次為何沒一起來？

錢五笑道：「爹娘捨不得離開村子，身體都很好，妳不用擔心。」

主要是家裡的孫子輩都在跟前，這老人啊，每日看著這些孩子心裡安生，這也是錢老爹說的。再過兩年，大哥家的老大也該成親了，兩位老人更是不想離開家。

錢五跟錢七說了遍，也說了下家裡的近況，錢七聽了也理解。只要他們高興就好，年紀大了就照他們的心思過吧，不是讓老人按照他們的意思過活。

她跟祥子說了幾句，見這小子一本正經地說，他投奔他三叔來了，錢七噗哧一笑。「你三叔暫時指望不上了，還是暫時先投靠你三嬸吧！」

看祥子被她逗得不好意思，不由更開心，打算過兩天跟祥子好好談談，看看他想幹什麼？如果以後想幹些營生啥的，可以交給德全，讓他教教祥子。

大家聊了一會兒，錢七看公婆臉上有些倦色，讓大家先回房間休息。

錢五回了屋也睡不著，因著在船上沒事幹，多數時候都在睡覺，現在哪裡睡得著？索性出來到門口找門房閒聊，主要是想打聽下京城有什麼好去處？他在這兒待不長，打算過幾日就回去，想著給家人買些京城的小東西帶回去。

錢七從廚房出來，聽錢五在跟門房聊天，索性讓人把他叫到前院書房，兩人說會兒話。

她等錢五進來，給他倒了茶水，笑著問他都跟門房聊什麼了。

錢五喝了口茶。「我不是打算過幾日就走嗎？想在回去前看看京城長啥樣，到時好回去跟妳嫂嫂和孩子說說，再給他們和爹娘買些東西。」

他這出來一趟時間太長，早些回去也省得他們惦記。

錢七聞言不由一笑。「五哥好不容易來一次，多待些時日，到時我讓人帶著你逛。」

這麼遠的路，不能讓五哥一個人回去，要是出了事，她這輩子得後悔到死，不如讓德全找個往臨安府去的商隊一起跟著。

她把這念頭說了，看錢五還有些不太願意，笑道：「也不讓你多待啊，半個月好了，來一次總不能就待個幾日就走吧？下次還什麼時候能來可說不準了。」

錢五一想也是這個理，可能這輩子就來這麼一次京城，待半個月回去也好，出來一次舟車勞頓的，路上還要擔著風險，到時跟著商隊回去還安全些，於是不再糾結這事，兩人說起了其他。

錢七聽他說起村人對公婆的態度，才知道公婆能作出來京城的決定，還是村裡某些人的功勞，她一時不知該說什麼？趨炎附勢本來就是人性，估計大家也是新鮮，等時間久了，自然就不會這樣了。

「我公婆被這樣對待，咱爹娘怎麼樣啊？」

大伯、二伯家都成那個樣子了，錢家按理說也得有人去獻殷勤才是。

錢五一笑。「咱爹娘硬氣著呢！一開始也有人去跟前討好，咱爹沒留情面，直言拒絕幾次，別人也就不去了。爹還對家裡人約束告誡過，咱家在村裡跟以前差不多。」

在他看來，主要是孫家人太礙於情面了，拒絕得軟綿綿，別人自然不當回事了。他爹是有點不留情面，但是這樣的好處就是家裡都清靜。

孫家現在這叫一個熱鬧，等著吧，這底子打下了，以後要是硬起來還得被人說道呢！

這些事離得遠，錢七就是想管也管不到，只得一切順其自然。

晚上，劉氏來她屋裡，婆媳倆聊了一番，聽她詳細說了孫家這邊的事。

劉氏看著錢七，語重心長地道：「祥子啊，你們就幫著操點心吧。這孩子懂事，有志氣，知道感恩，跟他爹娘不一樣，他爹娘是指望不上了。」

「娘放心，夫君以前就說過，小輩有一個算一個，只要是那有志氣的，他都管。」

不光是孫家小輩，就是錢家的小一輩，只要是有志氣的他們都會管。

婆媳倆又聊了一會兒，錢七也藉機說了自己有身孕的事，劉氏更是高興，直言再添個男娃娃。對此，錢七不過笑了笑。

因著錢五過段時日要走，加上公婆和祥子頭一次來京，所以錢七每天讓寶琴和熟悉京城的門房帶著他們四處遊玩。

京裡玩得差不多了，又安排他們去湯山莊子玩了五天。

他們去湯山的這幾天，她讓德全找了個商隊是直接到臨安府的。因為德全跟這家商隊的東家熟悉，說有人能幫著拿東西，她便忍不住讓人買了好些東西帶回去給爹娘、兄嫂和孩子們。

到臨安府之後再讓他們幫著雇輛馬車，這樣五哥也不費力。

等幾人從湯山莊子回來，錢五跟著商隊走了後，錢七才問過祥子的意思，把他安排到德全那邊，先跟著德全學習一段時間，等孫保財回來再安排。

孫保財可不知道，在他走後，爹娘和大姪子還有舅哥來了。

他和邵明修用了半個月時間到了金安府，跟金安府知府林徐見面。在人家地盤幹事情，自然要先打招呼，這是基本禮節，也是要他的幫助。

林徐看是這兩位還帶著聖旨，自然是用心接待。邵明修和孫保財都是皇上當太子時的班底，他這個四品知府哪裡得罪得起？雖然這兩位要做的事以前沒聽過，但還是表明只要在自己的能力範圍內，一定盡力配合行事。

孫保財旁觀邵明修跟林徐周旋。這知府就是根老油條，說得可是好聽，出人出力皆可，就是沒錢。也不再理會林徐，看著陪同一起吃飯的同知莫宸翰，有一搭沒一搭地跟他說話。

可能是在官場待的吧，這人一點都不像莫大夫夫婦實在、豁達。

等到酒局散了，他跟邵明修說要去拜見莫同知的父母，讓他回去挑些東西，送到莫同知的府上。

等邵明修應了又叫過莫宸翰，表示想去拜訪他父母。

莫宸翰聞言一愣，隨即想到孫保財是東石縣人，恐怕認識他父母，要不然也不會提出來去拜會，於是笑著應了，帶著孫保財去家裡，一路上小心試探著。

孫保財也不介意，畢竟這事又瞞不住，主要是想看看他們，到時好給錢七去信，錢七一直惦記師父呢。

到了莫府，看到莫大夫夫婦不論是身體或精神都不錯，也放心了。

雙方見面自然高興，說了好些話。莫夫人問了錢七的近況，聽徒弟現在只會給人診治不孕等症，笑著說能做到這樣就不容易了。沒有人在身邊教導，只靠書上的東西，能學成這樣確實不易，醫道博大精深，不是能從書上學精的。

莫大夫看著孫保財，心裡也感嘆，人的際遇真是沒處看去，那時他以為孫保財憑藉著稻田養魚的功績，被皇上封賞為員外郎已經是特例了，沒想到再見時，他已然是四品官身。

孫保財一直等到天色全暗下來才起身告辭，謝絕了他們留宿的好意。

明日要和邵明修起早去安縣，不能在金安府停留，今日見過他們也算是了了一個心願。

翌日一早，孫保財和邵明修便啟程往安縣去。

兩人在馬車裡說著話。安縣是個下等縣，現在只知道安縣的縣令姓劉，剛上任不久，其他知道不太多，主要是林徐一問三不知，昨天在他那邊就沒打聽出多少有用的消息。

下晌，一行人才到安縣，直接去了縣衙。

車馬剛到縣衙，就見縣令帶著人等著迎接他們，也明白應該是林徐派人通知安縣縣令了。

下了馬車，邵明修看著縣令，一臉詫異。「好久不見，承儒，你怎麼來這兒當縣令了?!」

真沒想到在這裡能遇到他。這劉承儒兩榜進士出身，還在翰林院當過差，要不是曾經在京城鬧過和離的風波，也該是一路平步青雲。只可惜……

不過以劉家的家世，劉承儒怎麼會來當個縣令呢？就是不說家世背景，以劉承儒的出身，他想不通怎麼會來這麼遠的地方做個縣令。

劉承儒也沒想到會在這裡遇到認識的人，見到邵明修不由一陣苦笑，一邊請邵明修和孫保財進去說話。

他是接到知府大人的通知，說欽差大人來安縣辦事，讓他全力配合，倒是沒想到這欽差會是邵明修。

進到縣衙，縣丞等人見過欽差大人退下了，就剩他們三人。

劉承儒這才苦笑道：「不想在京城待著，就去吏部謀了個縣令的缺補上，當時看這裡離京裡遠，就選了這裡。」

孫保財聽著有些雲裡霧裡，在旁邊也不插話，就這麼聽著。

這劉縣令和邵明修看來認識，關係還不錯，這樣的話對他們要做的事有力啊！

一邊聽著兩人說的話，也分析出了一點資訊。這人明顯家世不俗，不想在京裡待著，就跑到吏部謀缺，選擇這裡還是因為離京城遠，這話可不是誰都能說出來的。

邵明修明白這是為何。劉承儒當年和妻子蕭淑君和離的事，都鬧到還是皇帝的太上皇那裡了，弄得滿城風雨。

事後一個被送走，一個從此在家閉門不出，兩個家族從此決裂。如今這兩人一個已然找到幸福，一個能從家門走出來，也算是個好的開始吧？

他拍了拍劉承儒的肩膀。「過去就過去吧，彼此放過是最好的結局。」

劉承儒點點頭，表示明白，整理下思緒不再說他事，開始問邵明修兩人來這裡所為何事？

他不太明白安縣這麼個窮地方，皇上為何要派兩位欽差過來？他來這裡當縣令雖然不到兩個月，但是基本情況還是瞭解的。

安縣是一個下等縣，因著土地貧瘠、出產不多，所以百姓過得不太好。百姓手裡沒有餘錢，消費不行，所以這裡的商業也不發達。

邵明修詳細地跟劉承儒說了要做的事。他們需要劉承儒的全力支持，如果可以，也希望拉著劉承儒一起幹。

說完，看劉承儒臉上除了驚訝，也沒有其他激動的情緒，轉頭給孫保財使了個眼色讓他接著說。這小子在煽動人心之事上可比自己強。

孫保財這會兒接到邵明修的暗示，笑著先跟劉承儒套了會兒關係，等兩人熟悉一些，才開始跟他說起開辦綜合官學的意義。

說完這些，又對劉承儒語重心長地說了一番人生大道理，大意是不管遇到什麼坎，不過是人生的一部分，當你老了回首不過爾爾，細想這樣的人生經歷，即使痛苦萬分，但是是否也讓人開始反思人生意義？最後又說了，男兒來這世上走一遭，豈能什麼都不做、豈能不留下些什麼？

邵明修在旁邊聽著孫保財糊弄人的話，都忍不住被這番話打動了。

孫保財把大道理說完，最後來了個實在的。「其實有個能讓你專心投入的事做，就不會想那些讓你痛苦的事了，你說是吧？劉兄。」

剛剛說那些大道理，就是為了給這句話做鋪墊。對於這種經歷過重大挫折的人，這些話應該能打動他。畢竟劉承儒為何隻身來到這裡，是為了逃避自己不想面對的人事，但是眼不見，心呢？

劉承儒聽了這番話，心裡多少有些觸動，特別是最後一段。

想罷，他嘆了口氣道：「謝過孫兄、邵兄的勸導，劉某跟著兩位一起幹這事，在這安縣，只要不做危害百姓的事，怎麼折騰都行，劉某必定全力配合支持。」

大不了這安縣的縣令不做了，他現在確實需要有件事能讓自己全身心投入。

孫保財和邵明修聽完劉承儒的話，兩人相視一笑。有了這話，他們就放心了。

三人又說了會兒話，劉承儒問過兩人，看他們同意住在縣衙後院的客房，便先給兩人安排了住處。

這樣也好，有什麼事幾人商量起來也方便。

吃過飯，三人聚在一起說了安縣的具體情況。

蓋綜合官學的地皮好說，這個劉承儒可以直接批了，但是錢哪裡來？縣衙窮得叮噹響，根本就拿不出錢來蓋綜合官學。

至於夫子，那個到時候聘請就好，但前提是要先把這個官學蓋起來。

劉承儒本來提出，要不他來出錢吧？卻被兩人拒絕，只能跟著一起想辦法。

他現在也明白了孫保財的意思，在安縣辦綜合官學是個試驗，這個做好了，是要以同樣的方式在大景朝各地開展的，所以他自己出錢不行，畢竟其他地方不一定遇到像他這麼慷慨的人，到時豈不是進行不下去了？

最後幾人商定，請安縣的商賈豪紳等人吃飯，打算在他們身上籌集蓋綜合官學的錢。

不管什麼地方，總會有些有錢人，最好的法子就是讓這些人參與。大景朝商業發展得快，商人重利但也重視名聲，倒是可以在這方面好好謀劃下。

弄到了錢再選地點，然後在全縣大肆宣傳，招工時動員百姓參與，每戶只要出一人來建設綜合官學，那麼這家人有適齡上學的可以提前報名，優先選擇想學習的手藝。

當然這個怎麼實施，還要看能籌集多少錢。錢少了，可能連工錢都發不了，只能提供伙食；錢多的話，可以適當發些工錢，但不能多發，要不什麼提前報名和優先選擇手藝也沒有意義了。

# 第八十六章

劉承儒剛剛說想自己出錢蓋綜合官學，這倒提醒了他，以後全國推廣實施綜合官學時，可以由朝廷在全國張貼布告，鼓勵有錢人捐獻，就跟現代的社會愛心人士捐款蓋學校一樣。

到時對於那些捐贈的愛心人士，可以把他們的名字、捐資等資訊刻在學校醒目的地方，比如在大門附近弄個榮譽牆啥的，讓他們的名字隨著綜合官學，在時間的長河裡一起沈澱積累。

想到這裡，他覺得這話應該能打動那些商賈鄉紳，決定在宴請那天就說這番話。

嗯，在這裡要提倡做好事留名的光榮傳統。

如果可以的話，名字凡是刻上去的，除非犯了謀逆之罪，其他罪名均不會被抹去名字。這樣的話，想來會有更多人積極參與。

孫保財把這話對面前的兩人說了。

邵明修聽了眼睛一亮。這主意好啊！世人哪個不想流芳百世，現在有這麼一個好事放到他們面前，他們會不心動嗎？他敢說就是他們邵家人都心動。

像他們這樣的世家，追求的也不外就功名利祿、家族世代延續。這樣花點錢就能得到好名聲的事，還是朝廷要大力開展的事，不管是出於何種目的，都會有很多有地位名望的人要做，特別是孫保財還把這事弄成愛心人士捐贈。

想罷，他打算給祖父去信，說明下情況。

劉承儒也覺得很好，就是對於那條除非犯了謀逆之罪，否則不會被除名的話有些質疑。那樣豈不是對那些為惡之人太好了，還會誤導學子吧？

孫保財笑道：「這個看怎麼引導吧！人性本善，即使被治罪之人，也有善良的時候。」說完這句也不再多說。

他之所以有這個念頭，是古代的刑法講究連坐，有很多跟著判刑的都是些無辜之人。其實能做善事的人還是好人多，這就是一個念頭而已，能不能被採納就看皇上的意思，他不過是提出來而已。以後還要朝廷派人或成立機構，對這些人捐助的款項進行監管，必須每一筆錢都是用來建設學校，做到專款專用、帳目清晰，甚至透明，不能讓這些愛心人士的錢被某些官員貪墨了。

等到安縣綜合官學的整體框架建好之後，就把這些念頭詳細整理出來，給皇上上奏摺。至於到時皇上能不能從中做到舉一反三，他就不管了。

一個人的能力是有限的，他要是能把大景朝的義務教育給普及完善，也算是做了一件大善之事了。

幾人商量好正事，又說了會兒閒話，得知劉承儒沒帶女眷來，這讓三人更加放開了聊，有點天南地北胡侃的意思，一直到掌燈時分才散去。

孫保財回去洗漱後，寫了封家書，說了下近況，表達了一番對錢七和孩子的思念，剩下又寫了一整張叮囑的話才算完。

以後要長期在安縣待著，兩人可以時常寫信聯繫了。

等信紙上的墨跡乾了，他將信放在信封裡，用蠟封好，才去睡覺。

第二天，劉承儒開始派人送請帖。

他們一共挑了三十二人，都是在安縣有些家底的，最少能拿出個幾百兩銀子不成問題；還有八、九個家底豐厚的，這些人是主要目標。

有一個特殊的商戶沒有邀請，那就是陸路通貨運行。

這裡的貨運行雖然也是加盟的，但所有加盟的貨運行，大東家都是柳塵玉，背後的大股東有邵明修親娘和皇上。

他們倒不是有這顧慮沒請，而是留著萬一錢不夠的話，那就找柳塵玉募捐一點吧，這個邵明修也非常支持。

其實，他們承認是差多少錢，就找柳塵玉募捐多少。

請客的當天，他們先把聖旨亮了出來，成功地把眾人震懾住。這些人雖然是安縣的富戶鄉紳，但是這輩子哪裡見到過聖旨？得知皇上派了兩位欽差大臣來安縣建設啥綜合官學，心裡的激動之情溢於言表。

他們安縣能被皇上這般惦記，這是莫大的光榮啊！雖然後來得知建官學的錢想要他們掏，臉上的表情有那麼一絲遲疑，但是等聽到這事是自願，捐不捐錢隨大家的心意，提著的心才放下。

孫保財看大家的表情就明白什麼意思，笑著繼續跟他們說，這次請他們來，就是跟他們宣講皇恩，最後說了凡是捐款的人，都會把名字和捐款詳情刻在綜合官學大門處的榮譽牆上，讓這些付出愛心之人的名字，隨著綜合官學在時間的長河裡一起流芳百世。

這話一出，只見這些人眼睛都亮了不少。有那精明的聽了之後當場就表示要捐助；其他人想明白後，也紛紛表示皇恩浩蕩，理應盡些綿薄之力。

這時，劉承儒按照三人商量好的，出面說道：「願意捐款的，一會兒帶著銀子去縣衙，縣衙會出具蓋大印的捐款文書，本官先在這裡代表安縣的百姓謝過諸位。」話落還說了有意捐款的捐多少隨意。

大家聽縣衙還會給蓋大印的捐款文書，心裡更是認同了這事。他們都是做生意的，最是注重名聲，好名聲能提升自家營生和鋪子的聲譽；名聲差的話，沒人願意去光顧，營生也做不下去。

今天這事他們在心裡算了幾回，怎麼算都不虧本。捐點錢，生意上早晚能找回來，最主要的是給了縣令大人和兩位欽差大人的面子，不求這些官爺記著他們的好，只要不給他們穿小鞋就行了。

他們心裡也清楚，別看他們在安縣有點家底，但這些官老爺一句話，可能他們都得進牢房，那時他們何苦來呢？

至於隨後說的捐多少隨意，這個怎麼也得看得過去吧！十兩、八兩的刻在榮譽牆上，臉也丟不起啊，畢竟家底在那兒擺著呢，如果那樣行事，還不是照樣得罪這三人？

孫保財和邵明修可沒想到，這些商家差點把他們想成了土匪惡霸。

兩人相視一笑，等飯局散了後，三人一起回了縣衙，就這麼坐在大堂上說話等著。

倒也沒等太久，一刻鐘後就來了人，然後人潮陸續就沒斷過。

劉承儒負責給每個來捐款的人出具蓋大印的捐款文書，而邵明修帶來的人和縣衙的人負責入帳收錢；孫保財和邵明修則負責謝謝這些前來捐款的人，給予這些人足夠的尊重。

要是沒有這些人的支援，他們開辦綜合官學注定會非常艱難，甚至可能進行不下去，所以感謝這些人，他們倒是非常認真的。

大家雖然都捐了錢，但是沒想到能被兩位欽差大人這般對待。讓兩位身穿四品官服的大人真誠謝著，心裡既忐忑又興奮。

雖然他們在安縣過著有錢人的生活，但他們都是平民，甚至是商籍，就是那花了錢捐的員外郎，見到過的大官次數都少，平時見得多些的也就是縣衙裡的官。

有些人心裡還有些不自在，於是又追加了捐獻銀兩，這讓孫保財和邵明修不禁莞爾。

這些人也滿可愛的嘛！其實也能理解他們為何這樣，哪個官見到百姓不是端著，他們這樣有些反其道而行吧？

等捐獻的人都走了後，幾人算了收到的款項，一共是兩萬三千兩銀子。

這些銀子對一個下等縣能籌集到的來說，已經不少了。

今天的鄉紳富戶一共才請了三十來人，凡是今天去的幾乎都來了，少則幾百兩，多則上千兩銀子。

幾人商量了下，決定明天開始看位址，選址後發布公告招募泥瓦工人，還要讓人去做預算等等。

孫保財覺得兩萬三千兩差不多了，這錢看著可能連蓋個五進的院子都不夠，但是他們蓋的是學校又不是華屋，蓋好之後也不需要過多裝飾，而且土地不用花錢啊，這樣就省了不少錢。

這也是當初給皇上看的辦法裡很重要的一步，蓋好的綜合官學要交到朝廷手裡管理，朝廷肯定要出地才行。

第二天，他們到處看了一天的地點，最後把位址選在城北一塊屬於官府的空地上，這裡再往北，也沒有地方夠大。

孫保財讓劉承儒把這塊全部批給綜合官學，反正現在有聖旨、土地也沒給了別人，算起來還是朝廷的，因此劉承儒大筆一揮、大印一蓋便成了。

孫保財就喜歡劉承儒這麼配合的樣子，一點都不嘰嘰歪歪的，像個爺們幹事的樣。

他自然不知道劉承儒的念頭是大不了這縣令不幹了，回家窩著。

孫保財這邊事情進展順利，選址完事由官府發布告招募工匠，還派衙役去各村宣講，讓大家明白綜合官學是怎麼回事，還宣傳了皇恩浩蕩，雖然給的工錢只有短工的一半，但是供吃，還可以讓家裡的娃子不花錢讀書，又能學手藝，這種好事哪裡去找？一時間報名的人特別多。

錢七收到了孫保財的家書，看得滿臉笑意，當即提筆給孫保財回信。

這人在信裡交代，以後每隔三日給他去封信報平安。

也知道他在外面惦記自己。她上次懷孕時，這人就緊張得不行，現在不在她身邊，她能理解他心裡的不安。

所以她很聽話，每隔三日給他寫封信，不為別的，就為了能讓他在外面時，心裡不用惦記她和孩子。

錢七把家裡的情況如實說了一遍，告訴他爹娘和祥子來了，爹娘身體都很好讓他放心；祥子她讓德全帶著，又問了他對祥子有何安排？

寫完之後，發現自己這般也寫了三張紙，等墨跡乾了便裝入信封裡，讓人送去驛站。

兩人就這麼三天一封信，驛站的人後來也習慣了。人家不差錢，他們就送唄！知道這家人是官身，他們都是按時發件，一點都沒拖延。

孫保財現在每日從早忙到晚上，可這麼忙，也沒忘了錢七給他寫的信。每當讀到家裡的點滴細節時，彷彿就在身邊看著一樣。

能知道錢七和家人都安好，安心的同時，幹事也更有勁。

孫保財這種整日滿血狀態，讓邵明修和劉承儒看得不是滋味。

兩人互相看了眼。為什麼同樣是孤身一人在外，他們倆就沒人理呢？不說三日一封信了，就是一個月一封也沒有啊！

劉承儒來安縣都四個月了，家裡也有幾個女人，沒見一人給他來封信。

看著孫保財就一位夫人，能得到這番待遇，心裡不免又被刺激到了。

邵明修和孫保財來到這裡兩個月，看看人家，再看看自己，他哪點不比孫保財強啊？不說長相，就是個頭都比他高；孫保財寶貝自己夫人，他對清月也很專一啊，這麼多年頂著家裡的壓力，沒兒子都沒想過納妾。

這般想著，特別是這麼一對比，覺得夫人對他簡直太不重視了！當即寫了封信回家，信中把孫保財每隔三日就能收到一封錢七寫的信這事說了，言語中不免表達了不滿，還讓清月學學人家。

寫完就讓人把信送出去，可冷靜下來又有些後悔。他這把自己弄成一個怨夫了，但此時信也追不回來了，心裡好不自在。

晚上，三人坐在劉承儒的書房喝茶聊天。

邵明修看了眼劉承儒，不由對孫保財說道：「你看看，因為你，把人家承儒給傷害的。」

現在他和承儒看孫保財特別不順眼，明明三人孤身在外，就他弄得跟他們不一樣。

劉承儒聽了邵明修的話，做出一副配合的樣子。

三人經過這兩個月的相處，友情已然深厚，特別是三個大男人每晚都相聚在他的書房，喝茶、閒聊打發時間，很讓他喜歡。白日裡有忙不完的事，晚上又有人陪著閒聊，等夜深一個人時也該睡覺了，讓他也沒時間胡思亂想。

孫保財聽了這話不明所以，納悶地看了眼劉承儒。「此話怎講？」他倒要看看這兩人要鬧哪樣？

邵明修直言道：「你每隔三日收一封家書，讓我們倆情何以堪啊！」還每天在他們面前笑得一臉幸福樣，簡直就是在他們面前存心顯擺。

原來是這事啊。孫保財得意地笑了一會兒，但看兩人嚴肅的面色，識相地收起笑意。

這兩人情商低，能怨誰？當即好心給兩人傳授了一番夫妻相處之道。什麼事都是相對的，不能什麼都讓女人主動吧？特別是家書啥的，自己多寫幾封，就不信你的女人不回。

連說帶損的，最後把兩人說愣了，孫保財一看天色也不早，便起身回去睡覺了。

要是老婆在身邊，才不整天跟這兩個大男人瞎扯呢！一邊在心裡算著日子，因為這邊屬於南方，沒有冬天的概念，所以能一直施工幹活；又因著離京城遠，來回要一個多月的時間，所以過年時也不能回去。錢七現在還不足四個月呢，要回去還要將近六個月的時間啊……

邵明修和劉承儒互相看了眼，眼裡都有被震撼到的意思。

按照孫保財的說法，他們如今被這樣對待，都是他們自找的嘍？

雖然邵明修聽出後面是孫保財在胡說八道，但是這小子就是胡說八道，都讓人聽著有道理。

想罷也起身回房休息，留下劉承儒一人在書房裡想事情。

半個月之後，沐清月收到邵明修的家書，看過之後，臉上布滿詫異。

這信裡的話怎麼這麼不像明修會說的呢？兩人做了多年夫妻，她從來不知道明修會有這樣的行為。

雖然懷了身孕，還是讓人備馬車，她要去孫府找錢七打聽一下。

這時，錢七陪著劉氏一起說話。一會兒兩個老人家要去聽戲。

劉氏在村子裡沒事溜達慣了，來這裡住在兩進的院子裡，也沒有鄰居能串門子說話啥的，一時有些不習慣，所以錢七時常讓寶琴陪著劉氏和孫老爹去街上逛逛。

老人們喜歡聽書、看雜耍這種熱鬧、有意思的事，最近老倆口迷上了聽戲，到時間就去戲園聽戲。

只是兩人心疼錢，她從來都是讓寶琴刻意把費用說少了，現在老倆口適應了京裡的生活，這樣才讓她放心下來。她起初就擔心他們待不慣，想著回去呢。

錢七剛送走公婆還沒回屋呢，沒想到沐清月來了，趕緊把她迎進堂屋坐下，問她怎麼這時候來了？

兩人懷身孕的時間差不多，想來生孩子時能趕個前後。有了身孕後，她基本不出門，這人倒好，竟然還坐馬車過來找她，也不知是什麼事這麼急，平時兩人都是讓人傳話的。

沐清月聞言一笑，直言道：「有件事問妳。妳真的跟孫大人三天一封信，還每次都寫三張紙啊？」

這在她看來是相當不可思議的事。三天寫一封信，還寫那麼多，有什麼好寫的呢？

邵明修讓她跟錢七學學，她一想，每隔三天寫三張紙的信，不知怎麼做到的，所以才想親自前來問問。

錢七心裡有些納悶，但還是如實回答。「有很多可以寫啊，像妳每天在家裡做什麼、吃什麼好吃的，還有心裡想誰。這些要是全寫，三張紙都不夠。妳怎麼想起來問這個？」

她和孫保財通信寫得都是白話，不像這裡有學問的人，喜歡用詩詞表達，所以寫得自然多。

沐清月聽完，沒想到竟是寫這些事，有些懷疑她要是寫了，明修願意看嗎？

她要是寫首詩，這人還能感興趣給她點評下，寫這些日常瑣事，總覺得不是太可靠的事；但要是不這麼寫，她也辦不到三天寫出三篇紙的詩詞。

於是把因何問這話又跟錢七說了下，最後也表達了下疑問。

錢七沒想到是為了這事。不用想都能猜到，肯定是孫保財刺激邵明修了，要不沐清月也不會有這行為。

她笑道：「妳管他願不願意看呢？妳寫就是了，男人有時候嘴上說不要，其實心裡想要。」

這麼說也對吧，把女人那套說詞用在男人身上應該也適用才是。

她和孫保財因為相處的時間長了，往往很容易就能猜到對方的意思。特別是兩人來到這裡之後，吸取以前的教訓，什麼話都說開了，好好溝通，不再猜忌。

現在他們都習慣這樣的相處模式，自然沒有沐清月遇到的狀況。不過本著幫朋友的原則，還是會跟她說些自己知道的。

沐清月聽錢七這麼說，眨眨眼看著她，確定錢七是認真的，但她心裡真的不認為邵明修是那種嘴上說不要，心裡卻想要的人。

錢七看沐清月一臉疑惑，不由給她講了一通夫妻相處之道。

要是邵明修和劉承儒聽見了，一定會想這兩人不愧是夫妻，說的意思都差不多！

最後，錢七總結了一番。既然邵明修都來信讓妳改變些，何不順著他的意思，或許會有不一樣的收穫呢？當然前提是沐清月願意這樣做，如果不願意，也別勉強自己。

沐清月聽了覺得有些道理。這樣的事她想了下也願意做，想罷便謝過錢七，沒多停留，回家寫信去了。

# 第八十七章

邵明修收到沐清月的信時，正和劉承儒一起，忍不住衝著他得意一笑，揚了揚手中的信，回房去了。

劉承儒白了他一眼。前些天，兩人還一起嘲諷孫保財呢，原來這傢伙同孫保財一個樣。

邵明修回房打開信，看妻子寫的都是些家常事，心裡雖然想著，清月太過無聊，竟然寫這些瑣碎之事。不過看在她寫了三張紙的情況下，就不說她了，忍不住把寫凌萱那段看了幾遍。

把信紙收好，他開始寫回信，也寫一些自己在安縣的事。

這天晚上，一個人躺在床上睡不著時，又把信拿出來看看。

隨著通信的次數增加，他漸漸喜歡上這樣的方式，也明白了孫保財為何樂於這樣做了。原來隻身在外，能知道家人的狀況，心裡會這般美好。

相信清月也跟自己同感，字裡行間中，他能感到她的歡喜。特別是知道女兒凌萱一日日的變化，他感覺自己沒有錯過她的成長。

孫保財也能感覺到邵明修的變化，在他看來，這人好像才開始跟夫人談戀愛的樣子，對此，他還稍微指點了一下。

古人婚前能見一面都是好的，大多數都是雙方父母相看，訂親了基本都是直接成親，至於會不會婚後戀愛，看看邵明修就知道了。

這段時間，孫保財在安縣的日子基本是兩點一線，不是縣衙就是城北的施工現場。每天早上起來吃過早飯，他就坐車往城北走，到了施工現場，主要是坐鎮當地主持一切事宜。

這本身就是他和邵明修的差事，自然不可能做甩手掌櫃，把所有事都扔給屬下。他和邵明修心裡明白，其實很多人在盯著他們，這些人裡有皇上的人，也有各路有心人士，他們要做到的就是每日兢兢業業、做好表率。

因著中午他在工地吃飯，說過工匠們吃什麼他便吃什麼，所以這裡的伙食還可以。反正來幹活的人，一個個對這裡的伙食都挺滿意。

他也不時會找幹活的人聊天，以期瞭解一些真實情況。聽他們說這裡飯菜油水足，能看到葷腥，稱讚這裡的伙食好的時候，看著他們臉上露出的笑容，心裡也很高興。

雖然每天的伙食開銷不少，但是不管怎樣總不能在吃食上節省。

建設綜合官學的每一筆開銷都要入帳，每隔一個月公布一次，就張貼在縣衙外的布告欄上，讓那些捐錢的人知道錢用在哪裡。在他們這裡先把帳目透明化的規矩立起來，以後其他地方也好仿效。

這樣做也沒想到有了意外收穫。有一家捐過款的木材鋪子東家方大同看過之後，主動找上來，說要給他們最低的木料價格。

這樣他們一下就省了不少錢，畢竟蓋房子是木料用得最多，也是最大的開銷之一。

跟方大同見面時，這位身材偏胖的中年男人說，看他們是真心為百姓做事，也想盡一些綿薄之力。

這是很簡單的一句話，卻讓人很感動。

有了第一個方大同，就會有第二個方大同，如今施工建築材料很多都是這裡商戶們給的成本價，比如瓦片、青磚等等。

對於這些人的支持，他們就讓劉承儒張貼布告表揚。對於做了善事舉動之人，應該給予人家相等的回報。在他的觀念裡，從來不覺得人家的善心之舉，自己就應該心安理得地接受，能做到回饋的就該給人家回饋，也是鼓勵大家多做善事。

就算不能近期回報人家的，也要念著人家的好；就算曾經幫助過你的人，不需要你的回報，你是不是可以仿效他們去幫助其他人？

想到這裡，其實有時孫保財也覺得古代挺好的，最少不會有別人跌倒了，旁觀的人不敢伸手去扶的事。

每天晚飯前，他會回到縣衙跟邵明修和劉承儒一起吃飯，然後幾人到劉承儒書房商量事情，談完正事就是胡說的時候。

日子就這麼到了次年的四月。

孫保財主要負責監督綜合官學的整體施工。因著綜合官學的特殊，官學的頭三年主要教授啟蒙書籍如《三字經》、《百家姓》、《千字文》；三年以後會根據孩子們的興趣，也可以說是家人的意願，進行分院，學習各項技術。

如果想走仕途的，到時可以離開這裡去私塾繼續讀書，考過縣試、府試，進入縣學就讀。

綜合官學的定位就是給百姓家的孩子進行義務教育，然後教授他們某種技術，讓他們以後謀生使用。這是簡單的說法，更好的說法是，綜合官學以後不斷向大景朝輸入各行各業的人才。

這樣的教學方式一直堅持下去，十年後應該就能看到顯著的成果，可以說時間越久，成果越大。

這樣的方式不會衝擊現有的科舉制度，自然不會造成士族們強烈的反對。而且為了籌集資金所設立的榮譽牆，還能讓這些人參與，給他們帶來他們想要的名聲。

時間長了，他們也就習慣了這種方式，屆時綜合官學已然成熟，可不是某個官員在朝堂上反對就好使的了。因為這涉及了太多的百姓利益，水能載舟，亦能覆舟，皇家看得明白著呢，而且那時的士族們真的還能團結嗎？

大勢所趨，最好的方式就是順勢而為。

孫保財看著已經成形的啟蒙院，目中閃過笑意。

鑑於綜合官學的定位，他當初參與了這裡的設計，把綜合官學蓋成幾個獨立的教學院落。比如先蓋的啟蒙院是教授孩子們三百千的地方，也可以說是孩子們學習文化課程的地方。

啟蒙院蓋好後，會先招收百姓家的孩子入學。這個地方當初讓劉承儒全部批給了綜合官學，以後可以在更遠一些的地方蓋學習各項技術的院子，名字可以用學習的技術命名。

如此時間上不耽擱，既有充分的時間修建，也有時間去找好的老師來這裡教課。啟蒙院和技術院分離，互不打擾、互不影響，這樣挺好。

至於以後要開設多少科目，他們還在制定中。起初會少一些，將來會陸續增加科目，比如醫科、種植等等，到時由朝廷頒布政令。

什麼都要一步一步來，總有一天一切會完善的。

他還有一個多月才能回去，啟蒙院這邊再過十來日就要完工，到時收尾和準備開課的事也一堆。

這時，邵明修從馬上下來，走到孫保財身邊，把手中的信遞給他。

他剛剛在縣衙，正好要過來這邊，有封信是從金安府寄給孫保財的，他擔心有要事便順手給孫保財帶過來。

看著已然成形的建築，邵明修心裡開始算計接下來的事。

教授孩子們啟蒙的夫子已經找好了，按照孫保財的說法，找的夫子是比較有理想的年輕夫子。

孫保財的意思是，不想找那些只會死板教學的夫子，而且越有名氣的越不要，說來這裡的孩子走仕途的少，要是按照考功名方式去教導孩子，一個個被教得不知變通，再被灌輸一些萬般皆下品，唯有讀書高的思想，豈不是毀了孩子？

他對孫保財這個說法是極度糾結。萬般皆下品，唯有讀書高，這樣的至理名言，讓孫保財說出來怎麼就不對味呢？

每當想起他說這話時的諷刺樣子，心裡就特別不舒服。這小子在譏諷聖人先賢嗎？還是看不起讀書人？

轉頭看著一臉笑意的孫保財，忍不住把這話問了出來。

孫保財接過信，一看是金安府來的，知道是莫大夫夫婦的來信。

他現在每天扳著手指，計算錢七生產的日子。

錢七現在已經懷孕八個月，信裡說這孩子比懷屹哥兒時還歡實，肚子也比那時大一些。這些雖然是錢七一筆帶過的內容，還是被他深深記住了，心裡也產生了一股焦慮。

因此他昨天給金安府的莫大夫夫婦去信，把錢七的情況說了，想問一下莫夫人，錢七這樣會不會有危險？他現在需要人給他一些主意。

只見莫夫人說這是正常情況，表示胎兒長得好；錢七本身也懂這些，會把自己照顧好的，讓他不必過度擔心。

最後寫到他們即日啟程過去，好久未見徒弟，甚為想念，打算去他家長期居住。

看完信，孫保財心裡是滿滿的感動。兩位老人能去京裡是因為惦記錢七，只要他們能去，自己心裡便放心不少。

說心裡話，御醫和莫夫人相比，他更相信莫夫人。因為她是錢七的師父，在關鍵時刻能使盡全力救治。

這時聽到邵明修的話，不由微挑眉，問道：「你覺得這話對嗎？」一邊把信摺好，放入袖袋中。

邵明修認真地道：「透過讀書考取功名，報效君主、安邦定國、為民作主、光宗耀祖，怎麼不對？」

他從小就被教導這樣的思想，從來沒有覺得這是錯誤的。

孫保財聞言，笑著搖搖頭。「你說得有道理。透過讀書實現自己的人生理想很好，但是除了讀書，其他為何就是下品呢？」

古代推崇讀書這一點，在他看來已經非常病態了。什麼事都沒有讀書來得崇高，科舉制度更是充分表現了這件事，引導人們輕視其他行業、輕視生產，一味地推崇讀書，使得現在的讀書人嚴重脫離實際生活。

試問這些崇尚書中自有顏如玉、書中自有黃金屋的讀書人，這樣的人來做官，他們能為百姓做什麼呢？

一個國家長期被這些人來治理，結果會如何呢！

重視教育是對的，但是這樣過度推崇，然後輕視其他行業，本身卻是一種病態發展。科舉制度嚴重促進了腐化的官本位思想，凡事以官為主、以官為貴、以官為尊這樣的價值觀，試問怎麼發展？

讀書為了什麼？問這裡的人，一百個當中估計有九十九個人會回答是為了做官。

看看這四周就他和邵明修，索性就把這話說了。

邵明修雖然也被這種思想教化，但是難得的是心裡有百姓。這樣的人十分難得，他就是唯一一個心裡還有百姓的人。

邵明修被孫保財這番話嚴重衝擊，心裡不服，但又找不到話來反駁，有些後悔為什麼要問出來，然後在這裡聽孫保財胡謅，偏偏聽著還有道理。

就因為這樣的念頭，所以孫保財才不選那些有名望的夫子，因為在他眼裡，這些人會把孩子教得只知道死板讀書考功名。

會來這裡讀書的孩子都是貧窮人家的，哪裡能供得起孩子讀書，要是這些孩子教得以後只知讀書，連農活都不做的話，確實是把人家給毀了。

再說，科舉考試有人考到白髮蒼蒼都沒考中過秀才，確實不是這些人家的孩子該走的路。

所以這樣看來，孫保財的念頭是對的。

邵明修久久才平復了起伏的心情，看著孫保財道：「這話你以後別說了。」

孫保財這番話簡直是跟所有士族為敵，真擔心哪天這小子被人給殺了。

孫保財只是笑。「這個我知道，今天你要是不問，我才不會說呢！」

要不是邵明修的話，不管是誰，他都不會說的。但兩人是好友，他又問出來了，他不想說些謊話騙邵明修。

想著邵明修也是因為選夫子這事才有的疑問，索性對他解釋道：「選擇年輕些、有思想的夫子，確實是不想把孩子們教得太死板。其實每個行業都有其博大精深之處，要想學精、學透這些是需要靈性的，不能因為啟蒙階段把這份靈性給抹殺。這些孩子裡說不定某個人將來能把學到的發揚光大是吧？」

學習啟蒙書是為了讓孩子們明白道理，能夠識字、讀寫，這些都是基礎，學好了以後無論是做人還是在所學行業裡繼續深造，都有莫大的好處。

他期待這些在綜合官學學習過的孩子們，將來能給這裡帶來更大的好處，畢竟他們才是這個國家的未來。

邵明修忍不住白了孫保財一眼。按照這小子的想法，他是不是可以理解，這番話其實真正的含義是，每個行業都博大精深，就是讀書考功名、做官這條路最不博大精深。

他在心裡想想卻沒有說出來，擔心孫保財聽了，又說出什麼震驚的言論。

今天受到的衝擊夠大了，雖然這裡沒有牆，四周空曠，看著沒有人偷聽，但是很多東西都不是絕對的，萬一有個身手比他高之人在遠處偷聽，他們也沒轍。

想到這裡，邵明修擔憂地看了眼孫保財。

他這顧慮很有可能成真，卻又不能出言提醒，因為能避過他耳目之人，必然不是皇上的人，就是太上皇之人。

只得跳過這些敏感話題，說起了榮譽牆的事。

現在的榮譽牆已經砌好，可以找刻字師傅來把那些捐款人之名字刻上。

孫保財建議把方大同等人的事蹟都刻上，也是對這些人的回饋，至於別人看了怎麼想，那是他們的事。

邵明修點頭同意，表示刻字師傅讓他來找，必然要找個口碑最好的。這個也是門面，一定要刻得好看才行。

兩人直到晚飯前才回到縣衙，卻不知的是下午的一番對話，被人一一寫在了紙上，已然快馬加鞭送走……

莫大夫婦到了京裡，直接按照地址去了孫保財在西城的宅子。

等他們找到了孫家，見到錢七之後，莫夫人趕緊上前扶住來迎接的錢七。

看著她大肚子的模樣，莫夫人忍不住說道：「我看到保財的信就猜測妳是不是懷了雙胎？這會兒看了妳這快生的肚子，看來我們是來對了。」

她看了信就決定趕來了。女人生孩子本身就有危險，錢七這又是雙胎，她要是不來親自坐鎮，心裡怎麼能安生？

錢七笑著謝過師父，跟莫大夫打過招呼，請他們進到堂屋坐下，讓人給他們收拾屋子拿行李。

她事先不知道師父要來，所以都沒有好好準備，看到她是心裡高興又不太好意思，師父這麼大年紀還為了她折騰。

莫夫人笑道：「誰說折騰了？我們打算在妳這兒常住，妳可別嫌棄我們。」

他們跟兒子說好了，在這兒住到他回京述職，到時再跟他走，這樣正好能給徒弟好好調養身子，還能教導她醫術上的事。

說著又示意錢七把手伸出來，她先診脈看看。

錢七聽了自然連聲道歡迎師父常住，又把手伸出來。

莫夫人診了脈，把手放下，又看著錢七詢問生產的相關事宜可有準備？聽到都準備好了，點頭表示一會兒她看看去。

雙胎很少到足月生的，大多都會提前生。錢七現在的狀態是隨時有可能發動，必須把萬事都準備好。

又說了會兒話，錢七先讓莫夫人先去休息。連日趕路，兩位老人臉上都透出倦色。這次莫大夫夫婦沒有拒絕，年紀在這兒呢，就算保養得再好，也禁不住連著趕路。

錢七等兩人回房後，才扶著肚子在寶琴的攙扶下回房。

自從她肚子大了後，婆婆出門說啥也不帶著寶琴，讓寶琴照顧她，這樣她才放心。她拗不過婆婆，索性讓連總管在湯園裡挑了兩個人過來，專門陪他們。

今天老倆口去廟裡給她求平安符了，知道他們看著她這肚子大也擔心，既然老人都信這個，只要他們能安心就隨他們去吧。

因為懷了雙胎，所以現在的肚子看著比懷屹哥兒要生那會兒都大，她也沒敢跟孫保財說，就怕他惦記自己，不能安心做事。

卻沒想到這人細心成這樣，會給師父去信詢問。

錢七坐在椅子上，眼中浮起一絲笑意，心裡暖暖的。

# 第八十八章

劉氏從寺廟求完平安符回來，得知莫夫人來了，正在休息，高興地把平安符給了錢七，然後說去廚房看看，讓廚娘加幾個菜。

錢七看著婆婆的身影，失笑地搖搖頭。在老人家心裡，加菜是表示歡迎款待的意思了，村人招待客人可不就是這樣質樸嗎？

晚飯是分桌吃的，孫老爹陪著莫大夫在前院用膳；錢七和劉氏、莫夫人在後院一起吃；屠十三娘和孫屹一起用膳，寶琴這丫頭卻不知去哪兒了。

從她開始孕吐之後，孫屹基本就是跟著他師父一起吃飯。

吃過飯，錢七看兩位老人家在那兒親切地說話，笑著聽了會兒她們聊天。這兩人在紅棗村時就能聊到一塊兒，現在說的話她更是插不上嘴，於是跟兩位老人說了聲便回屋。

她在案前鋪了宣紙，拿起筆寫上「孫巋」、「孫靖瑤」。這是孫保財給孩子取的名字。兩人通信時孫保財說，要是男孩就叫孫巋，巋這個字的意思和屹哥兒的名字差不多，一看就是兄弟倆。

女孩的話就叫靖瑤，希望女兒一生平安，如美玉般高貴純潔。

這次給孩子取的名字正經了許多，沒有像第一個孩子時，一開始總想一些不可靠的名字。

現在這兩個名字，也許都能用上呢！

錢七發動的那一日，正好是懷孕九個月的那天。

她早上一起來就覺得不對勁，肚子下墜的感覺十分明顯。吃早飯前，她跟莫夫人說了下情況，莫夫人看過，讓人準備生產事宜，說時間還早，讓她先吃些東西。吃過之後，又讓寶琴不時帶著她走動下。

等著發動的那一刻真是個漫長的過程，她從早上感覺不適一直等到申時初才發動，進入產室。

因為懷的是雙胎，肚子看著大，可孩子不會很大，加上不是頭一胎，還有師父坐鎮，錢七心裡其實有底。

自從她知道自己懷了兩個後，就開始注意各種事項，那時候心裡特別感激能遇到師父。她老人家教導的醫道知識都用上了，因此對自己的狀況心裡有數，沒有第一次生屹哥兒時的忐忑不安。

這次生孩子的每一個步驟，都顯出了她內心的堅強及自信。

她不慌亂地配合著莫夫人的話。產婆也早被叮囑過，要按照莫夫人的話做，起先心裡還有些不服氣，現在看人家一步步下來，不慌不亂的，不管是要生孩子的孕婦還是指揮的人，也知道這是行家中的行家，乖乖地照吩咐做事。

經歷了一個時辰的生產過程，孩子順利生出來一個。

錢七此時滿頭汗水，就算寶琴剛剛幫她擦拭過，一會兒還會出一層薄汗，嗓子因著剛剛的喊叫，有些嘶啞。

一聽到孩子宏亮的哭聲，她露出一絲虛弱的微笑，又想起還有一個，不能懈怠，即使現在疼得已經有些麻木，還是按照莫夫人的話使力。

忽然感覺到肚子又一空，隨即孩子的哭聲響起。

她聽完莫夫人的話，看了眼孩子，這才放心地閉上眼睛，微笑著睡去。心裡最後一個念頭是：看，答應你的事情，我做到了。

莫夫人等錢七睡了後，讓人給她收拾出來，在她臍下部位連施了幾根銀針，這樣確保不會出現產後血崩。

至於孫保財，還在每日計算著錢七生孩子的日子呢，可不知道他媳婦已經生了。

啟蒙院於今天接受報名，定於十日後正式開課。

啟蒙院招收的孩子在七到十歲之間，由於劉承儒的宣傳好，安縣所屬的每個村子都派了衙役去宣講，致使報名的人非常踴躍。

今天一下子來了這麼多人，應該跟當時做宣傳時說只招收五百人，名額滿了為止有關。

孫保財和邵明修看著黑壓壓的一片人，光這些人看著就五百了，而且還在陸續來人，看來只會越來越多。

他們倒不是不想多招收學生，畢竟出發點就是為了給民眾啟智，肯定是學生越多越好。

但綜合官學只蓋好一所啟蒙院和兩排兩層的宿舍，還有食堂廚房等等，最多能容納五百人的教學和住宿。

古代這裡蓋房子都是靠人力，施工自然緩慢，現在能蓋好這些還是人手多的關係，按照這個進度下去，全部蓋好還得兩年吧！

籌集的銀子眼下看著還夠，畢竟蓋綜合官學的用料都是成本價，節省了很多。如果不夠的話，他們也已經跟柳塵玉說好了，缺口多少由他來補齊。

他現在是皇上的小金庫，錢多得很，主要是陸路通貨運行遍布大景朝，在哪裡都能找他捐款。

孫保財讓劉承儒把附近一塊農耕荒地批給綜合官學，這樣吃食上能解決一大部分，剩下的開銷就少了。

因為是頭一次開辦，大家都沒有什麼經驗，所以也是摸索著幹。

以前寫的施行辦法也是一再添加內容，他們的念頭是儘量細著做，畢竟是做試驗，以後要能複製到全國，他們想得越詳細、做得越完善越好。

他跟邵明修商量，一會兒讓劉承儒出面跟大家說今年雖然招收五百名學生，但是明年會繼續招收，讓大家今年沒有報上名的別心急。

為了安這些人的心，縣府可以承諾，凡是今天來的沒報上名的，可以先登記，明年優先報名。

好事總要往好了做，這些人之所以現在來了這麼多，估計也是怕報不上名，早早就往這裡趕了。

邵明修點頭認同，讓邵平去把這話跟劉承儒說了。

孫保財心裡思考接下來的事，算著自己還有半個月就能回去，沒想到京裡來了諭旨，讓他即刻啟程回京面聖。

他只得趕回縣城，匆匆收拾了下東西，主要是把不斷添加內容的施行辦法帶著。皇上叫他回去也就這件事吧？畢竟他只領了這個差事，便打算回去好好跟皇上說道，希望他能重視這事。

其實現在能回去，孫保財心裡也非常高興。這比他預計的時間整整提前半個月，這樣就不用擔心趕不上錢七生產了！

這都沒來得急跟劉承儒道別，孫保財就跟著京裡送諭旨的侍衛走了。

邵明修看著孫保財離開，眼中閃過擔心。

他總覺得今天這諭旨應該跟那天他們說的話有關。

孫保財第一次體會連著趕路的滋味。

他和邵明修坐馬車從京城到安縣，用了十五日，他跟這些大內侍衛回去只用了十日時間，可見那些侍衛多凶殘。

孫保財進京後到了宮門外，感覺自己都快虛脫了。

進了御書房，一看皇帝和太上皇都在，心裡雖然疑惑，但還是乖乖給兩位行禮。「臣叩見皇上、太上皇，萬歲萬歲萬萬歲。」

聽到平身二字，孫保財起身時還晃了下身子才穩住。

景禹看了，讓人拿了個凳子給他坐。

孫保財一看有座位，謝過皇上便直接坐下了。

他是真的很疲憊，這些天根本就沒怎麼休息，剛剛起身時還一陣頭暈，這會兒要是再客氣不是傻了？一會兒要是站不穩來個失儀，那可虧大了。

太上皇看孫保財的坐姿，不由笑了。這小子還是老樣子。

德公公看孫大人這麼實在的坐姿，也真是佩服。哪個大人被賜坐後不是坐在凳子邊緣，孫大人這一屁股全坐上的還真是第一次看到。

景禹只當沒看到，示意其他人都退下，一會兒要說的話不宜讓第三人得知。

孫保財看皇帝這樣行事，恐怕不是單純要談綜合官學的事，便打起精神來應對。

等景禹說了何事，孫保財才恍然。原來那天他和邵明修的對話，被皇上或者是太上皇的人聽去了。

既然皇家人知道了，他自然不能狡辯，想了會兒，便把那天跟邵明修說的話又詳細闡述了一遍，不同的是，又添加了些輕視其他行業的後果。

他想著說都說了，肯定要有效果才是，藉機又把開辦綜合官學的重要意義強調一遍。說得他口乾舌燥，只見這兩位也不賞一口水喝，才停下滔滔不絕的演講。

孫保財好不容易從御書房出來，才真正鬆了口氣，眼中布滿笑意。

能得到兩人的支持，這是今天最大的收穫。

想著剛剛跟皇上說定的十年之約，眸中的笑意逐漸被一股堅定取代。十年後，他一定能得回自由！

孫保財忍著身體不適出了宮，一看來時的馬車還在，知道這是在等著送他回去。他現在只想回家看一眼老婆，然後大睡特睡一通。

想著錢七看到自己這會兒回去，肯定能給她個驚喜，眼中的笑意也漸濃。

馬車在西城的家門前停下，孫保財下了馬車，逕自進門。

一路遇到的下人，都笑意盈盈地跟他打招呼，他還以為是自己許久沒回來的關係，也沒往心裡去。

他直接往後院走去，進了門一看劉氏和莫夫人都在，便笑著打招呼。上前看劉氏手裡還抱著個孩子，納悶問道：「誰家的孩子啊？」說完忽然反應過來，眼睛睜得老大。

不是吧，已經生了?!

他趕緊往裡走了幾步，只見錢七懷裡還抱著一個正在餵奶，感到眼前一黑，撲通一聲倒在了地上。

這下可把大家給嚇壞了，劉氏抱著孩子上前，心急地叫莫夫人給孫保財看看。

錢七正在給孩子餵奶，心一急，就想下地去看看，卻被莫夫人阻止，只能一臉擔憂地看著孫保財。

莫夫人診查過後，看著劉氏和錢七，笑道：「沒事，應該是連日沒休息好，剛剛心緒起伏過大，暈過去了。等會兒把他抬到床上，讓他好好睡一覺就沒事了。」

說完便出去叫寶琴過來，孫保財被抬去了隔壁屋子休息。

劉氏一聽沒事就放心了，看錢七把小孫女餵完了，趕緊抱著小孫子過去。這兩孩子現在吃奶要排隊。

錢七雖然擔心孫保財，納悶他怎麼把自己弄得這麼疲憊不堪？但眼下有兩個孩子要照顧，一時也顧不上他。直到下午，等屋裡沒人了，才悄悄去看了孫保財。

見他眼下的青色，臉色疲憊，眼裡湧現一絲心疼。

錢七看了他一會兒，又給他蓋好被子才回屋。

孫保財在半夜醒來，睜開眼睛，一時有些懵，過了會兒才猛地坐起，急匆匆穿上鞋往外走。

進了屋，屋裡留了一盞油燈，他知道這是為了晚上要照看孩子而留的。

他輕輕走到床前，看著熟睡的錢七，還有睡在裡面的兩個小東西，臉上露出傻兮兮的笑容。

錢七因著晚上要給孩子餵奶，所以睡眠較淺，這時感到床邊有人，睜眼一看，不正是孫保財站在床前傻笑？

她露出笑容，往床裡面躺了下。也不知這人在這兒站多久了。

孫保財看錢七醒了，脫鞋上床摟著老婆，高興地親了下她的臉頰，深情看著她。「老婆，辛苦了。」

這小女人竟然沒跟他說清楚是懷了兩個，懷孕時出現的各種症狀都是她自己承受，一時心裡特別酸澀。

錢七聞言一笑。這種辛苦，她甘之如飴。

她在孫保財懷裡調整了下，跟他說著一些在信裡沒提到的東西，和一些生產後兩個小東西的趣事。

孫保財看她越說聲越小，一直等她睡著了，親了下她的額頭，摟著她也緩緩閉上眼睛。此刻的他心裡滿足，也特別感謝兩人能來到這裡，開啟一段別樣的人生，彌補了前世的遺憾，真好！

睡夢中，他彷彿又回到了前世結婚之前，錢七靠在他懷裡，嬌笑說她要生兩個孩子的情景……

孫保財在家中待了半個月，其間一直沒出過家門，在家裡陪著錢七哄孩子。

這兩個小東西太招人稀罕了，特別是女兒，每日都要抱一會兒。孫屹對於多了一個弟弟和一個妹妹，更是欣喜得不得了。

直到假期結束了，孫保財才戀戀不捨地回了安縣。

而邵明修接到家中來信，得知清月平安生下了兒子，心裡自然高興不已。終於不用因為孩子的事被母親催促了！

等孫保財回來，兩人繼續過著忙碌的生活。

明德二年，朝廷設立教育學院，主要負責綜合官學的一切創辦事宜，而孫保財任職正院長使正三品官職，邵明修任職副院長使從三品官職。

明德三年，安縣綜合官學全部建設完成，在邸報上全國通報。同時，朝廷正式下旨全國推行綜合官學，正式在大景朝推廣實行義務教育，這樣的舉措為即將來臨的明德盛世奠定了堅實基礎。

孫保財和邵明修帶著屬下去安縣實地參觀學習，並加以培訓，制定出詳細的實施辦法，然後派往全國各縣府督辦綜合官學。

兩人幾乎長年奔走於各地，監督、指導募集資金善款。

明德六年，綜合官學已經遍布大景朝大半府縣，百姓對朝廷的擁戴達到一個前所未有的高度。

明德十一年，孫保財辭去正院長使官職，被加封為臨安侯。

現在，孫保財也留起了小鬍子，再過幾年也是奔四的人了。

因著這麼多年一直在外奔波，他們也沒換大房子。錢七不喜歡住得太大，說見個面都費勁，到時還要雇好些人，他們都不喜歡家裡有太多人，所以也一直沒換過房子。

反正家裡也沒多少人，已經夠住了，要是想看景色，可以去湯山莊子住段時間，還能泡溫泉。

話說回來，皇帝實在太小氣了，這次他致仕，除了給一個侯爺的虛名，其他是一點都沒給。

明明十年前就說好的，在朝廷的支持下，他用十年時間讓全國府縣都有綜合官學，做到了，他便辭官過田園生活去。

當時太上皇可是人證，結果竟然變卦，他果斷去太上皇那裡哭訴一番，這才辭官成功。不過從那之後，皇帝就沒給過他好臉色。

其實孫保財心裡也明白，皇帝能放他走，不單單是太上皇的話，還有這些年自己的付出，加上曾經的救命之恩，才能這般容易脫身的。

他確實是脫身了。教育學院總管全國的綜合官學，其名聲和地位在百姓心中非常高，特別是他這個一手推動的人，如果還在正院長使這個位置繼續做下去，到時恐怕是禍非福了。

皇上信任他，但是朝堂上的大臣呢？與其那時被有心人士撕咬，不如現在急流勇退。有時想想，十年前的他簡直太明智了。

如今他不在朝堂了，可以帶著錢七去看看這大景朝的美景。

現在身邊有四個皇上給他的侍衛，雖然知道這是何意，可他行事向來坦蕩，也不怕身邊有人。

這事皇上放到明面上，他還滿喜歡的。昨天去宮裡跟兩人告別時，還說了到時去了好玩的地方，一定告訴他們。

至於孩子們，他們扔給屠十三娘照看，前幾日讓他們同爹娘一起回紅棗村。現在兩老離不開三個小傢伙，他也不擔心那幾個小傢伙，一個個古靈精怪還會一身武藝，到哪裡都是他們禍害別人。

他和錢七打算先在各地遊玩一番，再回紅棗村。

邵明修來的時候，孫保財正在打包行李。

「明天不用送我了，我們起早走。」

邵明修表示知道了，看著孫保財，心裡是羨慕的。這小子說放下就放下，真是一絲顧慮都無。

看他一臉輕鬆，忍不住出聲道：「你倒是溜得快。」

朝堂上的事，他比孫保財知道得多，不少人想動孫保財，只不過現在他被皇上護著，還沒找到向他發難的地方。

這些人看著孫保財這些年做出的功績，哪有不眼紅的？只不過大家都沒想到，還沒等他們出手，孫保財便辭官了，而皇上還允了。

孫保財只是笑笑，沒接這話。他走了，邵明修會接替他的職位，做了這麼多年的老二，他才不信這傢伙心裡能服氣。

可他只放心邵明修接替。他對綜合官學的開辦管理足夠瞭解，如果是別人接手，他還真不放心。

兩人的情況不一樣，這些年一直是他在前面主導一切，邵明修的影響力要小了很多，何況邵明修出身士族，那些人應該會放心不少。

他笑道：「以後就靠你了。」

翌日一早，一輛馬車後面跟著四個騎馬的侍衛，悄然出城。

一路遊玩，孫保財和錢七也玩出了興致，兩人商議，反正現在也沒啥事，索性玩夠了再回去。

於是兩人往家裡寫了封信，開始了探尋大景朝風景名勝之旅，每到一處風景優美之地，孫保財會把此地的優美景色寫下，然後讓侍衛寄出去。

此時，錢七依靠在孫保財懷裡，透過車窗看遠處的雲卷雲舒，眼裡流露出淡淡的笑意，嘴角微微揚起。

「時光在笑。」

孫保財聞言，眸中也布滿笑意。是啊，時光真是善待了他們……

——全書完

2018年11月出版

# 禍害成夫君

文創風 690

【重生之一】新系列再開！

她的任務是暗殺這男人，可他太狡詐，
九次任務皆失敗，她還命喪他手下。
這次再度重生，她決定要天涯海角躲著他，
誰知命運不由人，她從那禍害他的人，變成他心尖上之人……

幽默風趣的文筆，意想不到的情節／莫顏

苗洛青痛恨冉疆，因為這男人宰她的手段，讓她九世都忘不了。
她也很怕冉疆，這男人耍起陰謀狡詐，她重生九次還是鬥不過他。
第十次重生，她不幹了！
管他什麼刺殺、什麼奉命行事，她不當刺客了行不行？
什麼都比不上保住自己的小命重要，她實在被他殺怕了。
這一世，她立誓絕不讓自己落到慘死他手中的下場！
命運之輪果然轉了方向，冉疆不死，她也不死；冉疆生，她也生。
放棄與他作對後，她的小命果然保住了，
但詭異的是，她改變的是自己的命，怎麼他也跟著變得不對勁？
他看她的眼神，沒了冷酷，多了熾熱；
他對她的態度，上世無情，這世熱情。
當逃走的她再度落到他手中時，他吃人的眼神，彷彿要生吞了她。
「你想幹麼？」她嚇得簌簌發抖。
他含笑摸著她的身子。「乖乖聽話，把衣裳脫了……」

# 心繫狼情

## A Game of Chance

作者◎Linda Howard 琳達・霍華
譯者◎李琴萍

他就像黑暗中的一盞明燈，點亮她孤寂的世界。
她則沒有一絲抗拒，任憑自己為他迷失沈淪。

桑妮隨時隨地都加倍警覺，因為她從小就學習到，一個疏忽都可能攸關生死，不容許有任何犯錯的空間。但班機延誤導致她的信差任務即將失敗，她不得不相信眼前這位英俊的私聘機師，可以及時把她送到西雅圖。

強斯・麥肯錫早已習慣戴著面具生活，他善於隱匿他靈魂深處的暗黑秘密，也很適應情報局的工作。為了獲取桑妮隱藏的秘密，強斯不惜設下重重圈套，使她落入必須與他獨處的困境，並漸漸對他推心置腹。桑妮已經完全落入他的掌控之中，只是她還不知道罷了。

這是他一手導演出的戲碼，角色各就定位，劇情順暢推進。強斯唯獨算漏了一點：愛情攻得他措手不及，他卻沒有準備好劇終曲散後的快樂結局。但麥肯錫家的人絕不退縮，即使他是養子也不例外，他絕對不願意生活在少了桑妮笑聲的世界裡……

果樹出版社　台北市104龍江路71巷15號　郵撥帳號：19341370
2018年11月出版　電話：(02)2776-5889　傳真：(02)2771-2568　網址：love.doghouse.com.tw

文創風 704

# 娘子不二嫁 3 完

國家圖書館出版品預行編目資料

娘子不二嫁 / 淺笑著. --
初版. -- 臺北市 : 狗屋, 2018.12
冊 ; 公分. --（文創風）
ISBN 978-986-328-945-6（第3冊 : 平裝）. --

857.7 107018145

著作者 淺笑
編輯 張蕙芸
校對 黃薇霓 簡郁珊
發行所 狗屋出版社有限公司
地址 台北市104中山區龍江路71巷15號1樓
電話 02-2776-5889～0
發行字號 局版台業字845號
法律顧問 蕭雄淋律師
總經銷 知遠文化事業有限公司
電話 02-2664-8800
初版 2018年12月
國際書碼 ISBN-13 978-986-328-945-6

本著作物由北京晉江原創網絡科技有限公司授權出版

定價250元
狗屋劃撥帳號：19001626
網址：love.doghouse.com.tw E-mail：love@doghouse.com.tw